致青春 034

那天開始的美好時光

（上）

東奔西顧　著

高寶書版集團

目錄
CONTENTS

楔子

弱冠之年的蕭子淵，便隱隱顯現出了清貴又矜持的氣度，如果問他有沒有心事，還真的有件事埋在他心底很多年，一件沒有跟任何人提起過的心事。

更準確地說，那件心事，或許只是一個名字。

那是全國奧林匹克物理競賽，還在上國中的蕭子淵就已經在全國物理組叱吒風雲，簡直就是孤獨求敗，每一年都會比第二名多出十幾分，而且差距越拉越大。

只有那一年，成績出來的時候，蕭子淵不意外地又是第一名，可他和第二名只有幾分的差距。

他不知道自己當下是什麼樣的心情，是被威脅到的驚慌，還是終於等到對手的興奮，總之心情頗為微妙。

那點微妙在他一向平靜的心裡蕩起了點點漣漪，鬼使神差地憑著那點好奇，他去複查了那張考卷，那張考卷卷面清晰，字體清秀，如果不是最後一道題目的答案算錯了，他和這張考卷的主人恐怕就是並列第一名了。

他好奇，轉而去看了名字，姓名那裡工工整整地寫著兩個字：隨憶。

他當時一笑，心想這對父母到底有多隨意才會幫孩子取這個名字，那麼隨意的兩個字，卻是別樣的清新娟秀。

他一向對周圍的人毫不關心，對這個女孩更是沒有任何印象，問了當時的監考老師，老師用不知道該怎麼形容的表情吐出一句話：「你和那個女孩子是我監考這麼多年來，僅有的兩個提前寫完在那裡睡覺的學生。」

蕭子淵又是一笑。監考老師的下一句話卻讓他震驚，「而且還那麼巧，位置是相鄰的，連睡姿都一模一樣。」

蕭子淵詫異，她當時就坐在他身邊？

他期待著見這個女孩，可第二年的比賽她卻沒來，從那之後，再也沒來過。隨後的幾年蕭子淵雖然繼續叱吒物理組，卻忽然沒了興趣，不過是機械式地得分而已，每每看到成績的那一刻，他心底便隱隱有些不易察覺的失落。

他也不知道這莫名其妙的失落感源自於哪裡，他也只是知道對方的名字，唯一擁有的也只有當時他鬼使神差向考務中心要到的那場競賽的准考證影本。

影本上的照片很模糊，只能看出女孩清淺的笑容，還帶著點嬰兒肥，讓人想要伸手捏一捏，即便再模糊也依舊能看出那雙眼睛特別亮，乾淨又澄澈。

那張影本和那段記憶隨著時間漸漸模糊，蕭子淵甚至以為自己早就忘記了。

直到那一年X大新生入學，室友林辰帶著他們去見了一個女孩，去的時候還一邊炫耀一邊交代著：「一會兒見了面，不要開我妹名字的玩笑啊。」

那天蕭子淵有些小感冒，本來是不想去的，但被林辰硬拉了出來，索性也就既來之則安之了，邊抬手揉著太陽穴邊捧場地接話：「叫什麼啊？」

林辰一臉欠扁的神祕：「等一下就知道了。」

他本就不好奇，也就不再追問。直到走到校門口，林辰朝著站在一棵大樹下拉著行李箱的女孩叫了一聲，女孩馬上轉過頭來。

那天的太陽明亮到晃眼，蕭子淵的頭昏昏沉沉地疼，可他還是一眼就認出了她。

那個時候，那張笑臉依舊和記憶裡的一樣鮮活，他才知道他從來都不曾遺忘過。

她的嬰兒肥沒了，可那雙笑著的眼睛卻沒變，依舊是亮晶晶的，眉梢溫婉，淺笑嫣然。

耳邊是她帶著笑意的聲音——各位學長好，我是隨憶。

隨憶……

那一刻，他忽然相信緣分這種東西是存在的。

蕭子淵知道，這個女孩在自己心裡終究和他人不同，可他不知道的是，冥冥之中，獨見曉焉。

那天，天很藍，風很輕，花很香。金色的陽光灑進教室，綽約又溫柔。他們並排坐在數理競賽的考場上，微風吹起女孩的長髮，輕滑香軟，長髮隨著微風輕輕飄蕩，或許是長度不夠，或許是風向不對，卻怎麼都觸碰不到隔壁男孩的手臂。

他一直垂著眼睛默默寫題目，絲毫沒有被周圍的事物打擾。

不知何時，男孩子和女孩子雙雙趴在桌上睡著了，一樣的姿勢，同一個方向，調皮地隨風翻動的考卷上寫滿了數字和公式。

監考老師輕咳一聲：「做完了的同學好好檢查，不要做別的事。」

年輕的老師本想去制止，可面對面容精緻的男孩子和乖巧恬靜的女孩子，他忽然有些不忍心，只能象徵性地提醒一下。

男孩子和女孩子似乎被驚醒，茫然地抬頭去看監考老師，然後齊刷刷地換了個方向，依舊以剛才的姿勢又睡了過去。

那個時候，他們的距離近到一轉頭就會看到對方，倘若他肯睜開眼睛看一眼，或者她睜開眼睛看一眼，那他們的相識就不會等到若干年以後了吧？

如此默契一致的動作如同出自一個人，而兩張隨風翻動的考卷一角卻寫著兩個截然不同的名字。

一個叫蕭子淵。

一個叫隨憶。

在那樣青澀又美好的時光，在那麼早以前，他們就已經那麼有默契了。

那是我們第一次見面，我並未料到你對我會如此重要。

憶昔相逢俱少年，兩情未許誰最先。

第一章　回眸一笑傾城起

隨憶拉著行李箱，從校門口一大堆報到的新生中擠進學校，抬頭舉起手臂遮在額前，瞄了眼頭頂的烈日，瞬間覺得眼前白花花一片，施施然吐出一口氣。

這口氣還沒吐完，就被人攔了下來，也不給她任何解釋的機會，便開始機關槍般地問道：「是新生嗎？妳是一個人來報到的嗎？學妹妳好，我是妳學長，有什麼問題可以直接問我。妳是哪個科系的？妳……」

還沒說完就看到眼前的女孩露出了淺淺的笑容，眉眼彎彎異常溫婉，心裡讚嘆，今天真是好運，遇上個美女學妹，還是自己一個人。

只是她的視線越過他，看向了他的身後。

隨憶之所以笑，是因為看到室友三寶在五十公尺外以百米衝刺的速度向她衝過來。

三寶的父姓任，母姓申，父母為了省事就替她取名為任申。據說，幾乎所有人聽到這個名字都會反問一句：「人參？人參，貂皮，鹿茸？東北三寶？」

三寶這名字至此誕生。

三寶走近比劃了這個男生一巴掌，扠著腰凶神惡煞地說：「學什麼妹啊！是學姊！你大二的吧？

哪個學院的？什麼科系的？姓什麼？叫什麼？」

這男生還帶著青澀，看著一臉彪悍的三寶，又看看一臉欲笑不笑的隨憶，一溜煙跑了。

三寶鄙視了他的背影幾秒鐘才轉過頭，一臉討好地接過隨憶手裡的箱子問：「阿憶，有沒有帶我們媽做的好吃的啊？」

隨憶轉過頭笑：「帶了，妳昨天打了三通電話給我，我能不帶嗎？」

兩個人笑哈哈地剛走了幾步，就聽見有人在身後叫隨憶。

一轉頭，便看到幾個男生走近。

林辰親昵地拍拍她的肩：「回來了？一個暑假沒見妳，倒是好像長高了嘛！」

隨憶微微一笑，眼神澄澈地看著林辰。她和林辰因為家人的關係從小就認識了，雖然林辰大她兩歲，但兩人關係一直都不錯。

她心不在焉地奉承：「學長也帥了不少。」

烈日下到處都是燒焦的味道中，她似乎隱隱聞到一股清涼的薄荷味道，熟悉又陌生的味道。

那個人依舊是清雋挺拔的模樣，一臉淡然的笑容，似乎對什麼都不在意，但仔細看，眉眼間卻帶著一種若有似無的淩厲。

隨憶一抬頭便對上那雙漂亮的眼睛，從他漆黑的眸子裡似乎感覺到一絲清涼，恰巧那雙眸子的主人也正靜靜地看著她。

隨憶不動聲色地微微點了一下頭：「蕭學長。」

隨後她的視線一掃而過，笑著跟眾人打招呼，微微點頭：「各位學長好。」

蕭子淵、溫少卿和喬裕笑著打招呼。

三寶一看到帥哥，兩眼就開始放光，精神飽滿：「各位學長好！」然後走近一步躥到溫少卿面前：「親學長！」語氣誠懇得就差撲倒在地，抓著溫少卿的褲腳不放手了。

隨憶好笑地看過去，三寶圓圓的臉龐、圓圓的眼睛，怎麼看都很可愛呢。

之所以叫溫少卿親學長，是因為她們和溫少卿一樣都是醫學系的。

溫少卿對於這個稱呼頗為無奈，卻還是溫溫和和地笑著。

他們四個似乎還有事，說了幾句話便離開了。

隨憶使盡全身力氣才拉住要跟上去的三寶：「三寶，妳矜持點！」

擦身而過的時候，她不經意地一低頭，視線掃到蕭子淵放在身側的手。

唔，好漂亮的一雙手啊。

三寶迷戀地看著帥哥的背影，隨憶叫了她幾聲都沒反應，於是邊拖著行李箱往前走，邊悠然地威脅：「妳慢慢看，我先回去把好吃的跟何哥和妖女分了啊……」

三寶聽到這句，美食和美人雖然都不能辜負，可她自知美人不屬於她，立刻轉身追上美食。

等兩人走遠了，林辰這才笑嘻嘻地向旁邊三人炫耀：「我這個妹妹真是越看越不錯，相貌又端莊，性格又婉約，關鍵啊，還聽明死了！」

其他兩人早就都習慣林辰的自賣自誇，笑著搖了搖頭，倒是蕭子淵難得意味深長地反問了一句：「是嗎？」

剛才她站在樹下，明晃晃的陽光穿過樹葉的縫隙跌成碎片落在她身上，她正歪頭和身邊的女孩說著什麼，聽到林辰叫她，馬上轉過頭來，臉上還帶著沒來得及收起的一抹笑容，明亮動人。

滿是新生的校園裡喧鬧而充滿朝氣，幾個男生走在這樣的環境中。林辰一歪頭，似乎看到蕭子淵嘴角不明深意的笑。

⸙

隨憶進了宿舍，何哥正在打掃房間，妖女正在整理頭髮，見到她皆是歡呼雀躍地撲上來。

——撲上來奔向行李箱。

好吧。隨憶承認，好吃的比她更有吸引力。

何哥，本名何文靜。

隨憶記得上大學見到她的第一面，對她的印象特別深刻，哪裡有半點文靜的影子？

隨憶打量了她幾秒鐘，就問了個問題：「何文靜？是文靜在哪裡的意思嗎？」

何哥身高一百七十五公分，長得很有英姿颯爽的味道，再加上性格豪放，人稱何哥。

至於妖女，本名紀思璿，外貌出眾，身材玲瓏有致，據說是X大幾十年難得一見的大美女，但因為身材太妖嬈了，再加上平時最大的愛好就是調戲正太，被人稱為妖女。

X大皆知，妖女姓紀，甜到讓你內傷。

隨憶看著為了食物就快打起來的三人，在一旁象徵性地勸著：「各位女施主，請不要這樣。」

結果三個人繼續妳爭我搶，絲毫沒有搭理她的意思。隨憶嘆了口氣，拿著換洗的衣服進了浴室。

第二天就要開始上課了，隨憶洗了澡出來開電腦確認課表。

一打開教務系統就愣住了。

三寶嘴裡咬著東西，含糊不清地朝她嚷嚷：「怎麼樣，震撼吧？」

隨憶一開始以為系統壞了，一連刷新了幾遍之後放棄：「震……撼……怎麼這麼多課？」

三寶跳過來，一臉的憤怒：「真是謝謝排課老師了！從早上八點上到晚上八點！這是不讓人吃飯，不讓人睡覺嗎？」

何哥吃完洗了手過來，拿過隨憶手裡的滑鼠往下滑了一下：「這還沒完呢，知道我們家三寶幫我們抽到什麼選修課嗎？」

隨憶盯著選修課那一欄那個陌生的名字，轉頭哀怨地看著三寶。

三寶一臉心虛地解釋：「真的選不到別的了……」

隨憶一臉理解地笑，輕描淡寫地開口：「是嗎？」

三寶抓住旁邊紀妖女的手臂：「妖女，阿憶她又對我笑，好可怕！我坦白！我那天在餐廳吃飯的時候聽說這堂課這學期會是個帥哥代課！真的是帥哥！好多人都沒選上呢！幸虧我手氣好，而且選機械什麼的應該都會是男生吧，我們可以去看妖女調戲他們啊！」

妖女一巴掌拍開三寶滿是油的「爪子」，惡狠狠地瞪著她：「選機械什麼的應該都是機械系的男生吧？那妳知道機械系的工科男們長得有多抽象嗎？妳知道嗎！」

三寶四面楚歌卻還在狡辯道：「那也不一定啊！妳看蕭學長，也是機械系的，多帥啊！是吧，阿憶？」

面對三寶的求救，隨憶認真地思索，蕭子淵？眼前似乎又出現了那雙漂亮的手。

她點點頭：「手是挺好看的。」

一場批鬥大會因為隨憶跳躍式的思維及回答而結束。

幾天後的晚上，隨憶跟著宿舍其他三人去上那節所謂「大帥哥」的選修課，課程名稱極其繁瑣複雜，隨憶至今也只能記住「機械」兩個字。

上課的教室裡真的如三寶所說，大多數都是男生。

隨憶掃了一眼，唔，也如妖女所說，長得很抽象。

當授課老師進來的時候，隨憶正在玩手機裡的堆積木遊戲，耳邊響起三聲齊刷刷的驚嘆才抬頭看過去，然後微笑。

嗯，不錯，果然是帥哥。

帥哥的俊顏三百六十度無死角，帥哥的聲音清冽醇厚，帥哥的專業知識紮實。

一節課下來，其餘三人皆是一臉意猶未盡。

何哥邊收拾東西邊感慨道：「不枉此行。」

妖女一臉的春心蕩漾：「不枉此行啊！」

三寶滿眼的粉紅泡泡：「真是不枉此行啊！」

隨憶也感嘆道：「確實不枉此行。」又馬上憂愁了起來：「可是……我一點都聽不懂怎麼辦？」

下了課，三寶、妖女、何哥去學校後門吃宵夜，隨憶晚餐吃多了，暫時還不餓就先回去了。

走到教學大樓樓下，竟然遇上剛才的帥哥老師，他看到她後依舊站在原地，似乎在等著她走近。

隨憶笑著上前打招呼：「蕭學長，真巧。」

蕭子淵點點頭：「怎麼樣，還聽得懂嗎？」

哇，教室很大的，又那麼多人，他看到自己了啊。

隨憶不好意思地笑笑：「其實，是一點都聽不懂。」

蕭子淵皺著眉，似乎在反省：「我講得有那麼差勁嗎？」

隨憶急著解釋：「不是的……學長你講得很好。」

蕭子淵看到她急得臉都紅了才笑出來，「我逗妳玩的。沒關係，這部分內容講得比較深，妳不是本科系的，不懂也沒關係。對了，妳怎麼會想來修機械系的課？」

這次換隨憶皺眉了。

難道要告訴他是來圍觀帥哥的嗎？結果沒見到帥哥反而看到很多帥哥的坐騎？

蕭子淵示意她往外走：「很難回答嗎？」

「呃……」隨憶繼續思索。

蕭子淵似乎很喜歡看她的無措，再次幽幽開口：「只要是選機械系選修課的女孩子大多是為了看帥哥，怎麼樣，看到了嗎？」

隨憶老實回答：「沒有，大概是量變引起質變了吧！」

蕭子淵一愣，隨即笑出來。

說話時兩人已經走到了隨憶所在的宿舍，兩個人禮貌地道別，一個轉身離開，一個轉身上樓。

隨憶邊上樓邊思考，其實她和蕭子淵並不是特別熟，因為他和林辰是室友才見過幾次面，吃過幾次飯，但今天似乎話多了點。

不好不好，女孩子要矜持，張廷玉[1]說了嘛，萬言萬當，不如一默。隨憶是好孩子，要聽古人的話，古人誠不欺我。

新生入校之後馬上開始軍訓，每天天一亮校園裡便迴盪著新生們嘹亮的軍歌，嚴重影響了「教主」三寶同學的睡眠。

一天晚上，隨憶裝了熱水回來就看到三寶站在陽臺上祈禱。

「軍訓不下雨，雷喔、高溫加曝曬，雷喔、教官長得醜，雷喔、雷唉喲！罰你站軍姿，軍訓就是，這麼殘酷！誰叫你總是吵我睡覺，誰叫你老是和我搶飯吃，我心中的願望萬萬千千，你若軍訓，便是晴天。我心中的願望萬萬千千，雷雷雷喔，雷雷雷喔，你若軍訓，便是晴天！」

看到隨憶進門便叫她：「阿憶，快來和我一起祈禱。」

隨憶急忙擺手：「不用了，您繼續。」

三寶鄭重地點點頭，繼續站在陽臺上唱咒語。

隨憶前腳進門，何哥後腳也進來了，揚著聲音：「明天要開班會啊，大家準時參加！」

三寶恍若未聞繼續唸咒，妖女猥瑣一笑：「和我無關。」

此時妖女已經從醫學系轉去了建築系，但一直沒換宿舍，所以每次都一副幸災樂禍的模樣看熱鬧。

隨憶看著兩個人的反應，代表群眾對信鴿表示感謝：「辛苦了！」

何哥抱拳：「為人民服務！」

第二天三個人準時到了教室，由於醫學系的男宿和女宿隔了大半個校園，每次開班會，三寶同學都會抓住有限的時間，忙著和本班的男同學們進行「深度」交流。

「任爺，最近有沒有好的片子？」

「有啊有啊，等等我傳給你！」

三寶在本班男生的心目中是爺們一樣的存在，所以男生一般稱她為「任爺」。三寶的存在充分證明了一個真理，想和男性同胞快速又穩固地建立友誼，很簡單，妳只需要淡淡地對他說一句：「哥兒們，要片子嗎？」

「任爺」這個稱呼還是有典故的。

當年入學時全班第一次班會，例行按照順序自我介紹，本來枯燥無味的事情在三寶上臺後畫風突變，燃爆全場。

「我有點緊張，我看我後面的同學也有點緊張，這樣吧，我講個笑話給大家聽，緩和一下緊張的情緒和尷尬的氣氛。」

下面立刻拍手叫好。

「請問餃子是男生還是女生？」

下面鬧哄哄地討論，有說男的有說女的。

三寶神祕一笑：「當然是男生啦！因為餃子有包皮！」

教室裡瞬間安靜了。

餃子……有包皮……

有包皮……

包皮……

隨憶、何哥和妖女三個人把腦袋埋得低低的，都不想承認她是她們的室友。

任爺一炮而紅。這個笑話的後果是在三寶之後上臺的男生一句話都說不出來。

三寶聊了一會兒，又湊到另一邊換一群人聊。

其中一個男生問：「最近有個影片特別紅，齊達內[2]射門合集，你們看了沒？」

三寶湊過去問：「齊達是誰？」

齊達內……射門……合集……

齊達……內射門……合集……

眾人默然，紛紛作忙碌狀，東摸摸西蹭蹭。

三寶還一臉懵懂地等著答案。

隨憶不忍，喚她回來：「三寶……」

「啊？」

「矜持……」

三寶特別爽快地回應：「好！」然後，又熱情洋溢地迅速加入下一群人：「什麼、什麼？1080P？我還沒看過那麼多人的，來源給我！」

隨憶、何哥紛紛搖頭嘆氣。

時間一天天過去，新生軍訓也終於結束了，三寶看著校園裡一個個黑黝黝的面孔心滿意足，軍訓閉幕式那天三個人結伴去圍觀阿兵哥。

三寶小聲叫喚著：「啊，快看快看，那邊那個高高瘦瘦的好帥啊！」

妖女眯著眼睛遠遠地看了一眼：「妳不是喜歡小白臉嗎？這個多黑！」

三寶雙手抱拳，一臉嚮往：「但這個黑得好有個性啊，我喜歡！」

隨憶靠在樹下昏昏欲睡，她本來對軍人就沒什麼興趣，無奈一大早就被挖了起來，強迫參加圍觀行動。

她每隔幾秒鐘便能聽到三寶一驚一咋地發表對某個阿兵哥的喜愛，而妖女總是不遺餘力地打擊她。

檢閱後閉幕式終於結束了，三個人走在回去的路上。

幾輛掛著軍牌的黑色轎車從他們身邊開過，三寶忽然指著前方：「啊，是蕭學長！」

蕭子淵和幾個男生走在她們前面正說著什麼，他臉上掛著淡淡的笑。

那幾輛轎車經過他們的時候很快地停了一下來，從車上下來一個穿著軍裝的中年男人，似乎叫了蕭子淵一聲。

蕭子淵和周圍的人說了句什麼，其他人很快離開，蕭子淵走到中年男人面前笑著說話。

三寶一臉奇怪：「啊，這個不是剛才致詞的那個什麼什麼軍方長官嗎？剛才不是挺嚴肅的，現在怎麼笑得像朵花似的？」

妖女看了看：「看軍銜，這朵花好像還是不小的官呢！」

那個中年男人笑著和蕭子淵說了幾句話，然後拍拍蕭子淵的肩膀，很快又上了車子離開。

三寶伸著脖子看著已經走遠的車：「他們都說蕭學長根正苗紅[3]，看來是真的。」

隨憶表情很奇怪地點點頭：「應該是真的。」

他的言談舉止和身上那種與生俱來的氣質，當然不會是尋常人家的孩子。

蕭子淵目送車輛離開，忽然往這邊看過來。

三個人渾身一僵，偷窺被逮了個正著。僵硬著遠遠打了招呼，從前面的路口轉彎繞遠路回去宿舍。

週四她們再去機械系教學大樓上課時，教室竟然人滿為患。

隨憶扭頭去看教室門口的號碼牌，又看看滿教室興高采烈的人，平靜地問：「我們走錯教室了嗎？」

何哥翻著手機裡的課表，一邊對著號碼牌：「沒錯啊，機械大樓三〇五，就是這間啊……」身後一個戴眼鏡斯文的男生替她們解惑：「每年蕭老大代課都是這樣的，很多女孩子都會來聽。」

三寶搖頭晃腦地拉長音：「喔，這是帥哥效應啊！」

四個人好不容易在倒數第二排找了空位坐下，幾乎同時響起了上課鈴。

蕭子淵踩著鈴聲進來，一身米色休閒裝顯得整個人越加清俊，又引起一陣騷亂。

隨憶清楚地看到他進來時眉頭不明顯地皺了一下，又很快撫平，神色自然地開始上課。

隨憶照舊玩堆積木遊戲，何哥照舊背英文，三寶照舊看小說，妖女照舊拿手機傳訊息調戲某男。

隨憶在每一局結束、下一局開始的空隙會抬頭看一眼講臺上的情況，每次她抬頭的時候都會感覺到蕭子淵有意無意地瞄她一眼，再仔細看，他好像根本沒往她這個方向看。

幾次下來，她自認堅強的小心臟竟然開始有些心虛，便扔了手機，認真聽講。

三寶抬頭看她一眼：「這麼快就沒電了嗎？」

隨憶就坡下驢：「嗯，下午忘記充電了。」

誰知道隨憶剛準備好好研究一下這門課就出了狀況，下面的起鬨聲越演越烈。

滿教室的女孩子們都在抱怨：「學長，好無聊啊！我們都聽不懂，一點意思都沒有。」

附和聲也隨之響起——

「對啊，學長，不要那麼嚴肅啦！反正快下課了，我們來聊聊天吧！」

蕭子淵靠在講桌側面，一手插進褲子口袋，一手撐著講桌，笑著掃了臺下一眼：「無聊啊？那我們進行點新鮮刺激的活動？」

「好啊好啊！」一群人立刻有了精神。

「不妙……大神要出大招了。」一個頗為無奈的男聲在隨憶身後響起。她轉頭去看，是剛才在教室門前和她們說話的那個男生，只是現在的他，愁眉苦臉。

只見蕭子淵微微一笑：「好，那現在每個人拿出一張紙，寫上自己的姓名、學號、科系院所。」

眾人不知道蕭子淵在賣什麼關子，以為真的是要辦活動，紛紛行動。

隨憶看著蕭子淵，眼前忽然閃過那個男生的哭臉，一下子有了不好的預感，接下來絕對不會發生什麼好事。

「都寫好了嗎？」蕭子淵的臉上依舊掛著笑容：「打開課本第68頁，把練習題第三大題做好了交上來，當作平時成績。」

下面立刻哀號一片，果然，大神一出招瞬間橫屍遍野。

蕭子淵手裡的粉筆在空中劃過一道弧線，被丟進筆盒，臉上的笑容越發燦爛：「你們知道的，機械系的選修課是不可以被當的，而且，學校四大刀之一的張清教授就是這堂課的出題人。張清教授出的考卷向來以難度橫掃全校，相信大家都有所耳聞。在這裡也提醒一下，張清老師教學三十年，從來沒讓哪個學生走過後門，所以，部分其他科系的學生如果想過的話，平時成績是不可以丟的，怎麼樣，刺激嗎？清醒了嗎？有意思了嗎？還會無聊嗎？」

隨憶看著蕭子淵微笑輕緩地吐出四個短問句時，真心覺得蕭子淵是高端腹黑。她坐在後面，視野頗好，看著滿教室愁眉苦臉的人竟然不由自主地笑出來。

聽到隨憶的笑聲，神遊天外的三個人紛紛一臉迷茫地看向隨憶：「阿憶，發生什麼事了？怎麼吵，下課了嗎？」

隨憶想了想，言簡意賅地概括了整個事件及其後續影響：「大概是，我們這堂課要被當了。」

隨憶盯著第68頁那道題苦思冥想，把高中那點僅存的理科知識挖出來，在紙上七扯八扯也沒弄懂，只能隨手畫個分析圖上去唬唬人。

三寶左顧右盼地抄著，嘴裡還一邊抱怨著：「阿憶，我們怎麼說也和蕭學長算熟，他不會真的當掉我們吧？」

隨憶抬頭看了眼教室中央那道挺拔的身影，她低頭在白紙的右上角寫上自己的名字，順便輕輕鬆鬆地開口打碎了三寶的幻想：「看帥哥是要付出代價的。」

然後意味深長地看著妖女：「調戲帥哥的代價會更大。」

妖女一挑眉，知道隨憶意有所指，收起手機，一臉風情萬種的笑：「阿憶，拿來抄抄啊！」

何哥在半路劫走：「喂，妖女，妳轉到建築系一年多了吧，怎麼樣也是妳比較擅長吧？」

妖女撇撇嘴：「建築和機械差遠了！」

隨憶不忍心地說了句：「其實……我也不會，上面都是我亂寫的。」

「咕！」三個人同時鬆手。隨憶看著自己的考卷飄悠悠飄悠悠地從空中落到了地上，她嘆了一口氣，早知道就不這麼好心了，這三隻太現實。

隨憶剛想彎腰把考卷撿起來，就看到一隻骨節分明的手捏住白紙的一角，把白紙撿起來拿在手裡看了幾眼，然後放回她的桌角上。

隨憶一臉心虛地低著頭，努力忽視頭頂的那道視線。

本來以為結束了，誰知道那雙手拿起旁邊的手機，打開鍵盤就看到了遊戲介面，修長的手指在上面點了幾下，又放下手機，轉身往講臺上走。

隨憶低著頭淚流滿面，上課玩遊戲被抓包了……不經意地打開手機看了一眼，唔，通關了，好厲害……她玩了整整一個星期呢，都沒辦法通關，他隨便點幾下就通關了，怪不得被叫作蕭神，真是個變態。

「蕭神」這個稱號不知道是誰先叫的，隨憶入學的時候總聽到這尊名號，後來才知道竟然是林辰那個不顯山不露水的低調室友。

她第一次見到蕭子淵的時候，便感覺到了他骨子裡錚錚的傲氣，後來慢慢接觸多了，又總結出兩個詞：「恃才傲物」、「天性涼薄」。

蕭子淵身上有一種清冷的氣質，可就是那麼冷冷清清的一個人，在男生中人緣奇佳，在女生中的受歡迎程度更是沒話說，只靠那張臉就夠了。

她沒見過林辰那麼心服口服地說起一位同性，沒有忌妒也沒有不快，言語之間只有佩服。他說，一個人出自名門，家教又好，從小在這麼優渥的環境中眾星捧月般地長大，偏偏這樣的公子哥還這麼才華洋溢、英俊不凡、恭而有禮，他不該內心高貴嗎？他不該一身傲骨嗎？

林辰也是個自視甚高的人，能這樣評價一個人也是極為難得，這大概就是傳說中的人格魅力吧，和家世和背景都無關。

她和蕭子淵的科系沒有交集，偶爾校園論壇上會爆出有關於蕭神戰績的新聞，那些資料高深莫測，她只能看個一知半解，每次都需要技術高手出來講解，她才恍然大悟，蕭神就是蕭神。

所以對於自己努力了那麼久都沒有通關，而蕭神隨便幾下就通關的這個事實，隨憶欣然接受。

下課的時候，滿教室的人心不甘情不願地把作業交到講臺上，四個人愁眉苦臉地對視。

「阿憶，要不然妳去跟蕭學長求情？」三寶抓耳撓腮。

隨憶沉默。

蕭子淵這個人看上去極好說話，其實正是最有原則的人，她哪說得動。

三寶又轉頭問：「妖女，再不然，妳去色誘？」

妖女撇了撇嘴：「這種隨便一個眼神就可以秒殺我的人，我可不敢。」

三寶皺眉：「何哥，妳不是跆拳道協會的嗎，要不然，妳去半路埋伏搶了作業？」

何哥看著三寶：「三寶啊，妳不知道嗎？我聽說蕭學長每年暑假都會被家裡送到部隊上課訓練，我又聽說他一招擒拿手出神入化，妳要我去搶他手裡的東西，我是想送死，還是想找死啊？」

三寶豪放地一拍桌子：「我不入地獄誰入地獄！」

說完就走了上去，滿臉笑容地打招呼：「蕭學長，晚安啊。」

「晚安。」蕭子淵抬頭看她一眼，淡淡地回答。

那一眼就讓三寶立刻痛快地把作業交了上去。

回來後眾人詢問：「就這樣？」

三寶點頭：「就這樣啊，妳們還想怎樣？」

三個人無言地翻了個白眼，拿包包離開。

她們從教學大樓走出來，一路上周圍的人都在討論這件事，隨憶壞心眼地想，不知道蕭子淵今天晚上要打多少噴嚏了。

蕭子淵回到宿舍放下書，到洗手間洗掉手上的粉筆末，就坐下來打開電腦。

林辰風風火火地從屋外跑進來彙報：「溫神醫今晚陪導師讓人腦袋開花，大概不回來了；喬裕去自習室趕銷魂的圖紙，也不回來了。」

蕭子淵正專心看著電腦螢幕，心不在焉地「嗯」了一聲。

林辰湊過來看了一眼，一副不可思議的樣子道：「這不是你前兩年無聊時寫的程式嗎？翻出來幹嘛？」

蕭子淵小心翼翼地將積木堆上去後，整座樓轟然倒塌，他呼出口氣：「突然覺得挺好玩的。」

林辰本來想抬手摸摸蕭子淵的額頭，手伸到一半才想起他不喜歡別人碰他，趕緊收了回來：「老大，你生病了嗎？」

蕭子淵看他一眼，關了電腦，準備洗漱睡覺。

林辰聳聳肩，對著他的身影說：「老大，你今天真的很奇怪！」

蕭子淵挑了挑眉：「你那個妹妹……」

林辰一臉困惑：「你是說隨憶？她怎麼了？」

蕭子淵垂下眼簾遮住眼底的情緒，勾了勾唇角：「沒什麼，今天看到她了。」

林辰覺得蕭子淵剛才想說的肯定不是這個，剛想追問下去就感覺到手機震個不停，學生會的群組裡有人在傳上學期期末學生會聚會的照片，十幾張一口氣發出來洗版。

林辰的注意力被引到了照片上，滑著螢幕看了幾張，然後停住，盯著螢幕上的那張合照看了半天。

照片上蕭子淵站在隨憶旁邊，不知道是有意還是無意，他微微側身，從這個角度看過去似乎正摟著隨憶，兩人依偎在一起。隨憶看著鏡頭，臉頰微紅眉眼彎彎，一臉猶如帶著醉意的桃花，大概是被灌了酒，難得的是蕭子淵的臉上也掛著和煦的笑。

照片裡明明還有別人，可林辰總覺得兩人之間圍繞著一種說不清道不明的曖昧。

蕭子淵其人一向是清貴疏離的，就算是對人笑，也正是那種淡淡的禮貌笑容，讓人覺得溫和卻又拒人於千里之外，唯獨這一張好像是發自內心地笑，兩人之間隱隱流動著某種說不清道不明的情愫。

林辰特別放大照片只單獨看他們兩人，過了會兒又回復，反覆幾次之後，又轉頭盯著蕭子淵半晌，蕭子淵依舊是那副淡漠的模樣坐在床邊看書。他覺得一定是自己的職業病犯了，想太多。

同時，隨憶也看到了群組裡的照片，往上翻沒幾張，手機就沒電而自動關機了，她哀號一聲去充電，把看照片的事扔到了腦後，自然也沒看到那張曖昧的照片。

第二天上午妖女去建築系上課，三個人和妖女約好一起在學生餐廳吃午餐，剛踏進去就看到妖女伸手坐在角落召喚她們。

身邊還坐著一個女孩，妖女邊叫她們邊朝她們擠眉眨眼，三個人心領神會。

三寶看了看，隨口問：「咦，新女朋友啊？」

那個女孩明顯一愣，看看三寶又看看妖女。

何哥打了三寶一掌：「真是不會說話！哪是新的，不就是上次那個嗎？換了身衣服妳就認不出來了？？」

隨憶看著那個女孩的臉由紅轉白徹底崩潰，好心安慰道：「不用擔心，妖女雖然性取向多變，但對女朋友最是忠心，她不會拋棄妳的。」

那個女孩手裡的筷子瞬間掉落在地。

去裝飯的時候，四個人圍在一起碎唸。

「這個小女孩是誰啊？」

「我轉到建築系的同學。我跟妳們說，這女的討厭死了，整天崇洋媚外，立志要嫁個老外，整天像個搜索器一樣在學校裡搜索異國人種，搜索到了就硬黏上去。今天下課非要和我一起吃午餐，煩死了，甩都甩不掉，特地留著讓妳們來教育她！」

隨憶一臉不贊同：「我們一向團結友愛同學的。」

妖女攬著隨憶笑得奸詐：「阿憶，不要謙虛！妳的攻擊性一向是核武等級的，殺傷力大不說，還會綻放出一朵美麗的蘑菇雲。」

其餘幾人紛紛表示這形容相當準確到位，隨憶遠目。

打完飯回來開始吃飯，還沒吃幾口，那個女孩果然開始說話。

「我今天在校園裡偶遇一位歐洲男，高大壯碩，還跟我笑著打招呼……」滿心的粉紅泡泡讓四個人一臉無奈。

妖女壞笑著對三個人擠眉弄眼。

隨憶嘆了口氣，頗為惋惜：「再好也沒用，可惜妳容不下他啊。」

容不下他……

容不下……

崇洋媚外女一臉驚愕，其他人憋著笑默默吃飯。

那女孩很快找藉口離開了，四個人同時呼出口氣，神清氣爽。

過了一會兒，三寶把盤子裡的菜從上面翻到下面，氣憤地拿筷子敲盤子：「不是點了青椒炒肉嗎？肉呢？怎麼只有青椒！」

妖女瞄了一眼，優哉遊哉地回：「大概是和隔壁盤的番茄私奔了吧。」

何哥看看她：「行了，今天青椒裡沒吃到蟲就算妳走運了！」

三寶更加氣憤了，猛吞了幾口米飯，結果嗆得打嗝。

隨憶把湯遞給她，安慰著：「別生氣了，番茄和豬肉，它們在一起是不會幸福的。」

「噗！」三寶一口湯噴了出來。

斜後方又響起一陣笑聲。

隨憶一轉頭便看到喻千夏的笑臉，便揚起一抹笑意：「喻學姊。」

喻千夏是蕭子淵的同班同學，雖是理工女，卻長得眉清目秀，做事雷厲風行，很有女強人的風範。她們有一起吃過幾次飯，隨憶一直佩服理科學得好的女生，再加上喻千夏個性又好，她們關係一直都不錯。

「妳們四個啊，又在欺負人了！」

「哪有哪有……」

三寶張牙舞爪地揮舞著筷子：「喻學姊坐下來一起吃啊。」

「不了，」喻千夏笑了笑：「我剛吃完，馬上就要走了。」

「學姊再見。」

「再見。」

妖女歪著腦袋攬上隨憶，笑著問：「啊，阿憶，妳覺不覺得喻學姊看妳的眼神，和看別人的特別不一樣？」

隨憶愣了一下，皺著眉認真地想了半天，才滿是疑惑地問：「妳是說，喻學姊看上我了？」

其餘三個人抱著碗哧哧地笑，隨憶搖搖頭嘆氣：「學醫的果然都是汙師，世風日下啊、世風日下……」

隨憶午睡醒來，就看到三寶坐在電腦前來回地看幾張圖片。

看到她從床上爬下來就叫了她一聲：「阿憶，我等等準備去換個髮型，妳說我剪這個髮型好看呢，還是這個髮型好看？」

隨憶看著螢幕上一個長直髮一個長捲髮，又看看三寶剛到耳邊的短髮，嘆了口氣，摸著三寶的腦袋：「三寶啊，妳就不要去難為理髮師了。」

下午沒課，隨憶、何哥、妖女陪三寶去剪頭髮，校門口的理髮店永遠生意火紅，而理髮師永遠不知道：「稍微修一修，剪短一點」是什麼意思。

塵埃落定之後，三寶看著鏡子裡的自己，欲哭無淚。

身後的理髮師還一臉得意：「好看嗎？」

三寶苦著臉，咬牙切齒地回答：「好看……」

走出理髮店，三寶可憐兮兮地問：「是不是很醜啊？」

隨憶、何哥但笑不語，妖女揪了揪三寶的頭髮，毒舌道：「何止是醜啊，簡直是醜透了。」

三寶悶悶不樂地回到宿舍，沒待幾分鐘就跑了出去。

妖女問：「她去幹嘛啊？」

何哥頭也沒抬：「大概是去找安慰了。」

果不其然，三寶出門前還是哭喪著臉，回來的時候就又唱又跳的了。

這是她的法寶。每次心情不好的時候就會去找宿舍樓下的八卦阿姨聊天，一般不到十分鐘就會知道哪個學院哪個科系哪個宿舍的哪個人過得比她還慘，瞬間治癒。

隨憶的手機響了起來，有封訊息。

『今晚學生會迎新，七點在辦公室見，通知紀思璿。　蕭子淵』

隨憶現在看到「蕭子淵」這三個字就心虛，不知道上節課的隨堂測驗她考了幾分。

「誰呀？」三寶問。

「蕭學長，找我和妖女晚上去迎新面試。」

妖女摸著下巴一臉的探究：「為什麼蕭學長每次都只傳訊息給妳？」

三個人一臉壞笑地看著隨憶。

隨憶歪著腦袋：「妳們想說什麼？」

三寶親密地攬著隨憶：「阿憶啊，我真的覺得蕭學長好像對妳……」

隨憶笑著看她：「嗯哼？」

「……的林辰哥哥挺好的！」三寶不敢撩撥她，只能笑嘻嘻地轉了話題。

報名參加的人比想像中多得多，還沒到時間，走廊上已經站滿了人。

隨憶和妖女擠進去的時候看到學生會某花痴女被一堆新生圍著，正在替他們講解。

「其實，學生會這個組織啊……主席是個傀儡，是由天龍八部的四大貝勒共同執政。」

「四大貝勒？」

「天龍八部？」

「天龍八部嘛，就是指組織部、學習部、生活部、體育部、外聯部、衛生部、勤工助學部、社團部。至於四大貝勒，就是指其中四個副主席了！等等你們看仔細了啊！他們四個很難得會同時出現的。」

「四大貝勒是誰啊？」

「機械系的蕭子淵、醫學系的溫少卿、建築系的喬裕和法律系的林辰。」

了。

隨憶笑，四大貝勒的說法真是精準。擠進去後發現人都來得差不多了，大概開個短會迎新就開始了。

妖女剛踏進辦公室的門，就笑嘻嘻地打招呼：「喬哥哥，您來了啊！」

喬裕正在搬桌子，聽到妖女的聲音，腳下踉蹌了一下。

妖女湊過去仔細地盯著他看：「平時是用什麼牌子的洗面乳啊，皮膚真好！」

妖女似乎特別喜歡調戲喬裕，每次都逗他。

喬裕頭痛地扶著額頭逃跑。

人來得差不多了，還差一個部長沒到，等了許久都沒見到人，漸漸有人按捺不住了。坐在隨憶旁邊的人和部長關係不錯，一連打了五六通電話都沒動靜。

當他再一次拿出手機準備撥的時候，隨憶壓住他的手機，神色淡定地緩緩開口：「電話打一次沒有接，就不要再打了，寧可發霉，也不要死纏到發瘋，他若真的愛你，一定會回電給你。」

眾人哄然大笑，本來煩躁的氣氛一掃而空。

那個男生的臉有些潮紅：「妳故意的吧？」

隨憶還是微笑：「網路上很流行的哏，你沒聽過嗎？」

眾人都知道是網路上流行的哏，可也只有她會想到用在這裡。

蕭子淵勾著嘴角看著這個女孩，覺得她真有趣。

最後還是沒繼續等那位沒露面的部長，簡單地開了個短會，迎新就開始了。

所謂面試，不過是問些無聊的問題。

當問到為什麼加入學生會時，得到的答案五花八門。

隨憶記得當時自己也被這麼問過，她記得自己的答案是……

為了加分，能少修堂課，節能。

隨憶神遊回來，意識到對面的男孩還在等自己問問題，便開口問：「平時有什麼愛好嗎？」

這個男孩突然深情得如同在朗誦詩歌一般地說：「我喜歡在雨後去野外呼吸帶有泥土芬芳的空氣，喜歡聞曬過的棉被上陽光的味道，喜歡……」

隨憶打了個冷顫，低頭看他的申請表。

唔，果然是中文系的，比老壇酸菜還酸。

隨憶想了想還是咳了一聲打斷他：「那個，同學，你不知道嗎？你所謂雨後泥土的芳香，其實來自放線菌的排泄物，你說的曬過的被子上陽光的味道，其實是烤熟的蟎蟲的味道。」

妖女在旁邊正面試另一組，聽到以上的對話笑得東倒西歪。

隨憶對面的男生一臉苦海深仇地看著她。

隨憶又輕咳一聲：「不好意思，我們繼續，我們就是隨便聊聊，你平時喜歡吃什麼啊？」

「拉麵。」

「嗯，其實拉麵和蛔蟲很像。」

這下這個男生徹底不說話了。

隨憶覺得冷場了不太好，又主動挑起新的話題：「你有沒有吃過河蚌？那其實是在吃人家的生殖腺。」她絲毫不在意男生的臉色繼續說：「學校後門那間家常菜館你去過嗎？那道招牌土筍凍你肯定吃過吧？其實土筍就是一種蠕蟲……」

妖女看著這個可憐的男生拿過自己的申請表憤憤離開，笑得不能自已，拍拍隨憶的肩膀：「阿憶，妳又欺負新生了。」

隨憶嘆口氣：「下一位！」

溫少卿和蕭子淵一直在角落裡觀察，溫少卿歪著頭問：「你不覺得你們真的很像嗎？一樣淺淺淡淡的微笑，一樣的寵辱不驚，一樣的不動聲色，在不緊不慢中達到自己的目的。一樣的韌性，一樣的沉著而淡定。」

蕭子淵和溫少卿對視了幾秒鐘，忽然笑出來，然後看著那道身影，依舊淡淡地反問：「是嗎？」

溫少卿也勾唇笑了笑，還剩下半句他沒有說出來——還有你自己都沒發覺，你在看她的時候眼睛裡有星星。

下一個面試的是個挺活潑開朗的小女孩，隨憶覺得自己完全不能和她正常對話。

「學姊，剛才我聽一個學姊說起四大貝勒，是那邊角落的那四個帥哥嗎？」

隨憶看著她興奮的眼睛亮晶晶的，扭頭看了一眼，四個人正靠在桌子上聊著什麼。

她扭頭看了一眼：「是。」

「學姊，他們有沒有女朋友啊？」

隨憶想了想，探著腦袋悄聲回答：「學生會內部傳聞，蕭學長是喻學姊的，喬學長是妳右前方正在面試的這個妖女姊姊的，溫學長和林學長才是大家的。」

「為什麼溫學長和林學長沒有女朋友？難道他們……」

隨憶看著這個女孩心裡想，如果三寶在，她們倆一定會相見恨晚相談甚歡，一入腐門深似海，從此純潔是賤人。

「那學姊跟我說說他們四個人吧，我好想聽！」

隨憶看著小女孩一臉的虔誠，實在不忍心拒絕：「嗯……蕭學長話不多，和不熟的人相處的時候只有一種模式，那就是，給妳一個眼神，妳自己去體會。」

「哇啊，悶騷男，我喜歡！」女孩手舞足蹈地幻想著。

隨憶繼續：「溫學長嘛，人如其名，溫潤如玉，會溫溫柔柔地笑著把妳整死。」

「哇啊啊，笑面虎，我也喜歡！」

「呃……」隨憶看著越來越興奮的小女孩，有些無語。

「學姊，繼續啊！」

「好的，我們繼續面試。」

「好吧……」

溫少卿難得看到蕭子淵在外面笑得這麼開心：「悶騷男？」

「笑面虎。」蕭子淵笑著回擊。

「原來我們兩個在這個丫頭心裡是這個形象啊！」兩個人紛紛笑著搖頭。

面試工作終於結束，隨憶正核對著表格整理複試名單，蕭子淵走過來坐在旁邊看她。

隨憶有點緊張，坐直了抬頭看他一眼：「蕭學長急著要名單嗎？」

蕭子淵搖頭：「不急。」

但蕭子淵還是坐在她旁邊，身上淡淡的薄荷味道纏繞在鼻尖，她的臉漸漸有些發燙，他是不是坐得離她太近了點？

隨憶終於忍不住了，抬頭又問：「蕭學長找我有事嗎？」

蕭子淵眼神純淨地指指她手裡的筆：「這支筆是我的。」

隨憶的臉更紅了。她當時隨手拿了支筆，沒想到運氣這麼好。

「還有，」蕭子淵忽然再次開口，聲音裡含著笑意：「上堂課的那題，妳答得真是……差勁。」

隨憶的手狠狠抖了一下，在白紙上畫出一道痕跡，她哭喪著臉求饒：「學長，我錯了。我以後上課再也不玩遊戲了。」

蕭子淵勾著唇笑，這個女孩看起來清清淡淡的樣子，不過每次面對他的時候倒是表情很豐富，很好。

隨憶邊謄寫邊神遊，旁邊坐了尊大神，她實在是壓力山大啊！正想著，忽然眼前出現了一隻手，指著她的筆尖：「這裡，抄錯格了。」

隨憶想一頭撞死。

後續工作做完了，眾人笑呵呵地起鬨吵著吃消夜，蕭子淵笑著答應：「好，大家一起去吧，我請。」

到了學校後門，竟然遇到三寶和何哥，便湊在一起吃。

三寶蹦躂過來問：「有沒有清純可愛的小弟弟啊？」

妖女一臉不純潔：「人家的小弟弟我們哪看得到啊？」

三寶一臉鄙視：「不跟妳說了！阿憶，妳說！」

隨憶想了想：「沒有……人家的小弟弟我也看不到。」

「哈哈哈……」眾人哄笑，十幾個人圍在一張大桌上，說說笑笑很熱鬧。

等上菜的時候，隔壁桌的兩個女孩子正在討論韓國明星，兩個人花痴的聲音越來越大。

「妳們說！為什麼有那麼多人喜歡張根碩！為什麼！」三寶拍著桌子問，她一向不喜歡韓系氣質的男性。

有人回答：「大概是長得不錯吧！」

還有人說：「大概是演技好吧！」

隨憶想了想，歪著頭回答：「大概是……因為他的名字？」

眾人臉上爬滿黑線，三寶嘿嘿地笑：「阿憶，妳太邪惡了。我喜歡。」

蕭子淵臉上的表情依舊淡淡的，可眼睛裡卻流露出笑意。

喻千夏看著他，試探著問：「隨憶挺有趣的。」

蕭子淵沒接話，心裡卻是贊同的，真是難得見到哪個女孩子這麼淡定溫婉地講這麼富有內涵的黃色笑話。

後來隨憶在校園裡見過幾次那個奇酸無比的中文系男生，可那個男生每次看到她都是一臉驚悚地繞道而行。

三寶和何哥每次都好奇：「阿憶，妳到底對人家做了什麼？」

妖女則笑到崩潰。

隨憶只能表示無奈：「大概是我們性別不合。」

1 張廷玉：1672-1755，清朝政治家，獲配享太廟。
2 齊達內：一名已退役的法國職業足球員，世界足壇傳奇巨星之一。
3 根正苗紅：中國政治世家的一種說法。

第二章　不遠不近，你退我進

醫學系的課一向都排得很滿，下午第一堂課，本是午休時間，滿教室的學生在一堆器官名稱中昏昏欲睡，老師忽然提高了音量：「我們要參加機械系承辦的科技創新大賽，每個學院都要參加，有沒有人自願報名？」

眾人在睡夢中被驚醒，反應過來後都趕緊低頭裝忙。

老師在講臺上笑：「既然這樣，我相信我們系上的學生都很優秀，我就隨機點名參加吧！」

「別叫我，別叫我，別叫我……」

隨憶聽著三寶在旁邊唸咒，想了想還是告訴她：「據說，妳在祈禱別叫到妳的時候其實是在對老師產生一種業力，上帝分辨不出來這種力量是喜歡還是排斥，所以老師會收到這種能量並且叫妳的可能性更大。」

三寶思考了一下，換了咒語。

「叫隨憶，叫隨憶，叫隨憶……」

隨憶還沒來得及阻止，就聽到老師叫道：「隨憶！」

隨憶瞪了三寶一眼，緩緩站起來。

老師對這個女孩子印象深刻：「再找兩個，我看看啊，任申！」

三寶苦著臉站起來：「老師，你知道我的必修課學得很差勁的！」

老師一臉恨鐵不成鋼的樣子：「知道差勁還不好好聽課，妳到底還想不想畢業！」

三寶撓撓腦袋：「老師，我根本就不想畢業。」

「妳……」

「老師，你有所不知，我本來想讀中醫系的，以後回家把我們家的地全都種上中草藥，然後我就發財啦！」三寶說著，一臉的嚮往。

「妳給我坐下！」老師瞪了三寶一眼，看向她旁邊點名：「何文靜！」

何哥俯首稱臣：「老師，如果您想讓我幫忙搬個儀器買個水還可以！其他的還是別找我了。」

老師一臉無奈地揮揮手讓她坐下，最後找了其他班的兩個男生。

最後終於滿意地宣布：「好了，等等下課後你們跟我去機械系辦。」

隨憶沒來過機械系的辦公室，看起來和醫學系差不多，辦公室裡有兩位老師正半真不假地寒暄。

隨憶瞄了眼旁邊和她一樣的兩個倒楣蛋，也是滿臉的不情願，她默默嘆口氣，同病相憐啊。

陸續又進來了幾位老師和學生，聽了幾句話之後，隨憶才知道這是學校開發的一個大專案，主題是創新醫療器械，團隊裡有醫學系、機械系、電子系的，還包括負責寫開發方案和推銷產品的行銷系學生。

隨憶越聽越複雜，好在她只是負責醫療功能這一塊，不過主導人恐怕就得頭疼了，才這麼想著就聽到一位老師說：「對了，這次我特意找了張清教授的得意門生來作指導，等他過來，你們互相認識一下。」

隨憶在聽到「張清」兩個字的時候眉頭就跳了一下，很快，她的預感變成了現實。

另外一位老師附和道：「蕭子淵嗎？這位機械系的蕭神名聲很響啊，聽說參加過幾次科技創新大賽，都是特等獎，還申請過專利。」

「是個人才，怪不得張教授這麼寶貝。」

隨憶的腦子慢了半拍才反應過來。

喔，熟人啊，那很好啊。熟人好辦事嘛。

沒過多久，蕭子淵就出現在他們面前，聽完老師的介紹後，笑著跟他們打招呼，簡單地交談了幾句，約好明天早上在圖書館見面詳談後，很快便離開了。

隨憶臨睡前收到蕭子淵的訊息：『怎麼參加比賽也沒告訴我一聲？』

蕭子淵看著訊息傳出去後，他事前不知道她也會參加，當系上老師跟他說的時候，他還差點推掉了。

隨憶握著手機看了半天，蕭子淵從來沒因為私事傳訊息給她過，是不是傳錯了？畢竟他們連在社群軟體互相按讚的交情都沒有，他怎麼會傳這種閒聊的訊息給自己？

想了想，應該是傳錯人了吧。

隨憶沒回，關了手機便睡覺了。

第二天，隨憶吃完早餐直接去了圖書館，剛進圖書館就收到妖女的訊息。

妖女近日閒來無事去旁聽一門課，叫「大學生戀愛與心理健康」，被那個心理學老師糊弄得昏頭昏腦，經常問些亂七八糟的問題。

『阿憶啊，兩個人在一起什麼最重要啊？樣貌？性格？門當戶對？』

隨憶想了想，言簡意賅地打了幾個字回過去：『三觀吻合最重要。』

本來以為她接受了，過了幾秒又收到封訊息：『還有呢？』

還有什麼？這次隨憶毫不猶豫地回答：

『當然，尺寸也要吻合。』

妖女又過了幾秒鐘才反應過來，回了句：『阿憶，妳流氓！』

隨憶笑著把手機收了起來。

蕭子淵站在圖書館二樓的書架旁找書，不經意間一歪頭便看到隨憶。

她從一樓的手扶梯上來，秋日的陽光透過屋頂的玻璃照在她身上，整個人都被罩在奪目光芒裡，輪廓有些不真實地模糊。她的嘴角噙著恬靜的笑，正低頭看著手機，帶著讓人不忍直視的光彩。

蕭子淵瞇著眼睛，若有所思。

這個女孩子無疑是漂亮的，優雅獨立、靈動婉約，卻不張揚。這個年紀便知道如何恰當地掩蓋好這份美麗，安安靜靜地站著或坐著，柔軟纖細的身姿從容淡定。當她意識到你在看她的時候，得到的是她莞爾一笑，可你再想靠近，卻是不可能了。

你進一步，她就退一步，永遠保持著不近不遠的距離。

她永遠不會主動接近你，你也不要指望能走進她心裡。

她能一眼看出問題所在，然後不動聲色地避開或者解決。

林辰總是誇她聰明，而她，其實何止是聰明。

溫少卿說她和自己很像，一開始他並不覺得，可接觸得越久他自己竟然也漸漸有了這種感覺，她好像就是另外一個自己。

不過，她有時候似乎有些小迷糊。

隨憶上了二樓，一眼就看見蕭子淵了，沒想到他這麼早到，便走過去打招呼：「蕭學長。」

「早。」

蕭子淵正在紙上演算什麼，白紙上的字跡灑脫大氣，又隱約帶了些許他身上的氣勢。他直到算完最後一筆才抬起頭看她，表情有些嚴肅地開口：「我有個問題想問妳。」

隨憶立刻緊張起來：「學長昨天提出的主題我有很認真地想過，一會兒就整理出來交給你。」

「……」蕭子淵停了一下，緩緩開口，「嗯……我想問的不是這個，妳昨晚怎麼沒回訊息？」

「呃……」隨憶頓了一下：「我以為你傳錯了。」

蕭子淵極輕地嘆了口氣，彎起食指抵了抵額頭，臉上的表情似乎……頗為無奈？

隨憶眨眨眼睛，她說錯什麼了嗎？

似乎安靜了點，隨憶找話題想緩解氣氛：「學長的字好漂亮。」

蕭子淵也很給面子地接話：「我記得妳的字寫得更漂亮，去年學校書法比賽的時候看過一次，後來怎麼再也沒看過妳寫書法了？」

隨憶笑著打哈哈：「蕭學長又逗我，我都是亂寫的，就不拿出來丟臉了。」

蕭子淵忽然很鄭重地說了句：「我很喜歡。」

隨憶一愣，下意識地抬眸看他。

他正微垂著頭看她，薄唇微抿，那雙總是淡漠的眼睛裡，此刻好像閃過一絲光芒。

正不知怎麼接話呢，就聽到有人叫蕭子淵的名字。

蕭子淵又看了她幾秒，視線才越過她看向她身後，緊接著他抬手打了招呼，站起來走了過去。

「好久不見了。」

那個人走近了就開始抱怨道：「哎呀，最近被折磨死了。對了，SolidWorks[4]裡有幾個功能我不太會，你有時間教我一下吧！」

蕭子淵笑著答應：「好，今天下午你來找我吧，我會在宿舍。」

「真的啊，那太好了，有你我也不用借這些書了。」那個男生往蕭子淵身後看了一下，「咦，那不是……」話說到一半忽然笑出來：「那不打擾了，我先走了。」

蕭子淵笑著道別，轉身回來看著正裝忙的那個人，心裡開始發笑。

他不得不鄙視自己剛才的惡趣味，很久之前他就發現，這個看起來淡定的女孩子從不敢看他的眼睛。她越不敢看，他就越發想逗她。

小組成員陸陸續續到了，眼看集合時間也快到了，他們就進了二樓的會議室。

點完名才發現還少了兩個人，蕭子淵坐在會議桌的中央，面無表情地看著指針指到那個數字，又過了十分鐘那兩人才姍姍來遲。

蕭子淵淡淡地掃了兩個人一眼，看起來沒什麼情緒，卻有種逼人的壓迫感。

隨憶覺得這個男人的氣場真不是一般的強大，她作為旁觀者都覺得冷颼颼的，更何況是當事人。

「我不喜歡不守時的人。」

輕描淡寫地就讓兩個遲到的人面紅耳赤，站起來向大家道歉：「對不起，再也不會發生了。」

蕭子淵點點頭，口氣緩和了點：「坐下吧，馬上開始了。」

隨憶垂著眼睛微笑，恩威並施，果然高明。

自由討論的時候，隨憶聽到旁邊兩個男生在小聲聊天。

「這個會議室不是說不外借的嗎？上次我們系想借來用都不能。」

「那你也不看看是誰借的。」

立刻有人湊過來：「誰借的啊？」

隨憶笑，原來男人也這麼八卦啊。

「蕭神啊。」

「喂，蕭神到底是誰啊？」

「機械系的大神你都不認識？」

「不知道啊。」

「也是，蕭學長平時挺低調的。」

「啊，那他不是快畢業了嗎？」

「嗯，已經拿到國外名校的全額獎學金了，畢業後就出國。」

「真羨慕啊……」

「別羡慕了，根本沒得比，聽說他連發了好幾篇ＳＣＩ[5]，影響指數[6]都很高……」

隨憶筆下一頓，要出國讀書啊，真好。

上午的時間很快就過去了，一群人效率極高。隨憶本來以為這麼多人不好合作，但此刻她不得不承認，蕭子淵不僅外貌和氣質出眾，能力也同樣超群。

她磨蹭了一下，走的時候只剩她和蕭子淵兩個人。

要下樓時，隨憶狀似無意地問了句：「蕭學長畢業後是要出國嗎？」

蕭子淵點頭：「嗯，很久之前就決定好的。」

「喔，那恭喜了！」隨憶貌似雀躍地很快回答。

蕭子淵看了她一眼：「那妳呢，有什麼打算嗎？想出國的話可以跟我說。」

隨憶靜默了半晌，直到離開圖書館才開口說：「畢業後我要回家工作，這也是很久之前就決定好的。」

「好。」蕭子淵淡淡地回應。

之後，兩個人一路無言。

隨憶若有所思地回到宿舍，心情有些說不出來的沮喪。

三寶正在寫醫學報告，趴在鍵盤上劈哩啪啦地邊打字邊抱怨：「學醫太苦了！早知道我就去學種田了！現在換行來不來得及？」

隨憶經過她看了一眼，心不在焉地回答：「行，我幫妳按一下返回鍵。」

何哥和妖女趴在電腦前悶笑，三寶立刻端坐好：「阿憶，我錯了！」

隨憶一臉茫然：「怎麼了？」

三寶惶恐：「阿憶，妳心情不好嗎？」

隨憶一頭栽到床上，悶悶地回答：「沒有啊。」

何哥壓低聲音問：「她怎麼了？」

妖女和三寶紛紛搖頭。

在三個人眼裡，隨憶是那種很豁達的女孩子，不管遇到什麼都會不慌不忙地笑著解決，就算不說話也是笑意嫣然的。

從來沒見過她現在這樣愁眉苦臉。

又過了幾天，再次去開會的時候，隨憶依舊心情低落，坐在位置上異常沉默。

蕭子淵說到一半發現隨憶突然睜大眼睛，緊接著便開始皺眉，又滿臉不安地小幅度動了動。

他停下來問：「怎麼了？」

隨憶一驚：「沒什麼，學長你繼續說。」

蕭子淵看了她幾秒後，雖然覺得她奇怪但沒有追問下去。

他哪裡知道隨憶的「隱疾」。

她只感覺到小腹墜墜地抽痛，便有不好的預感，但日子不又太對，只能盼著自己的預感錯了。

誰知道沒幾分鐘過後她就感覺到一股暖流從下腹流出，瞬間想死的心都有了。

蕭子淵似乎有意體諒她，會議提前結束了，但隨憶還是感覺到褲子早已染上血，濕濕的。

她坐著不敢動，想傳訊息給三寶，輸入到一半才想起來，那三個人一起去市中心看電影了，等她們趕回來天大概都黑了，還不如等天黑了她自己跑回去。

身旁陸續有人叫她：「隨憶，還不走嗎？」

隨憶笑著應對：「你們先去吧，我馬上就走，再見！」

「那我們先走了，再見！」

蕭子淵出去接了通電話，回來的時候看她還在：「妳怎麼還沒走？」

隨憶坐得端正：「我……我再等會兒。」

蕭子淵看著她原本粉通通的小臉有些蒼白，走過去問：「怎麼了，不舒服嗎？臉色這麼難看？」

隨憶苦笑，我肚子痛也不能告訴你啊。

「我真的沒事，學長你們先走吧。」隨憶看到門口還有人在等蕭子淵，便笑著回答。

「你們先走吧，我還要找份資料。」蕭子淵看了她幾秒鐘，忽然轉身跟其他人說。

「那我們先走了。」

「好。」等到議室只剩下他們兩個人的時候，蕭子淵脫了身上的風衣，遞給隨憶後開口：「穿上吧，我送妳回去。」

隨憶臉一紅，原來他看出來了啊。一抬頭便對上那雙深邃的眸子，唇角微揚似乎含著笑意。正處在天漸黑而屋內沒開燈的時刻，室內光線有些昏暗，隨憶只看了一眼，便覺得蕭子淵有能勾魂攝魄的氣質。因為他平常總是一臉冷淡的樣子，而此刻狹長的眼睛因為帶了笑意斜飛入鬢，整張臉的線條清晰漂亮，竟然讓她看得有些發愣、有些心動。

她一直以為男孩子不需要長得太好看，而且長得好看的男孩子也就那樣，但現在她竟然對蕭子淵感到臉紅心跳。她和蕭子淵不是第一天認識了，以前總覺得他身上的氣勢迫人，她無法駕馭，所以不太敢仔細看他，現在不經意間的一眼，竟覺得驚豔，早知道就不看了。

蕭子淵也不叫她回神，薄唇微抿耐心頗好地等著她回神。

隨憶反應過來的時候臉更紅了，慌慌張張地穿上長風衣很快地站起來，因為站得太猛供血不足，她感到一陣暈眩身體晃了晃，下一秒，便跌進蕭子淵的懷裡。

這是他們第一次靠得這麼近。

隨憶緊緊地抓住蕭子淵的手臂，眼前一片漆黑，她只能感覺到手心下的手臂堅實而有力地支撐著自己，鼻間的薄荷味道清晰爽朗。

等眼前的黑暗漸漸消失隨憶才抬起頭，有些茫然：「謝謝學長。」

蕭子淵收回手臂後順勢牽著她的手：「走吧。」

隨憶的手指緊貼著他的掌心，他的指尖搭在她的手背上，指腹微涼，手心卻是暖的。

「那個……椅子……」隨憶藉著去包包裡找濕紙巾的機會把手收了回來，翻出濕紙巾後貌似一心一意地擦拭著椅子上的汙跡，再也沒有抬過頭。

她身上穿著他的外套，周圍縈繞著他身上清冽的味道，頭頂那道視線又絲毫不加遮掩，她的心忽然躁動起來。

傍晚起了風。他們走出圖書館後，蕭子淵只穿了件襯衫，在晚風中顯得單薄，隨憶有些良心不安：「蕭學長……你會不會冷？」

蕭子淵嘴角帶著笑，竟然有些戲謔地回答：「冷啊，難道妳要把外套還給我嗎？」

隨憶被噎住只能乾笑：「呵呵……」

隨憶在心裡檢討：妳這個笨蛋，沒事多什麼嘴！

途中蕭子淵買了杯紅棗茶給她，隨憶捧在手中有一口沒一口地喝著，視線時不時地從不知道什麼時候又糾纏在一起的兩隻手上掃過。

大概蕭子淵也注意到她的視線了，轉頭問道：「怎麼了？」

隨憶很是善解人意地回答：「學長，你的手沒有其他地方放嗎？」

所以才要放到我的手上？

蕭子淵沒說話，繼續牽著她的手往前走。隨憶就當他是默認了。

秋日的傍晚，寒風乍起，他牽著她的手，一起走在滿是枯葉的校園裡。隨憶覺得口中溫熱香甜的紅棗茶一路流到了心中，那種感覺縈繞在心頭久久不散。

在樓下分別的時候，蕭子淵說了一句話，讓隨憶在之後的整個晚上都處在魂不守舍的狀態。

蕭子淵笑著說：「妳太瘦了，以後多吃點，抱起來的感覺應該會更好。」

隨憶在蕭子淵的微笑中機械式地轉身，身體僵硬地走上樓，連再見都忘了說。

回到宿舍，正在打遊戲的三寶百忙中抬頭看她一眼：「阿憶，妳笑得好僵硬啊！」

隨憶摸了摸自己的臉：「我有笑嗎？」

正說著，何哥一臉糾結地從屋外走進來，若有所思。

隨憶照例問：「怎麼了？」

何哥皺著眉：「今天找地方自習時，去的那個教室有選修課，我就順便聽了一下，本來好好的，可老師後來說了一句話，我就開始自動腦補，補了兩節課，其他內容一句也聽不進去了。」

「老師說了什麼？」隨憶問。

「他說，梁啟超在十七歲娶妻之後，曾經以為他的人生會就這麼平靜地過去了，直到他遇見了康有為……我總覺得哪裡怪怪的……」

隨憶點頭表示理解，看向三寶的方向：「腐，是會傳染的。」

妖女從床上探出腦袋，給出評價：「何哥，妳不能再和三寶混在一起了，都被她帶壞了。」

三寶忽然站起來振臂高呼：「革命無罪，造反有理，搞基有愛！」

喊過口號後又湊到電腦前繼續打遊戲，嘴裡還嘰哩咕嚕的，「梁啟超就是因為和康有為在一起才把腎搞壞了，結果做腎臟切除手術的時候還被誤切到健康的腎，後來就一命嗚呼了。由此可見，梁啟超的一生是極其枉然的一生……俗話說得好，風蕭蕭兮易水寒，人生難覓是直男啊……」

眾人再次黑線。

蕭子淵自從那晚對隨憶說了那句震驚中外的話後，就突然消失了。

幾天後，隨憶洗好了風衣卻找不到他，想了想，就送到林辰的宿舍去。

隨憶進了門，東瞧瞧西看看：「蕭學長不在嗎？」

林辰一臉怪笑：「妳來是為了找他啊？」

隨憶舉起手裡拎著的袋子給他看：「我有東西要還給他。」

林辰拿過來：「這件是蕭子淵的吧，怎麼會在妳那？他媽媽生病他回家去了，可能還要過幾天才會回來，妳先放這吧，之後我再給他。」

隨憶沒鬆手，猶猶豫豫了半晌說：「我還是親自交給他吧，順便向他道謝，等下次他回來了我再來。對了，他是哪一天走的？」

「嗯……週三晚上，接到一通電話就走了。」林辰回憶了一下。

「喔。」隨憶心不在焉地應了聲：「那我先走了。」

週三晚上，那應該就是那天晚上。

隨憶走到門口時，林辰忽然叫住她：「阿憶！」

「嗯？」隨憶轉身。

林辰猶豫半天才開口：「妳也看得出來，蕭子淵不是普通人家的孩子，他是蕭家的太子爺，畢業後就要出國留學，從國外回來就是要進政壇的。他以後的每一步都是被安排好的，或許這其中也包括婚姻，我怕妳……」

隨憶臉上的笑容未減，慢慢開口：「林辰哥哥，你放心，我不會喜歡蕭學長的。」

林辰記得隨憶已經很多年沒這樣叫過他了，突然這麼一叫，倒讓他心裡一驚。他最怕隨憶這個樣子，溫溫婉婉，實則心意已定。

林辰打量她半天，並沒有看出勉強和破綻，便擺擺手：「那我就放心了。」

蕭子淵剛走到門口就聽到這幾句對話，微微一挑眉，沒有任何遲疑便推門進去了。

隨憶看到他冷著臉的模樣，就猜到他肯定是聽到了那些話，眨了眨眼睛，有點尷尬地笑：「蕭學長，我來還你……」

還沒說完就被蕭子淵不鹹不淡的聲音打斷：「放那裡就行了。」說完也沒去看隨憶，從她身邊走過進了宿舍。

隨憶看著他的背影，蕭子淵就該是這個樣子才對啊，淡然冷靜，他本就如此。

對於他忽然的冷淡，隨憶笑了笑，放下東西也離開了。

關上門，林辰也有些尷尬，笑著解釋：「本想替你試探一下這丫頭，沒想到……」

蕭子淵歪在床上閉著眼睛，抬起手臂遮在額頭，滿臉的疲憊憔悴，並不接話。

林辰似乎看出了些什麼，躊躇著開口：「子淵，算了，隨憶這個女孩子雖說清清淡淡的，但很有主見，她說不喜歡就是真的不喜歡。你……」

蕭子淵依舊沉默，臉上看不出異樣，似乎根本就沒在聽他說了什麼，可林辰卻知道他動了怒，也不知道是在生誰的氣，便嘆了口氣轉身出去了。

隔了幾天之後的晚上，隨憶去上機械系的選修課，這次她沒玩手機，老老實實地聽講臺上的蕭子淵講天書。幾天沒見他，他看起來不是很好，說話的時候聲音都有些嘶啞，偶爾咳嗽幾聲。

隨憶知道他在生氣，卻不知道他為什麼生氣。

她並不認為蕭子淵會特別喜歡她，畢竟他身邊優秀的女孩子那麼多，她不過是最平凡的那一個，他本該看不上自己才對。

蕭子淵最近幾天都在實驗室做準備要發表文章，這天下了課剛回到宿舍就看到自己桌子上擺滿了藥。

溫少卿正拿著幾盒盯著說明書研究，看到蕭子淵進來便扔給他：「這些女孩子真是了不得了，她們哪是去聽你上課啊？校醫這下要紅了，可惜她們不知道你對西藥過敏，這些東西不能碰。」

蕭子淵接過來隨手放到一邊，啞著嗓子問：「上次你給喬裕吃的那個潤喉藥呢，還有沒有？」

溫少卿找出來遞過去，笑著逗他：「桌子上擺著的那些，有些你還是能吃的。」

蕭子淵皺眉：「廢話那麼多！」

林辰興沖沖地跑進來，看到蕭子淵卻突然停下來，悄悄轉身往外走。

溫少卿揚聲叫他：「林律師！去哪裡啊？」

林辰那天招惹了蕭子淵，現在看到他都躲著。聽見溫少卿叫他，只能僵硬地轉過身：「我去隔壁找個人……」

邊說邊急著轉身往外走，才邁開腳步就和迎面進來的人撞上了。

迎面而來的學弟抱著筆電穩住身體，跟林辰說了聲對不起便走向蕭子淵：「大神，我把資料導入進去但軟體運行說錯誤，怎麼樣都分析不出來，你幫我看看是哪裡出了問題。」

蕭子淵接過來坐在桌前仔細看著，趁著空檔，學弟便和溫少卿聊天。

「聽說今天你們醫學系那邊出事了？」

溫少卿一愣：「不太清楚，我剛從醫院回來，出什麼事了？」

來人一下子就興奮了起來，興高采烈地八卦：「你還不知道啊？說是一年多前那個暴露狂變態又出現了，在醫學系的教學大樓前騷擾女孩子。隔壁班的班長當時正好經過那裡，看到被騷擾的女孩好像是林辰的那個漂亮妹妹，醫學系的那個美女，不過他也不確定是不是。」

蕭子淵突然停下來，指著螢幕上複雜的圖線指給他看：「這裡，這兩條線沒接上，接上再重新運行就好了。」

男生歪著頭看，蕭子淵便起身把座位讓給他。

蕭子淵走到旁邊端著水杯喝了一口，冰涼的液體順著嗓子流過，那種熱辣疼痛的感覺有了一絲緩解，可心裡的焦灼卻越演越烈。他輕輕放下杯子，忽然穿上衣服出去了。

「啊，學長你要去哪裡？我還有問題呢！」那個學弟在身後喊。

溫少卿坐在那裡勾著唇笑。

學弟看著溫少卿疑惑地問：「說的是你學妹啊！你怎麼都不著急。」

溫少卿看著林辰：「他妹妹他都不急了，我為什麼會著急？」

林辰看著跑出去的那道身影：「他替我著急完了，我需要急什麼呢？」

學弟只能一頭霧水。

十幾分鐘後，蕭子淵和隨憶站在女生宿舍門口相對無言，唯有尷尬。

這個時間女生宿舍附近有不少情侶在摟摟抱抱，熱鬧非凡，這麼安靜的兩個人站在這裡不免都有點不自在。

妥協，蕭子淵的心中忽然冒出了這個詞。

在遇到眼前這個女孩子之前，他從未想過自己會和這個字眼扯上關係。

良久他嘆了口氣，神色也緩和了幾分：「怕不怕？」

隨憶的眼眶忽然熱了，不知道他怎麼會知道。

隨即她揚起臉笑起來，聲音輕快：「不怕，學長你忘了，我是學醫的，什麼沒見過啊！那些對我來說就是人體器官，我沒事的！」

蕭子淵垂著頭看她，幽幽開口：「專家說，人的一生平均要說八點八萬個謊話，其中最容易脫口而出的謊話就是，沒事、我很好、我不怕這三個。」

「呃……」隨憶沒想到蕭子淵也會講出這種冷知識，斂了斂笑容：「當時倒是嚇了一跳，不過現在沒事了！」

蕭子淵拿出一個平安符遞給她：「拿著，帶在身上壓壓驚。」

隨憶看了一眼，邊角有些磨損，應該是帶在身上很多年了，她沒想到蕭子淵竟然會信這個。這麼想著，隨憶不自覺地笑起來。

蕭子淵看她不收下，就把平安符塞到她手裡：「拿著。」

兩個人正說著話，天空突然下起雨來，蕭子淵自然地抬手替她拉上衣領：「妳快回去吧，我先走了。」說完就準備離開。

隨憶愣了一下，向前伸手拉住他往樓門口退了幾步：「你已經不舒服了就別再淋雨了，在這裡等一下，我上去拿傘。」說完也沒注意，握住手裡的東西就往樓上跑。

蕭子淵的表情終於有一絲鬆動，看著隨憶遞過來的傘，遲疑了一下才接過：「這把傘……」

「怎麼了？」隨憶一臉疑惑地反問：「喔，對了，這是我從家裡帶來的薄荷葉，你拿回去泡水喝，喉嚨就不會那麼不舒服了。」

蕭子淵垂著眼看了一下，並不收下，又重新盯著她的眼睛。她跑上跑下，小臉紅撲撲的，粉嫩晶瑩，格外動人，他看了半晌才緩聲開口：「妳這是在關心學長，還是關心我？」

說完就在隨憶皺著一張小臉糾結的時候，轉身往回走。

昏黃的燈光映出綿綿細雨，宛如煙雨濛濛的江南夜晚，蕭子淵一手捏著紙袋，一手撐著傘，心滿意足地走在驚慌躲雨的人群中。

她一直叫他蕭學長，從來不曾當面叫過他的名字，似乎他只是她敬重的一個學長，除此之外，沒有其他的想法。

隨憶在樓前站了很久，腦子裡亂成一團。

是關心學長還是關心我？

有區別嗎？

等她回神再看，哪裡還有蕭子淵的影子？

隨憶回到宿舍後，才發覺自己手裡竟然還握著那個平安符。

還回去？蕭子淵大概會發怒吧？

蕭子淵生氣的時候不會像別人那樣疾言厲色，他臉上的神情不會變，甚至連呼吸頻率都不會變，什麼都沒做，卻能讓人清楚地感覺到他生氣了。

隨憶衡量了一下，那就拿著吧！

蕭子淵進了宿舍房門，溫少卿奇怪地看著他：「你帶傘了啊，林辰打電話給你，你沒接，他跑去女生宿舍那邊去送傘給你了。對了，他最近怎麼了，對你這麼殷勤？」

蕭子淵邊拿出紙袋裡的薄荷葉泡水邊無奈地笑：「我那天有點累了臉色不太好，可能他以為我在生他的氣了。」

溫少卿又提起：「你媽媽的病怎麼樣了？這週五是陳醫師的門診，去看看嗎？」

蕭子淵端著杯子聞了聞，清涼舒爽的感覺順著鼻腔蔓延到喉嚨：「不用了，這幾年看過多少次了，老毛病都說沒別的辦法治，只能靜養，最近換季感冒了才又復發了。」

溫少卿拍拍蕭子淵的肩膀：「你也別太擔心了。」

蕭子淵笑著看他：「好。」

正說著，林辰拿著兩把傘衝進了宿舍，看到一身乾爽的蕭子淵：「你……」

蕭子淵朝著他笑了笑，林辰撓撓腦袋，不好意思地也笑了。

熄燈後宿舍裡很靜。

隨憶躺在床上，在黑暗中睜著眼睛。

下午回來的時候她沒跟任何人提起這件事，雖然她是學醫的，但畢竟是個女孩子，心裡還是會有點害怕，沒想到晚上蕭子淵竟然會為了這件事來找她。

她微微笑了一下，翻了個身準備睡覺。她本來以為會失眠或者做噩夢，誰知道竟然一覺睡到了天亮。

起床的時候神清氣爽，她想，平安符大概是真的有用。

雨下了整整一夜。第二天蕭子淵拿著傘準備出門，林辰盯著他看了半天：「咦，你的傘……」

蕭子淵一臉坦然地反問：「怎麼了？」

林辰揮揮手：「沒什麼沒什麼。」

蕭子淵吃完早餐從學生餐廳走出來後，遇到同系的學生，他們愣怔地看著蕭子淵：「咦？學長，你的傘……」

蕭子淵依然一臉平淡地反問：「怎麼了？」

幾個男生立刻收起笑容搖頭：「沒什麼沒什麼。」

蕭子淵踏著滿地的雨水到了實驗室，在門口碰到張清教授。

教授和他打了招呼後：「子淵，你的傘……」

蕭子淵臉上掛著禮貌的笑：「張教授也喜歡嗎？」

張清看著奶白色的傘上點綴著大大小小的七星瓢蟲，哈哈笑了出來：「小子，談戀愛了吧？」

蕭子淵笑了笑沒回答。

張清笑著拍拍蕭子淵的肩膀：「不錯，有空帶來讓我看看。」

忽然又問了一句：「不會是喻千夏吧？」

蕭子淵收起笑容，一本正經地回答：「不是，教授怎麼會這麼問？」

張清擺擺手：「她協助你做實驗，每次發表文章，你們兩個名字中間都是我的名字，你們這群小子背後都說，Ziyuan Xiao 和 Qianxia Yu 是 SCI 天生一對，都被我這個 Qing Zhang 破壞了，你以為我不知道嗎？」

蕭子淵從容而坦蕩地回答：「教授您想太多了。」

張清似乎明白了什麼：「好好好，你去忙吧！」

蕭子淵走了幾步又被叫住：「新申請的那個專案審核通知來了，專案組過兩天會來考察，你到時候和我一起去。」

「好。」

第二天隨憶和妖女去學生會參加例會，據說本校以前的一個學生現在當了歌手，很紅，決定回校開演唱會，學生會又是一陣兵荒馬亂。

隨憶對這個當紅歌手有點印象，一直以為是專業科班出身，沒想到會是自己學校的。工作安排好後，瞭解內幕的人便開始八卦了起來。

「你們知道他是哪個系的嗎？」

「哪個系啊？我們學校的音樂系也不強啊。」

「是機械系的！」

「不會吧？怎麼可能……」

「真的！當年也算是機械系的風雲人物，誰知道突然休學去唱歌了。」

「這麼說來機械系也有各種奇葩啊，快跟我講！」

隨憶正興致盎然地聽著八卦，妖女一轉頭看到她脖子上的紅線，邊伸手邊說：「咦？妳脖子上戴的是什麼啊？」

隨憶還沒反應過來，貼身戴著的平安符就被妖女扯了出來。

「以前沒看妳戴過啊，哪來的？」

喻千夏坐在隨憶斜對面，看到紅線盡頭的平安符時臉色忽然變了，很快地抬頭不可思議地看向隨憶。

隨憶被她看得彆扭，和妖女對視了一眼，便試探著問：「喻學姊怎麼了？」

喻千夏臉上的詫異一閃而過，很快地恢復正常：「沒什麼。」

隨憶看著喻千夏的神情似乎想到了什麼，從妖女手裡拿回平安符默默放回衣服裡。

妖女湊過來小聲問：「喂，妳覺不覺得喻千夏很奇怪？」

隨憶朝妖女使了個眼色，妖女吐了一下舌頭，也轉身加入八卦大軍。

散會後，隨憶剛走到門口就被喻千夏叫住，她遲疑了一下，還是說出來：「隨憶，妳等我一下，我有事想跟妳說。」

隨憶早就看出喻千夏有話要說，覺得身邊有人不太好，她轉頭對妖女說：「妳先回去吧。」

妖女心領神會地走了。

隨憶和喻千夏從活動室出來，沉默地走了很久，喻千夏才打破沉默。

沒幾天的時間，冬天好像一下子就到了，太陽馬上就要下山。這個時間走在校園裡，隨憶想著自己應該把冬天的衣服拿出來曬一曬，好隨時能穿到身上。

喻千夏就是在隨憶神遊天外的時候開了口。

「妳可能不知道，蕭子淵是早產兒，小的時候身體不好經常生病，看了很多中西醫的醫生都沒用。那個平安符是他爺爺奶奶求來的，很難想像吧？那樣的兩位老前輩竟然會這麼做。或許是心理作用吧，自那之後他竟就很少再生病了。這幾年他一直貼身戴著這平安符，倒不是他有多相信，只是送他的人意義非凡。他和他爺爺奶奶感情很好，很寶貝這平安符。我和他認識這麼多年，半開玩笑地問他很多次想借來看一看，但他從來都不接話，沒想到……竟然送給了妳……對了，妳知道他爺爺奶奶是誰嗎？」

隨憶的心情忽然一落千丈，似乎也不覺得有多冷了。

那麼多人都知道蕭子淵家世顯赫，她也聽過，只不過他行事低調，她竟然差點不記得了。

那天林辰跟她說，蕭子淵是蕭家的太子爺，前途無量；今天喻千夏又問她說，妳知道他爺爺奶奶是誰嗎？

她怎麼會不知道他奶奶是誰？那是個在戰火紛飛的年代脫穎而出的奇女子，如今雖已年老，可每次出現在鏡頭前的時候依舊風韻猶存，依稀可見年輕時的英姿颯爽。能配得上這個奇女子的男人，蕭子淵的爺爺又有多出色可想而知……還有他的父母，想必也是人中龍鳳吧……

她跟他不是同個世界的人。

回過神來，隨憶眨了眨眼睛，嘆出了一口氣。

妖女碰碰隨憶，「阿憶，這是妳在餐桌上第三次嘆氣了。不好吃嗎？」

隨憶勉強笑了一下：「沒有啊，很好吃。」

她忽然有點羨慕身邊的妖女，敢愛敢恨，張揚大氣，永遠信心滿滿地去爭取自己想要的。

三寶正吃得不亦樂乎：「阿憶，吃這道魚，做得真好吃！不愧是五星級飯店！」

今晚是同班的一個男同學過生日，在這家五星級大飯店席開三桌，宴請全班同學。聽說這個男同學家裡是江浙一帶的富商，家境殷實，從入學開始，做事都顯擺著財大氣粗的風格。班同學並不喜歡這位，但礙於同學的面子上不好拒絕。

大一剛開學，此富N代便對她們四個異常殷勤，眾人都以為他看上的是妖女，誰知道後來才知道他喜歡的是隨憶。

據說，他的原話是，此等大氣婉約的女子才有資格進他們家的門。

聽到這則八卦的時候，隨憶只是淡淡地笑了一下。

三寶、何哥、妖女看著隨憶臉上的笑，顫抖著開始同情富N代，一心想看他是怎麼死的。

果然沒過多久，壽星就湊了過來，一副濫情風流的樣子：「隨憶，我今天生日，妳有沒有話要跟我說？」

隨憶拿起果汁和他碰了一下，淡淡地說：「祝你生日快樂。」

壽星似乎並不滿意這個結果：「我記得妳還沒送我禮物啊，改天記得補給我啊！」

眾人起鬨：「喂，秦銘，有你這樣討禮物的嗎？」

壽星揮一揮手：「關你們什麼事！」

隨憶坐得端正，垂眸盯著面前的杯子：「我送了。」

壽星一臉欣喜：「是嗎？可能我沒仔細看，妳送了什麼？」

三寶、何哥、妖女噗哧一聲笑出來。

隨憶這下終於抬頭，露出一抹微笑，緩緩開口：「放禮物的桌子上最角落有個紅包，裡面有五百塊，那就是我送的。你喜歡什麼自己去買吧！不夠的話拿發票來，我再補給你。」

眾人這下終於知道三個人在笑什麼，一下子哄笑出來，大呼過癮。

隨憶看著壽星吃癟，很快地站起來：「不好意思，我去一下洗手間。」說完在壽星錯愕的表情中施施然離開。

隨憶心不在焉地低著頭走路，剛過轉角就撞上一個人，她頭也沒抬馬上道歉：「不好意思。」說完打算繞過去，卻被熟悉的聲音叫住：「隨憶。」

隨憶遲疑了一下，她不該在這裡遇到熟人啊，這才抬頭看向來人：「蕭學長。」

蕭子淵穿著灰色西裝，合身筆挺，頗有青年才俊的氣質，臉有些紅，兩個人站得近，她能清晰地聞到他身上醇厚的酒香。

蕭子淵喝了酒，聲音也低了幾分：「妳怎麼在這裡？」

隨憶指指幾步之外的包廂：「我們班有個同學過生日，在這裡請大家吃飯。」

蕭子淵想了想，笑著問：「是秦銘吧？」

看來這個富N代頗具盛名啊。

飯店的走廊裝飾得金碧輝煌，頭頂的水晶燈折射出的光嫵媚明亮，他的眉眼在這樣的燈光下更顯英挺俊朗，少了幾分平時的淡漠，多了幾分溫情，更加動人心弦。

他那樣一笑，用那樣的語氣說出那個名字，似乎帶著調侃秦銘是暴發戶的意味。

隨憶被他帶著笑出來，點了點頭反問：「蕭學長怎麼也在這裡？」

蕭子淵撫了撫眉心，一副無奈的樣子：「申請專案經費的必備流程，應酬。」

兩個人正說著話，另一端已經有人在叫蕭子淵。

蕭子淵應了一聲，便跟隨憶道別。

兩個人擦肩而過，隨憶走了兩步，忽然想起一件事後叫住蕭子淵，轉身跑了過去，把平安符塞到他手裡，垂著眼睛不敢看他，終於鼓起勇氣開口，但也底氣不足：「學長，我聽說這個對你很重要，我不能收。」

蕭子淵的手就這麼一直伸著沒有收回。隨憶能感覺到他一直在看她，頭頂都快冒煙了。

半晌，清朗的聲音才在頭頂響起：「聽誰說的？」

這麼清明的語調哪有剛才喝醉了的模樣？

隨憶咬唇沉默。

那人似乎等不及又叫了蕭子淵一聲，蕭子淵這次沒回應，而是拉過隨憶的手，把平安符重新放入她的掌心後，包住她的手，還是當初那句話：「拿著。」

隨憶掙扎了一下，他微微施力阻止，又加了一句：「吃完飯早點回去，別太早睡了，等我回去找妳。」

說完轉身離開。隨憶抬頭看著他的背影，清雋挺拔。蕭子淵的話說得曖昧，她卻忽然緊鎖眉頭，煩躁地吐出一口氣。

---

4 SolidWorks：熱門的3D機械CAD軟體之一。

5 SCI：期刊文獻的檢索欄目簡稱。

6 影響指數：指期刊在發表的兩年間被引用的次數，是國際上公認的期刊評價指標之一。

第三章　眼角含春，好事將近

回程的計程車上，隨憶坐在靠窗這側，打開窗戶，任由有點寒意的風撲在臉上，有點疼，還有點快意。

快到學校的時候收到秦銘的訊息：『妳在幹嘛？』

她正心煩意亂，無處發洩，冷著臉隨即回覆：『在幹。』

妳在幹嘛？

在幹……在幹……幹……

三寶好奇地湊過來看，嘀咕著唸了出來，然後沉默。

何哥、妖女及原本聒噪的計程車大哥都沉默了，包括訊息那頭的人。

幾秒後三寶抱住隨憶不放手，一臉驚悚：「阿憶，我感覺到了妳深藏不露的小宇宙，我發誓，我以後再也不會主動侵犯妳！」

隨憶摸著三寶的蘑菇腦袋，就像哄著寵物般：「乖。」

何哥碰碰妖女，小聲問：「她今天是怎麼了？她不是一向喜歡微笑著用鈍刀一刀接一刀地折磨對方嗎，今天怎麼突然冷著臉一個大招秒殺啊？」

妖女想起白天的事，會心一笑：「大概是心亂了。」

「為什麼？」

「因為……怕求而不得。」

「阿憶也會有求而不得的時候嗎？」

「妳什麼時候見過她有所求過了？」

「也是，她一向最淡薄。」

「所以啊，越是這樣越是怕。」

何哥被妖女說得越發困惑，索性不問。

十點剛過，眾人就發現一向早睡早起的隨憶坐在椅子上煩躁不安。

何哥問躲在被窩裡的三寶：「喂，妳看阿憶像不像實驗室裡馬上就要被抓去做實驗的白老鼠？」

三寶探出腦袋看了一眼，一臉純真地回答：「是大姨媽快來了吧？」

妖女邪惡地笑著接了句：「或者是，該來的大姨媽沒來？」

兩個枕頭和一本雜誌同時飛向妖女的床位，妖女及時躲進棉被裡逃過一劫。

幾分鐘後隨憶就收到了訊息，她抓了件外套就往樓下跑，原本已經上了床準備睡覺的三個人動作一致地穿衣下床，趴在陽臺上。

幾分鐘後。

三寶眼裡的粉色泡泡不停往外冒：「啊！真是夜色美男啊，怎麼長得這麼帥呢？簡直快要了我的命啊！」

妖女則感嘆道：「真是速配啊。」

何哥抓抓腦袋問：「我們是不是應該通知對方該收聘禮了？」

這是兩個人第二次站在宿舍樓下，蕭子淵微醺，連一向淡漠的神情都帶了抹豔色，分外勾人。

「我為妳帶來困擾了？」蕭子淵的聲線清淺，似乎還帶著落寞和黯然。

一句話就打碎了隨憶原本打算好的冷漠以對，不知為什麼心裡竟然湧起酸澀感，慌亂著搖頭：「沒有！沒有……」

蕭子淵似乎陷入了沉思，不動聲色的蕭子淵讓隨憶心裡發毛，胡亂扯著話題：「蕭學長的喉嚨好了嗎？」

蕭子淵心不在焉地回答：「差不多了。」

隨憶覺得自己平時還是挺鎮定的，怎麼到了蕭子淵面前就總是腦子不夠用呢？

她有點氣惱，隨口說：「那學長早點回去休息吧。」

蕭子淵突然向她伸出手來：「拿來吧。」

「什麼？」隨憶看著蕭子淵的手，十指修長有力，掌紋清晰，不過，好像瘦了些。

蕭子淵把手放回口袋，歪著頭反問：「妳說呢？」

隨憶摸不清蕭子淵到底是什麼意思，索性搬出大道理來掩飾不安：「我沒有別的意思，我覺得既然是長輩送的東西，就應該好好保管，怎麼能隨便轉送給別人。」

蕭子淵這次沒有追究她到底是怎麼知道平安符是長輩送的，只是問了句：「然後呢？」

「然後……沒有然後了。」最後幾個字低得大概只有隨憶自己能聽到。她現在有點後悔招惹了蕭子淵，自己根本不是他的對手，下次他無論給她什麼，她好好收著就是了！

「妳不是別人。」蕭子淵極快地接了句：「我從來不為難人，既然妳不想要我也不能勉強妳，還給我吧。」

蕭子淵前一段時間在醫院陪床，沒好好休息，突然變了天就開始咳嗽，回到學校又趕著做實驗，今天又喝了酒，其實臉色並不好，眉宇間還是看得出疲憊。他卻一直站在風口的位置替她擋著風，隨憶忽然有些不忍。

她低下頭自我檢討，覺得自己簡直就是不知好歹，可現在她是騎虎難下，難道要告訴蕭子淵：「學長，我又不想還給你了。」嗎？

蕭子淵雖然嘴上冷淡，可臉上的笑容卻隨著隨憶臉上的愧疚加重而越發燦爛，又輕飄飄地來了句：「想想妳的驚也壓完了，既然覺得戴著是個壓力，那就還給我吧。」

他越這麼說隨憶心裡越慚愧，好像自己是那種過河拆橋、卸磨殺驢的那種人，可心思轉了一圈又開始怪蕭子淵，那麼重要的東西幹嘛給自己啊！她又不是他的誰，給她幹嘛！

想到這裡，她忽然抬頭氣惱地瞪了蕭子淵一眼，飽含怒意。

蕭子淵沒想到她變臉比翻書還快，前一秒還愧疚得小臉通紅，下一秒就怒氣沖沖地瞪他。

他倒是沒見過隨憶這個樣子，她在人前總是一臉鎮定地微笑說話，散漫隨性，有點成熟。今天自己似乎逼得有點緊，才讓她亂了陣腳。

現在這樣似乎才是真實的她，真情流露，帶著她這個年紀該有的孩子氣。他更喜歡。

隨憶看著蕭子淵臉上的笑容越來越燦爛，看出蕭子淵是在逗她，紅著臉氣衝衝地轉身跑了。

留下蕭子淵看著她進了樓門，才垂下頭低聲笑出來。

一半是為她，一半是為自己，自己什麼時候變得這麼惡趣味了？

蕭子淵回到宿舍，溫少卿上上下下地打量他：「心情不錯啊？」

蕭子淵笑著點了一下頭。

林辰抱了一本法學書從檯燈下抬起頭：「對了，喻大美女找你一整晚了，你幹嘛不接她電話？」

蕭子淵想起了什麼認真地問：「你們是不是都覺得我和喻千夏……」

蕭子淵還沒說完，林辰就點頭出聲打斷他：「是的！而且是很多人都這麼認為！」

溫少卿也點頭：「你沒聽過嗎？他們說四大貝勒裡的蕭子淵是喻千夏的，喬裕是紀思璿的！」

喬裕剛好抱著圖紙從外面走進來，聽到這句，不知怎麼臉忽然一紅。

林辰添了一句：「我還記得當年你面試她進學生會的時候，她說什麼來著？喔，對了，坐在最右邊的這位學長，你長得是我的菜，你以後就是我的人了！大庭廣眾之下宣佈了你的日後歸屬，多感人啊！」

林辰惟妙惟肖地模仿著，喬裕一臉黑線，其餘兩人低頭笑了起來。

當晚，隨憶躺在床上翻來覆去。

上次他問她，是關心學長還是關心他。

這次又說她不是別人。

她怎麼越來越看不懂蕭子淵了呢？

忙了好幾天後終於要迎來某當紅歌星的演唱會了。週五晚上進行了最後一遍彩排後，學生會的每個人發了張前排的票以示慰勞。

散會的時候，隨憶坐立不安，想起出門前宿舍裡兩隻不明生物的哀嚎，遲疑了一下還是叫住蕭子淵，有點為難：「蕭學長，那個……票還有沒有多的，能不能再給我幾張？我們宿舍的那兩隻沒抽到票，她們也想去看。」

那天之後隨憶就躲著蕭子淵，這是第一次主動跟他說話。

蕭子淵挑著眉看了她一眼，不知道為什麼，他現在每次看到她一臉的糾結就想笑，輕咳一聲掩飾著問：「要幾張？」

隨憶馬上回答：「兩張。」

蕭子淵看了眼她手上的票，拿出兩張遞給她：「來，替妳和紀思璿留好的。」

隨憶鬆了口氣，終於完成任務了：「謝謝學長。」

「嗯，不客氣，改天再請我吃飯。」蕭子淵慢條斯理地回答。

隨憶愣住，懷疑自己是不是聽錯了：「你說什麼？」

蕭子淵故作不解地看向隨憶：「不是說要謝謝我嗎？」

隨憶眨了眨眼睛，這還是傳說中那個清高冷傲的機械系蕭神嗎？既然和他約吃飯這麼容易，那些高冷的傳說又是怎麼來的？果然是三人成虎，謠言不可信。

蕭子淵回到宿舍，林辰便對著他伸出手：「票呢？」

蕭子淵一臉莫名：「什麼票？」

林辰跳腳：「週六晚上的演唱會啊！我的票呢？」

蕭子淵淡淡開口：「喔，我送人了。」

林辰一臉不可置信，愣了兩秒鐘開始咆哮：「那是我最喜歡的歌星！你不知道嗎？你竟然拿去送人了！」

蕭子淵無視幾年來林辰對某歌星的瘋狂熱情，一臉無辜地看著林辰，面不改色地吐出三個字：「不知道。」

「啊！」

當天某男生宿舍不時傳來痛心疾首的哀號聲，原因不明，有人猜測大概是到了月圓之夜狼人現身了。

週六晚上，隨憶四個人吃過晚飯走到禮堂，坐在位置上等著開場。隨憶平時也不追星，倒是三寶興奮得上躥下跳：「聽說以前時隱大歌神也是我們學校的學生！」

何哥雙眼都是粉紅泡泡：「一會兒他跳舞的時候就能看到他的腹肌了！想想就興奮！」

妖女對這些都沒興趣：「我只在意他的顏值。」

隨憶的關注點一向不同於常人，她懶懶地打了個哈欠，心不在焉地開口：「農民曆上說今天諸事不宜。」

「……」

沒過一會兒，隨憶便覺得農民曆說得沒錯，今天果然不是什麼好日子。

因為喻千夏一臉詫異地看了看四個人，躊躇半晌才問：「妳們的票……」

隨憶馬上站起來下意識地撇清和蕭子淵的關係：「學生會只給了兩張票，我又跟林辰學長要了兩張。」

喻千夏也是知道林辰和隨憶的關係，笑了笑，聲音卻是低了幾分：「我以為是蕭子淵給妳的……畢竟這個座位的號碼是他的……」

隨憶繼續撇清：「可能林辰學長也只有一張，他又找蕭學長拿的吧？男生好像不太喜歡這樣的活動。」

喻千夏笑得有些勉強：「可我也跟他要了，他沒給我……」

隨憶這下不知該怎麼接話了，早知道當初找林辰要一張票就好了，反正她也不喜歡這樣的活動，讓她們三個來就好了。

當晚，隨憶在震耳欲聾的音樂聲和歡呼聲中睡了整場演唱會，因此被其他三隻嚴重鄙視佔了別人心心念念的座位。

剛才在臺上勁歌熱舞的時隱此時穿了件黑色外套，頭上低低地壓著一頂鴨舌帽，勾肩搭背地半壓在蕭子淵身上，就這麼大大咧咧地走在校園裡，聽著周遭三五成群的人討論著剛才的演唱會，忽然出聲道：「你怎麼不來看我的演唱會啊？」

蕭子淵目視前方負重前行，一貫的話少：「忙。」

時隱似乎和他很熟，一點也不在意他的冷淡，反而語重心長地教育他：「學弟啊，你這個樣子是不行的，你這個樣子是不會有一個女孩子喜歡你的啊。」

林辰噗哧一聲笑出來，走在後面小聲嘀咕道：「是不會有一個，喜歡他的都是一群一群的。」

「是嗎？」時隱摸著帽緣一臉若有所思地自戀道：「難道她們知道我們認識所以才喜歡你？」

蕭子淵一臉隱忍地闔了闔眼，一語不發。

時隱忽然想起了什麼：「對了，我上次跟你說的事情，你考慮得怎麼樣了？」

蕭子淵終於轉頭看向他：「什麼事？」

一說起這個，時隱忽然興奮起來：「就是和我組個團啊，就唱搖滾樂！配上你這張禁欲的臉，妥妥的反差萌啊！」

蕭子淵目視前方，自動切換節能模式。

時大歌神卻越說越興奮，開啟了話匣子模式，和剛才臺上那個高冷的模樣大相徑庭：「可以啦！你這嗓音絕對沒問題！考慮一下吧？」

「真的不考慮啊？」

「你再想想啊，有我在，你不會遇到那些亂七八糟的潛規則……」

無論他說什麼，蕭子淵都置若罔聞，時隱覺得無趣就開始轉移目標，盯上一旁的溫少卿：「我說，這位老弟，本歌神看你骨骼清奇，是個練舞的奇才，不如來跟我學跳舞吧？」

時隱已經聒噪一路了，縱使溫少卿耐心再好，此刻也難以維持臉上的笑容：「你覺得哪根骨頭清奇，我馬上折斷。」

「呃……差點忘了你是學醫的了，我不跟學醫的玩，太血腥……」時隱被堵得半天說不出話，又重新搭上蕭子淵的肩膀：「你啊，你就感謝我吧！要不是我當年去唱歌了，現在機械系的第一把交椅你坐得上嗎？大概也沒什麼蕭神了！大名鼎鼎的就是我時神了！」

蕭子淵側目，「嗯，食神。」

時隱嘖了一聲，摸了摸下巴：「怎麼聽起來那麼奇怪呢？」

喬裕聽著聽著不知想起了什麼，忽然笑出聲來，眾人紛紛看過去。

他輕咳一聲：「沒什麼，只是突然想起某個人的姓氏好像和她的科系也挺搭的。」

時隱看著喬裕點頭：「嗯……這位老弟眼角含春，最近有什麼好事吧？是不是有女孩子跟你表白了？」

林辰一臉八卦地盯著喬裕看了半天：「春在哪裡？我怎麼看不出來？食神，你快看看我，能看出什麼嗎？」

時隱揚揚得意地笑著：「那個圈子什麼牛鬼蛇神沒有，我看得太多了，隨隨便便掃一眼就能知道你穿什麼尺寸的內褲，要我說出來嗎？」

林辰的額角不自覺地抽了抽：「不用了……要是知道你私下是這種人，我就不粉你了，說實話，你是不是精神分裂啊？」

時隱帥氣地彈了一下帽緣：「精神分裂你妹！高冷形象是公司打造的形象，我自己也不想要，還不是得配合公司的宣傳嗎？平時在臺上裝高冷太累了，臺下再不放飛自我，我就真的可以羽化成仙了。」

喬裕走在後面聽了一路快笑死了：「老大，你到底是怎麼認識這個人的？」

蕭子淵瞟了時隱一眼：「當年我入學的時候，他是直屬學長，機械系舉辦系學會迎新，別的學長姊都是講拿獎學金的心得或獲獎經驗，只有他開了一下午演唱會。」

時隱不高興了：「別說得那麼見外嘛，我們的關係明明更複雜些啊，你對我有再造之恩啊，當年要不是你推我一把，我也下不了決心棄工從歌啊。」

三人好奇：「你是怎麼推他的？」

蕭子淵看了時隱一眼，淡淡開口：「我當時跟他說，學長的零件圖畫成這樣不如去死。」

時隱微笑著點頭：「對對對，就是這句！他說完以後我想了很久，死我都不怕了，我還怕什麼？於是就休學進軍歌壇了。」

「……」剩下三隻很是無語，默了一默才稱讚：「學長的理解能力堪稱一絕。」

話音剛落就聽到前面有歌聲，或許是被演唱會上的氣氛感染了，有人在宿舍前擺了蠟燭告白，唱的正是剛才演唱會上有演出的一首情歌，周圍圍了滿滿一圈的人。

時隱瞇著眼睛看過去：「喂，前面在幹嘛呢？午夜場嗎？我親愛的母校從我離開後真是開放了許多，海納百川，有容乃大，一定是受了我的影響，開始放飛自我。」

四人又默了一默：「……」

時隱自發地上前去湊熱鬧，看了一下子才明白過來：「喲，在女生宿舍前告白呢！」

林辰仰頭看了眼：「這棟樓……難不成又是紀學妹？」

時隱一副好奇寶寶的模樣：「紀學妹是誰啊？」

「大美女啊！這種告白不稀奇，每隔幾天就會上演。」

「真的那麼美嗎？」

「問喬裕啊！」而喬裕把臉轉到一邊，神色有些不自然。

「去看看去看看！」

「那邊人很多，你不怕被認出來嗎？」

「黑漆漆的，哪看得出來誰是誰啊。」

幾個人走近了才看清楚，林辰摸摸下巴：「難得啊，好像不是紀學妹。」

宿舍上方忽然傳出一道女聲的嘶吼：「都和你說了！隨憶不在！你改天再來吧！」

可樓下的男主角絲毫不為所動，繼續痴情地看著上方，抱著吉他換了首歌繼續唱。

過一會兒，隨憶拿著水回來了，繞過人群，準備往門口走，邊走邊好奇地看過來，看到眾人紛紛看向自己，愣了一下，緊接著又看到一個男生放下吉他朝她走過來，她好心地伸出援手：「又是找紀思璓的？她應該在，你等一等，我幫你上去叫她。」

男生不好意思地開口：「我找妳！」

「找我？有事嗎？」隨憶看看滿地的蠟燭，一臉莫名，「陣法？這個我不懂，醫學系不學這個的，不然你去建築系問問？聽說他們連風水都學，應該懂的……」

男生憋得滿臉通紅，出聲打斷她：「不是！」

隨憶想了想，繼而一副恍然大悟的模樣：「今天不是我生日。」

男生舉著手裡的蠟燭深情地看著她，也不說話。

隨憶受不了他的眼神，忽然低頭吹滅了：「吹完蠟燭了，還有其他事嗎？」

眾人哄笑，有人起鬨道：「他是來告白的！」

隨憶眨了眨眼睛，告白？這種戲碼的女主角一向不都是紀思璿嗎？自己今天是見到老師沒問好還是晚餐剩了太多飯菜，怎麼就輪到她身上了呢？

等她神遊回來就聽到那個男孩子紅著臉小聲地表白：「我經常看到妳穿著白袍從我身邊經過，總覺得妳身上有一股不一樣的味道，我一聞到就感覺神清氣爽的……」

蕭子淵站在人群中興致勃勃地看向隨憶，想知道這個女孩子會怎麼應付這種場面。

只見隨憶皺著眉似乎在回想什麼，然後一本正經地開口：「不一樣的氣味？是福馬林[7]的味道嗎？如果你是看到穿著白袍的我，一般來說都是剛從實驗室出來，那個味道就是福馬林的味道。你知道的，屍體解剖前，為了保存，都是泡在福馬林溶液裡的。你沒看過醫學系的解剖課吧？你不知道現在屍體資源有多緊缺，好不容易運來一具屍體，就是一群學生拿著刀瘋衝上去，你一刀我一刀地分著切，有的時候屍體太硬了，就需要大刀闊斧地砍啊，血光四濺。你見過屠夫殺豬嗎？嗯，就跟那類似，所以難免會被福馬林濺到身上，有時候還會沾上些肉末、血什麼的……對了，你聽過關於福馬林的冷笑話嗎？有一天皇上問大臣：『剛才那片竹林叫什麼名字？』，大臣回答：『回皇上，臣也不知道，就請皇上賜名吧。』，皇上想了一下又說：『朕剛才看到你策馬入林，就叫福馬林吧！』」

「……」

這下真的冷場了。

隨憶很認真地看著他：「不好笑嗎？」

男生的神色有些複雜。

隨憶一臉惋惜：「我們本來性別就不一樣，現在連笑點都不一樣，太不適合在一起了。」於是臨床醫學系的系花以笑點不一樣，如此冠冕堂皇地拒絕了一顆赤誠之心。

蕭子淵聽著隨憶面不改色地講著血腥的場面，忍不住笑出聲，明顯看到這個男孩臉上的表情漸漸開始扭曲，臉色漸漸蒼白起來。

告白的男生神色複雜地看了隨憶最後一眼，轉身離開。

隨憶忽然出聲叫住他：「喂，那位同學，你把蠟燭收一收啊！下次過生日別買白蠟燭，看起來很不吉利，買紅的吧，紅的比較喜慶。」

「還有……」隨憶不好意思地笑了笑：「農民曆說今天諸事不宜，下次出門記得先看啊。」

時隱靠在蕭子淵身上笑得不能自已：「這女孩誰啊？好有趣啊！現在的學妹們都這麼有意思嗎？不行不行，我要回來繼續上學。」

最後，隨憶很滿意地看到某男生捲著一堆蠟燭落荒而逃，一轉頭就看到蕭子淵站在幾步之外的地方看著她笑。

昏暗的路燈下，人群還未全部散去，隨憶聽著周遭嘈雜的聲音，忽然想告訴蕭子淵一句話。

蕭子淵，你還笑，你知不知道，你笑起來的樣子是會要人命的啊啊啊！

沒熱鬧看了，眾人很快解散了，隨憶動作迅速地逃回了宿舍，不免又被那三隻調侃了一個晚上，別人都在說今晚的告白，可她腦子裡卻都是蕭子淵的那張笑臉。隨憶覺得自己的重點真的是抓得太偏了，這樣下去期末考複習的時候她該怎麼辦啊。

周日上午是科技創新專案小組的例會。

隨憶到的時候只有兩三個人，她想了想還是湊過去，對著伏案疾書的人說：「蕭學長，昨晚看演唱會時，碰到喻學姊了，因為票的事情，她好像不是很高興。」

蕭子淵頭都沒抬：「嗯，吃虧了？票被搶走了？」

隨憶一愣，怎麼蕭子淵抓起重點來比自己還偏？她半晌才訕訕開口：「沒有。」

沒想到蕭子淵似乎有些欣慰地回答：「那就好。」

隨憶頓了一下，想著是不是自己沒表達清楚，又重新加重語氣換個方式說：「蕭學長，我是說，喻學姊可能因為你把票讓給我了，有點不高興！」

蕭子淵終於抬起頭看她：「然後呢？」

「然後？」隨憶嘆氣死心，嘟囔了一聲：「沒有然後。」

「那兩張票是我和林辰的，願意給誰就給誰，妳不用擔心。」蕭子淵臉不紅氣不喘地睜著眼睛胡扯：「反正我和林辰都不喜歡追星。」

隨憶忽然想問他，既然不喜歡那為什麼喻千夏向他要的時候他沒給她，可話到了嘴邊又變成了別的：「不會影響你和喻學姊的關係吧？」

蕭子淵收了筆，輕描淡寫地開口：「我和妳那個喻學姊本來也沒什麼關係。」

隨憶有些不放心，又問了一句：「我是說……不會給你添什麼麻煩吧？」

蕭子淵終於抬頭看向她，他終於知道問題出在哪裡了，這個女孩溫婉、大氣，可似乎太過懂事，是同齡的女孩子無法企及的懂事，懂事到不願給身邊的人添一絲一毫的麻煩。

他微不可見地皺了一下眉，她的再三確認讓他有點……心酸，這麼急於把他和喻千夏湊在一起，何嘗不是為了把自己撇得一乾二淨？

他忽然起了壞念頭，斟酌了一下才開口：「我和喻千夏不是妳想的那種關係，但如果她要誤會我和妳的關係……」

隨憶認真地等著他的下文，誰知道蕭子淵忽然笑了一下：「妳覺得她會以為我們是什麼關係？」

隨憶扯了扯嘴角，給出一個無辜的笑臉，適可而止地終止了話題。

例會很快開始了，進行到一半的時候，忽然發生了爭執，簡單來說就是大神遭到質疑了。

其實專案進行到目前這個階段已經沒醫學系的事了，主要是機械系出圖和實物製作，商學院得為產品推廣之類的介紹。

隨憶每次來不過是打打醬油，做做群眾演員。

每個團隊裡總有那麼一兩個麻煩人物，為了凸顯自己而製造點衝突出來。

隨憶對這個侃侃而談的商學院男生不喜歡也不討厭，就這樣心不在焉地聽著。

「蕭子淵，我覺得這個地方的尺寸應該縮小，否則整個布局顯得笨重，而且不實際，畢竟這種材料的價錢比較貴。」

蕭子淵看了一眼，輕描淡寫地回答他：「那個地方的尺寸已經減到最小了，再減安全係數就降低了。」

「我們不能只考慮安全，安全性和經濟性要綜合考慮，否則根本沒辦法推廣。有時適當地降低安全性也是市場的需求嘛。當然了，你是機械系的，這種市場學的東西你不懂也是正常的。」

蕭子淵神色如常地沉默。

男學生看蕭子淵不答以為自己占了上風，便有些得意地問大家：「大家都說說嘛，集思廣益。」

坐在蕭子淵身邊的一個機械系的男生極其不屑地看著他：「我真不想告訴你，學校科技大樓成果展示那裡有個專門的展示櫃，你看過吧？那個就是蕭學長一手策劃的，還申請了專利。你是商學院的，我記得當時連你們學院的教授都讚不絕口，難道你們上課的時候，老師沒和你們講過這個案例嗎？全國的學校裡參加過科技創新大賽的人都知道一句話：『我們拚盡全力闖入決賽，就是為了輸給一個叫蕭子淵的人。』難道你沒聽說過？」

隨憶表面上在低頭翻筆記，心裡卻開始竊喜，原來蕭子淵這麼強，是不是意味著她可以跟著抱大腿了？這種節能省力的模式她很喜歡啊。

男學生有點尷尬，想要拉人支持自己。他找了一圈，大概是覺得女孩子比較好說話，便對隨憶說：「隨憶，這個是醫療器械，妳也懂的，妳怎麼看？」

被點名的隨憶略帶同情地看了他一眼，很想告訴他，你找錯人了。

後來看著他迫切的眼神於心不忍，頓了一下問：「你看過《重案對決》[8]嗎？就是傑拉德．巴特勒主演的那部影片。」

那個男生一臉迷惑，不知道隨憶怎麼扯到電影上去了：「看過，怎麼了？」

隨憶笑了一下：「那部電影告訴我們，不要招惹機械工程師，否則會死得很慘，『攻城獅』是一種特別凶猛的物種，殺人不眨眼的。」

眾人哄笑，那個男生徹底傻了。

男生旁邊的人拍著他的肩膀笑著說：「你就不要掙扎了，那也是個殺人不見血的狠角色。」

蕭子淵勾著唇看向隨憶，隨憶感覺到他的視線，和他對視了一秒鐘後，裝作若無其事地移開視線，東看看西瞧瞧裝忙。

於是某年某月某日，某商學院男慘死於蕭大神和隨女俠之聯手。

深冬漸漸到來，耶誕節前夕便有了要下雪的跡象，而隨憶也迎來一年一度的換季感冒。

這是慣例，她每年冬天無論多小心都一定會重感冒一次。

隨憶上完課，回宿舍的路上偶遇林辰。

林辰盯著圍著圍巾，眼睛紅紅的隨憶看了很久才開口：「我說，妳都來北部幾年了？怎麼還不習慣。」

隨憶整張臉都躲在圍巾後面，甕聲甕氣地回答：「我習慣了啊，可是真的好冷啊！這兩天又降溫了。」

林辰笑了笑：「對了，耶誕節的時候一起出去吃飯，叫妳們宿舍的三個美女一起來吧！」

隨憶打了個噴嚏，揉著鼻子有氣無力地回答：「好啊，她們知道了肯定很高興。」

林辰疑惑：「為什麼？」

隨憶又打了個噴嚏，半晌才甕聲甕氣地開口：「因為妖女垂涎喬學長很久了啊，三寶覬覦親學長很久了，何哥……何哥不喜歡男人。」

林辰忽然壞笑著問：「那妳呢？妳喜歡誰？」

「我……啊嚏！」隨憶再次打了個噴嚏。

林辰一本正經地分析：「我知道妳肯定不是喜歡我，那就只剩蕭子淵了。」

隨憶看著林辰微微笑了一下，轉身就走。

林辰笑著在她身後大喊：「別生氣啊，到時候打電話給妳！」

隨憶頭都沒回，揮揮手跟他道別。

醫學系的課程本來就多，平安夜那天，隨憶她們還有場考試，從進考場開始，三寶就盼望著快點考完去圍觀帥哥。

她坐在位置上左扭右扭，嘴裡還碎唸著：「怎麼還不發考卷怎麼還不發考卷……」

和她隔了一個走道，正爭分奪秒用心背書的某位男同學哀怨地看了她一眼，三寶嘿嘿笑了兩聲：「您請繼續。」

何哥很無奈地嘆了口氣：「從來沒看過她考試這麼積極。」

隨憶轉著手裡的筆，微笑著看三寶耍寶。

當考試終於結束了，收完考卷，監考老師還在封卷，三寶就唱著歌從他們身邊小跳步走過：「解放區的天是明朗的天，解放區的人民好喜歡……」

跟在後面的隨憶和何哥明顯看到兩位老師的手抖了一下。

當三個人匆匆趕到飯店的時候，妖女正站在門口等著。

「妳們三個怎麼這麼慢！」

三寶氣呼呼地吐槽道：「妳不知道，今年的題目有多難！一發考卷隔壁班就有人交了白卷，抗議出題老師！」

何哥感同身受地點頭表示贊同。隨憶感冒了鼻塞，本就呼吸不暢，加上一路跑過來，更加喘不過氣，一句話也說不出來。

正聊著天，就看到蕭子淵和喻千夏兩個人從走廊盡頭走過來，一個氣質卓然，一個清秀貌美，一路引得很多人紛紛側目。

三寶小聲嘀咕著：「一點都不配一點都不配……」

他們走近了，四個人齊聲叫著：「蕭學長、喻學姊。」

蕭子淵看著正努力呼吸的隨憶，主動開口：「本來還想打電話給妳說不用著急，妳們慢慢來，誰知道妳手機關機了。」

隨憶笑了一下：「考試的時候關上的，考完之後趕著過來，忘記開機了。」

喻千夏親熱地攬著隨憶的肩：「外面冷吧，快進去吧！大家都到了，就等妳們。」

隨憶忽然退了一步，沒等喻千夏詫異就主動解釋道：「我感冒了，不能傳染給學姊。」

喻千夏一副不在意的樣子笑了笑：「沒關係，快走吧！」說完率先轉身走在了最前面。

蕭子淵倒是站在原地沒動，看了她半晌後開口逗她：「怎麼眼睛都紅了？沒考好也別哭啊。」

隨憶看他一眼，又揉了揉眼睛：「感冒有點嚴重。」

三寶在旁邊笑咪咪地解釋道：「她這例行性感冒，跟例行性流產同個原理。」

在場的人紛紛黑線。

隨憶恨不得掐死三寶，偏偏她還不知道自己說錯了什麼。

最後還是蕭子淵輕咳了一聲打破尷尬：「進去吧。」

進到包廂，裡面已經坐滿了人。蕭子淵宿舍四人，還有學生會平時幾個比較要好的，大家看到她們進來紛紛打招呼，讓服務生上菜。

她們坐下後，喬裕忽然轉頭跟旁邊的人說：「麻煩換個座位吧！」然後朝妖女招招手：「思璿，過來坐。」

眾人皆知妖女半真不假地追著喬裕調戲很久了，竟不知道兩個人什麼時候暗度陳倉了。

妖女竟然難得地紅了臉，嬌羞地坐了過去。

眾人的視線不斷在喬裕和妖女兩個人的臉上掃來蕩去，一向張牙舞爪的妖女此時滿臉通紅地半躲在喬裕身後。

喬裕也是第一次應對這種情況，有點窘迫，惱羞成怒地喊：「看什麼！我女朋友不行啊！」

「哇！」眾人終於聽到想聽的答案，起鬨歡呼。

喬裕握著妖女的手，警告躍躍欲試的眾人：「知道就好了，不准再多說一個字啊！」

「呿！」眾人看著他護短更加來勁：「暴政啊！」

隨憶、三寶、何哥則盯著妖女，無聲地用眼神威脅：好樣的，連我們都不說，等等回去審妳！

妖女心虛地左顧右盼。

三寶咳嗽了一聲，壯著膽子叫了句：「喬妹夫。」然後繃著臉靜觀其變，如果喬裕眉毛稍微動一下，她立刻改口繼續叫學長。

喬裕也是見過大場面的，面不改色地反問了句：「喬妹夫？」

三寶解釋道：「是的，我比妖女早出生幾個月。」

喬裕看了妖女一眼，點頭認栽：「那好吧。」

三寶看到喬裕的態度後一下子囂張起來：「喬妹夫，冰箱電視微波爐，沙發搖椅電風扇，這些是一樣都不能少的。」

妖女立刻瞪向三寶，喬裕放鬆下來，笑著點頭：「還有呢？」

「還有，之前你們保密工作做得太好，但看在你自首後態度良好，海鮮樓隨便請一桌就行了！」

喬裕點頭應下來：「這個是應該的。」

「還有啊，早上要送早餐來，要三份喔……」

喬裕一臉困惑地提出疑問：「妳們四個人，為什麼是送三份？」

三寶忽然反應過來：「對不起，我忘了還有她們三個了，送六份！六份！」

喬裕黑線：「……」

「還有喔，晚上要幫忙裝熱水，我想想還有什麼……」三寶正在苦思冥想，就聽到妖女咬牙切齒地叫她的大名：「任申！」

三寶一臉驚悚地撲到旁邊，痛心疾首地求救：「阿憶、何哥，妖女竟然威脅我，好不容易養這麼大嫁了出去，竟然為了男人威脅我！我容易嗎我！」

眾人早已習慣這隻活寶，樂呵呵地看熱鬧。

隨憶突然想起考試的時候手機關機，一直還沒打開，便從包包裡翻出手機來，剛開機就有封訊息提醒。

『妳以後的境遇會比喬裕好。』

隨憶一看到來自「蕭子淵」三個字就手軟，她沒明白，回了個問號。

『他們都會叫你大嫂。』

一句話說得既隱晦又露骨，隨憶果然臉紅心跳。

大嫂？她有大嫂的氣質嗎？

隨憶把手機扔回包包裡，深深地吸了口氣，然後抬頭怒視坐在她對面的蕭子淵，碰巧蕭子淵也收起手機抬頭，氣定神閒地看過來，絲毫沒有被威懾到。

滿桌子都是人，隨憶也不敢直接瞪他，只能把眼睛睜得大大地看著他，表示自己很生氣。

偏偏蕭子淵微微向後靠著椅背和她對視，姿態慵懶閒適，嘴角的弧度怎麼看怎麼可惡。

隨憶自認道行還不夠深，和他對視了短短幾秒後，率先投降把視線移到別處，她很快感覺到包包裡的手機又震了一下。

隨憶忍了幾分鐘才拿出手機看，看完之後又把手機扔了回去，力道比上次還狠。

何哥不明所以地看她：「怎麼了？」

隨憶淡定地微笑：「手滑。」

何哥「喔」了一聲繼續吃菜，隨憶臉上的表情卻有些扭曲，腦子裡盤旋著剛才看到的幾個字。

『輩分一下子就提升了，夠開心了吧？』

隨憶還是想不明白，又抬頭看了蕭子淵一眼，蕭子淵正在和旁邊的人說話，他明明還是清清冷冷的樣子啊，怎麼就那麼喜歡逗她呢？

隨憶本來以為風平浪靜了，誰知道卻是冰山一角。

蕭子淵和喻千夏的座位中間本來隔了個人，吃到一半的時候，喻千夏忽然低聲和旁邊人說了什麼，兩個人就交換了座位。

喻千夏剛坐下，起鬨聲就漸漸大了起來。在座的都是熟人，就算是起鬨也都是帶著善意，隨憶也笑咪咪地看著對面的一對璧人。

喻千夏頗為無奈地指指旁邊的男生解釋：「不是我要換的，是他說跟著蕭神坐一起不好意思大吃特吃，我才和他換的。」

眾人又嘻嘻哈哈地笑，擺明地開起蕭子淵和喻千夏的玩笑。

蕭子淵神色未變，只是站了起來，半開玩笑地朝著對面的男生開口：「原來是嫌棄我啊，正好，陳宇，我們換個位置吧，你坐那個地方夾菜不方便，等等影響你的表現。」

蕭子淵的聲線低沉溫潤，主動開口的時候很難讓人拒絕。

陳宇不好意思地搔了搔腦袋：「那多不好意思啊。」

蕭子淵已經走了過來：「沒關係，這裡離門口比較近，我順便透透氣。」

陳宇也沒多想，笑著站起來：「那老大你坐吧，謝謝啦。」

蕭子淵坐下的時候，頗為禮貌地用不大不小的聲音詢問旁邊的隨憶：「妳感冒了應該也吃不了多少，我坐妳旁邊應該不會被影響吧？」

「啊？」隨憶完全不知道該怎麼接話，瞬間緊張起來，覺得自己身邊坐了個不定時炸彈。

她百思不得其解，到底發生了什麼，為什麼蕭子淵這尊大神就換坐到她的隔壁了？

好在蕭子淵一連串動作下來也算是光明磊落，眾人也沒多想，溫少卿一直旁觀笑而不語，此刻卻開了口：「快吃菜，冷掉就不好吃了！」

一說到吃的，一桌人氣氛便活躍起來。

隨憶心不在焉地握著筷子，假裝環視包廂的環境時視線不動聲色地從喻千夏的臉上滑過，心裡一緊，喻學姊的臉色好像有點難看啊……

蕭子淵看了她一眼，忽然起身去拿桌上的茶壺順便阻擋住她的視線，然後倒了杯水給她：「感冒了就多喝熱水。」

隨憶接過來默默地喝著，小聲嘀咕道：「多喝熱水這句話是女生最討厭的十大用語之首。」

蕭子淵握著茶壺的手一頓，側頭看了她一眼，開始反擊了？

話出口後，隨憶才意識到自己說了什麼，馬上做出彌補措施，歪頭對著蕭子淵笑著開口：「我開玩笑的，學長。」

蕭子淵也不看她，邊幫自己倒水邊問：「是女友最討厭的男友十大用語之首吧？」

隨憶在心裡哀號，我都說是開玩笑的了，你到底還想怎麼樣？我真的沒有要說我們是男女朋友的意思啊！

好在蕭子淵見好就收了，換了話題：「吃過藥了嗎？」

「吃了。」隨憶老實回答了，目不斜視地盯著眼前的盤子機械般地回答問題。

「冷嗎？」

「不冷。」

兩個人進行著不痛不癢的對話，隨憶不積極不反抗，勉強配合著。

蕭子淵沉默了幾秒鐘，隨憶放在桌下的手忽然被人抓住，她一驚便開始掙扎，小聲問：「學長，你的手又沒地方放了嗎？」

蕭子淵眉目不動，輕描淡寫地說：「有點涼，我替妳暖暖手。」

隨憶急急開口，壓低聲音：「不用了，我真的不冷。」一邊說邊想掙脫出來。

蕭子淵用左手端起水杯喝了一口，眉目舒展，輕鬆地威脅她：「妳再動，別人就往這邊看了。」

隨憶僵住，馬上沒了動作。

後來隨憶低聲抗議：「蕭學長，你不餓嗎？快吃吧。」

蕭子淵淡定地笑了一下，左手拿起筷子開始進食，右手反而握得更緊了。

隨憶認輸，她永遠不是大神的對手。

她的手被蕭子淵包在掌心裡，乾燥溫暖，可能是因為緊張，她的手心裡開始出汗，很不自在。

蕭子淵不時地替她倒水，卻一直沒鬆手，臉上看不出什麼，心裡卻起了漣漪。

她是南方人，卻難得高挑，但手卻小小的，他一隻手就能整個包住，小小的，軟軟的，常聽說的柔若無骨大概就是這個意思吧。這麼想著，越來越不想鬆手了。

兩個人的手藏在桌下，加上兩個人神色如常，別人也看不出什麼來。

快要結束的時候，三寶忽然叫了服務生：「再來一份煎餃！」

眾人紛紛看向這個女孩，三寶不好意思地笑著：「我還沒吃飽。」

妖女何哥紛紛扶額，真是丟人啊。

隨憶輕聲叫：「三寶。」

三寶正吃得不亦樂乎：「啊？」

隨憶交代著：「飯是別人的，命是自己的，少吃點，晚上吃太多難消化的。」

蕭子淵輕輕地笑出來。

吃完了飯大家興致依舊很高，便接著唱歌續攤。

隨憶不過去了一下洗手間，回來的時候，現場好像有點失控。

三寶一點也不害羞地站在正中央，高舉麥克風，搖著屁股，荼毒著眾人的聽覺和視覺。

隨憶、何哥和妖女皆是一臉黑線，悄悄塞進角落裡。

何哥一臉奇怪地問：「這人是誰？」

妖女搖頭：「不知道，反正我不認識。」

隨憶附和道：「大概是走錯包廂了吧。」

眾人點頭：「嗯！一定是這樣的！」

三寶唱完了，躥過來興高采烈地問：「我唱得好不好？」

何哥默默喝飲料。

妖女拍著三寶的肩膀：「三寶，我們不懂妳的歡喜，妳也不要怪我們。」

隨憶微笑著總結：「猥瑣也是一種生活態度。」

後來不知道從誰那裡拿了副撲克牌出來，十幾個人圍在一起抽牌比大小。

那晚也不知道怎麼了，比大的時候隨憶總是抽到最小的，比小的時候又總是抽到最大的，被灌了幾杯啤酒後就更迷糊了。

有了吃飯時的教訓，從一開始，隨憶就坐得離蕭子淵遠遠的，蕭子淵在角落裡靜靜地看著。

又一局，亮牌之後，隨憶嘆息一聲舉手投降：「我不能再喝了，換別的吧。」

眾人都有些喝醉了，吵鬧著起鬨。

「要換別的啊？」

「這局不是蕭學長贏了嗎？妳讓蕭學長親一下就放過妳了！」

「對對對！」

「哈哈，這個好！」

隨憶的眉皺得更深了。那我還不如喝酒呢，這群人怎麼回事啊，便求救地看向身邊的三個人。

誰知道這三隻竟然叫得比其他人更起勁。

妖女和何哥拿著鈴鼓起鬨：「親一個親一個！」

三寶笑咪咪地叫喚：「一個不夠再來一個！」

隨憶深深地體會到她似乎交友不慎，轉而去搜索林辰的身影求救。林辰鬼魅般地出現在她身後，一開口便知道已經喝多了：「妹妹，是找我嗎？找我也沒用，我不能親妳，我親妳就是亂倫。」

隨憶就知道靠人不如靠己，端著酒杯有些無奈：「我還是喝酒吧！」

「啊，不行！剛才都說不喝了！」

「對！不能出爾反爾！」

隨憶實在沒辦法，看向蕭子淵，蕭子淵悠閒地坐在那裡，臉上掛著淡淡的笑，一點解圍的意思都沒有。

大家看著隨憶坐在那裡滿臉通紅，便開始轉攻蕭子淵：「蕭學長難道要女孩子主動嗎？」

「就是說啊！學長上！」

蕭子淵慵懶地陷在沙發裡，勾著唇，別有深意地看著隨憶。

隨憶都快把手裡的杯子捏碎了也不敢看蕭子淵一眼。

蕭子淵斂了斂神色，放在大腿上的手指輕輕敲了幾下，今天不讓他們滿意了，這些傢伙怕是不會善罷甘休。

他很快地起身，拿起桌上的餐巾紙走到隨憶面前，隨憶不知道他要做什麼，半仰著臉看向他。

蕭子淵動作極快地用它遮住隨憶的下半張臉，然後彎腰吻下去，剛好遮住了其他人的視線。

他的唇柔軟溫熱，他的氣息隔著薄薄的餐巾紙傳了過來，那雙深邃的雙眸近在眼前，像是浸在湖水裡的墨玉，清澈魅惑，耳邊也安靜了下來，隨憶似乎聽到了潺潺的流水聲。

隨憶有種感覺，再多看一秒她就會醉在這雙眼睛裡。剛想推開他，蕭子淵已經直起身來，轉身看著眾人歪頭問：「滿意了？」

---

7 福馬林：一種藥劑，具有防腐、消毒和漂白的功能。

8《重案對決》：講述一名機械工程師為了被謀殺的妻女，以暴制暴復仇的美國電影。

第四章　壓在牆上親

耳邊又是一陣起鬨的鼓掌聲，蕭子淵施施然走回去坐下，不動聲色地吐出口氣，響如擂鼓般的心跳大概只有自己聽得到了。

他有多久沒這麼緊張了？男女間的情事他也是第一次，沒想到這麼驚心動魄。

隨憶低著頭，腦子裡一片空白，事情發生得太突然了。

她知道大家沒有惡意，只不過是喝多了玩鬧，可是蕭子淵呢，他是清醒的啊，他說一句話便能敷衍過去的事，為什麼就讓他們鬧，還這麼配合呢？

身旁的三隻還賊兮兮地湊過來，一臉好奇地問：「到底親到沒啊？學長擋住了，沒看到……」

隨憶瞪過去：「有膽去問蕭子淵啊！」這三隻當然沒膽，索性放棄。

這件事後氣氛又高漲起來，大家又開始唱歌。隨憶只覺得口乾舌燥，隨手拿起手邊的杯子，也不知道自己喝了什麼，只是機械般地小口小口地喝著，腦中一片空白，似乎越喝越渴。

她仔細地掃視了一下四周，眾人似乎都沒多想，只當是玩笑，鬧過了就算了，三寶、何哥繼續遊戲，妖女和喬裕在選歌，一切正常，除了喻千夏，她今晚似乎異常沉默。

至於蕭子淵那邊，隨憶根本就不敢看，餘光都不敢飄過，只能面紅耳赤地在喧鬧聲中出神。

回神的時候唱歌的人似乎又換了一群人，包廂裡似乎少了幾個人，她還是覺得熱，決定起身去趟洗手間，想去洗把臉。

洗手間在走廊的轉角處，誰知道她剛過了轉角就愣住了。

轉角那側的盆栽旁站著一男一女。一旁的盆栽高大挺拔，鬱鬱蔥蔥的枝葉欲蓋彌彰地遮住那側兩個正糾纏在一起的身影。

兩人衣角緊貼，男生的一隻手被女生強勢地握住手腕壓在牆上，另一隻手又被女孩反手按在自己腰間。

女孩踮腳的動作有些大，帶起了上衣的下擺，露出一小截白嫩柔軟的纖腰來，男孩的手正好被強按在裸露的肌膚上面，似乎被燙了一下，下一秒就開始掙扎，女孩鑽進男孩的懷裡，霸道地把他壓在牆上親。

男生掙扎了幾下後，漸漸安靜下來。

燈光昏暗，兩人漂亮的側臉被輕輕籠上一層溫暖的柔光，唇齒相依，呼吸相聞，本就相貌出眾的兩個人，此刻更是纏綿悱惻到讓人移不開視線。

隨憶忽然想起一句詩：舒妙婧之纖腰兮，揚雜錯之袿徽。

果真是個妖女。

衣服因靠在一起發出窸窸窣窣的摩擦聲，隨憶回過神，默默退了回來。

正不知所措的時候，身後傳來一道男聲：「怎麼不走了？」

蕭子淵邊問邊要向前走，隨憶馬上拉住他，食指抵在唇邊壓低聲音道：「噓……是紀思璿和喬學長……」

蕭子淵挑眉：「他們怎麼了？」

隨憶踟躕半晌，再三斟酌著解釋：「紀思璿好像在強吻喬學長。」

蕭子淵一愣，大概沒有想到是這種情況，站在原地探身過去看了一下，很快站直，然後給出結論：「不是好像。」

隨憶拉了一下他的衣角：「我們走吧。」

說完她率先往回走，誰知道剛走了兩步，就被身後的力道扯了回去，隨憶的驚呼只來得及發出一個單音便被蕭子淵堵了回去，他一手扣在她腦後，一手鉗制在她腰間，緊接著她唇上一熱。

跟剛才妖女強吻喬裕不同，不是浮於表面的蜻蜓點水，而是出乎意料的灼熱急切，甚至有些失控，和他往日裡淡漠自持的模樣大相徑庭。

她感冒鼻塞，根本堅持不了幾秒鐘，下意識地就想張開嘴來呼吸，更方便了侵略者的長驅直入，攻城掠地。

隨憶太過震驚，大腦嚴重缺氧，以至於忘記了反抗，眼睜睜地看著那雙近在眼前微微闔起的雙眸，長而密的睫毛輕輕顫動著，就像刷在了她的心上，酥酥麻麻地癢。

就在她要窒息的時候，蕭子淵終於放開她，氣息滾燙地抵著她開口：「這才叫強吻。」

隨憶大口地喘息，本來以為結束了，可蕭子淵在說完這句話之後又咬了上來。

她最終軟在他懷裡，無力地扶著他，眸中漸漸泛起水氣，任人宰割。

窗外雪花紛飛，天地同色，走廊的一角裡，樣貌出色的男女吻得忘我。

蕭子淵終於在失控前放開了她。

「你……」隨憶回神後的第一反應竟然是：她需不需要按照偶像劇裡被強吻的女主角的套路來，舉起手狠狠地打蕭子淵一巴掌，然後再羞憤地跑開？

看著蕭子淵那張棱角分明的臉，辣手摧花，她是真的下不了手啊……

蕭子淵看著她，似乎在等她的反應。

隨憶覺得就這麼冷場不太好，主動打破尷尬：「這是剛才遊戲輸了的懲罰嗎？」

蕭子淵神色複雜地看她一眼：「不是。」

隨憶很是好心地提醒他：「學長，我感冒了，會傳染給你的……」

蕭子淵勾了勾唇角：「聽說，把感冒傳給別人，自己就會好了。」

隨憶輕咳一聲：「以我學醫的經驗來說，這句話確實沒什麼科學依據。」

蕭子淵盯著她小聲問：「那妳臉紅什麼？」

隨憶一僵，忍住想捂臉的衝動：「我感冒了……」

蕭子淵臉上的笑容加深：「老舍先生[9]說，這世上真話本來就不多，一位女子的臉紅勝過一大段對白。」

隨憶被他調戲得狠了，開始反擊，歪頭笑著開口：「老舍先生還說，一旦婦女革命，打倒男人，一個嘴巴還不把男人的半個臉打飛！」

蕭子淵愣了一下，忽然低頭扶額笑了起來，不斷抖動的雙肩顯示了他是真的很開心。

她的笑容裡夾雜著平日裡沒有的狡黠，眼睛裡泛著水光和淘氣，蕭子淵知道，她醉了。

站在他對面的隨憶心情就沒那麼美好了，又對我笑，真的是要出人命了！

兩人還在周旋，就聽到身後響起一道女聲：「哇，這麼巧！」

隨憶一看到紀思璿和喬裕，剛才好不容易壓下去的羞澀感又慢慢浮現了出來，本來是她捉姦啊，結果反而被捉了。

四個人結伴回了包廂，溫少卿和林辰的男男對唱剛結束，林辰看看隨憶又看看喬裕，順口問了一句：「你們怎麼了？臉都那麼紅？」

隨憶和喬裕對視一眼：「沒什麼。」

紀思璿聞言轉頭看了喬裕一眼，然後肆無忌憚地抬手摸了摸喬裕的唇：「嗯？怎麼好像腫了，我沒出力咬啊。」

一句話震驚了四個人，大家紛紛各歸各位，頗有落荒而逃的意味。

隨憶坐在角落裡還沒說什麼，就看到紀思璿湊到她面前，笑得像隻狐狸：「我看到了！」

隨憶鎮定地回視：「看到什麼了？」

紀思璿湊到她耳邊：「我看到妳被蕭學長壓在牆上親。」

隨憶絲毫不驚訝，懶懶地接招：「彼此彼此啊，我也看到喬學長被妳壓在牆上親。」

說完兩人便開始對視，這種以靜制動的套路一向是隨憶碾壓別人，誰知道這次沒過幾秒，她便忽然低頭捂住臉，略帶沮喪的聲音從掌心裡傳出來：「妖女，怎麼辦，我大概是真的喝多了……」

沒喝多的話，她怎麼會和蕭子淵糾纏在一起？

妖女在一旁笑得幸災樂禍，樂見其成。

好不容易撐到結束，隨憶頭昏腦脹地穿上了外套，旁邊有人遞了條圍巾給她，她也沒多想，條件反射般地圍上了才想起來，她今天好像沒有帶圍巾出門。鼻息間都是清冽的氣息，又陌生又熟悉，不知是喝多了還是感冒又加重了，她的腦子亂成一團，她覺得這條圍巾似乎不是自己的，但卻不討厭這種味道，而且確實很暖，她也就沒有糾結。

後來不知道走了多久，她就被放到了床上，隨憶感覺到枕頭和棉被都是自己的，便安心了，很快地昏睡了過去。

女生宿舍樓下，一群男生看著女生都進門了才轉身往回走：「做完了護花使者，我們可以回去睡覺了！」

蕭子淵在一個路口停住，向其他人解釋道：「我還有點事，要回家一趟，你們先回去吧。」

溫少卿想起晚上蕭子淵接了通電話，問：「是……」

蕭子淵知道他心思細膩，寬慰地笑：「不是，是別的事情，我自己的事情。」

林辰和喬裕都累了，擺了擺手道別。

蕭子淵站在原地，看著他們走遠了，才轉身往學校後門的方向走。

進到學校後門的一個社區後，他走下車庫，很快地將車駛了出來。

雖然時間不早了，因為是平安夜的緣故，路上依舊人多車多。蕭子淵在路上耽誤了不少時間才回到家，在門口和警衛打了聲招呼這才進家門。

上了二樓，他直奔某個房間，敲了兩下等了幾秒鐘才推開門：「媽。」

蕭母正坐在床上看書。蕭母年輕時是個美人，隨著時間的沉澱，如今越發美麗沉靜、氣質婉約，看到兒子上前便笑了出來：「怎麼今天回來了，沒和同學出去玩啊？」

邊說邊招呼蕭子淵坐在她身旁：「外面冷不冷？這兩天降溫，多穿點。」

蕭子淵坐到床上點著頭，臉上滿是笑容：「出門穿很多的，剛在樓下才脫了。這兩天您身體好些了嗎？」

蕭母一臉慈愛：「沒事了，你不用老是掛在心上。你爸爸這兩天都早早回來陪我，你不用擔心。」

蕭子淵邊幫母親按摩著膝蓋邊點頭，忽然抬頭又問：「媽，您喜歡什麼樣的兒媳婦？」

蕭母一愣：「你這是……」

蕭子淵從小就有點少年老成，話也不多，雖然喜歡他的女孩子不少，可他一個都不親近。蕭母一直有些擔心，沒想到他卻忽然問出這樣的問題。

話一出口，蕭子淵就意識到了自己的莽撞，卻也收不回來了，只懊惱地笑了笑：「我隨口問問的。」

蕭母靜靜地看著他，雖然自己這個兒子從小就孝順，和自己也很親近，可自從他上了小學之後，就沒從他臉上看到過這種孩子氣，不知道到底是個什麼樣的女孩能讓他這樣。

蕭子淵被母親看得有些心慌，垂下腦袋，扶著額頭無奈地笑出來，他這是怎麼了？

蕭母拍拍他的肩膀，笑得溫婉：「你喜歡就好，媽媽相信你的眼光。到時候帶來給媽媽看看。」

蕭子淵又笑了一下算是答應了。

母子倆又說了一會兒話，蕭子淵起身去書房和蕭父打招呼。

「爸。」蕭子淵進了書房，恭恭敬敬地叫了聲。

蕭父穿著襯衫和羊毛開襟衫，儒雅卻有種不怒自威的氣勢，坐在書桌前正看著什麼，聽到聲音抬起頭笑了一下：「去看過你媽媽了？」

蕭子淵坐下後才回答：「看過了，媽累了準備睡了。」

蕭父點了點頭，摘下老花鏡若有所思地開口：「還有件事情要交代你一下。」

蕭父似乎猶豫了一下：「其實你一向穩重，我也對你很放心，不過還是多說一句，我們家一向不和生意人打交道，這你是知道的。你現在也大了，在外面注意點，特別是有些別有用心的人，凡事留個心眼。」

事情說完了，蕭父關了書桌上的檯燈站了起來：「早點休息吧，我去陪你媽說說話。」

蕭子淵坐在那裡沒動，幾秒鐘後才站起來走回房間，眉宇間似乎多了幾分鬱色。

洗完澡換上睡衣走出來，心情依舊有點亂，便起身到陽臺推開窗戶，寒風一下子全吹進來，他全身都帶著涼意，不由自主地顫了一下，滿心寒意。

靜了半天還是拿出手機，電話通了後，開門見山地問：「林辰，你到底是什麼意思？」

林辰晚上喝得有點多，一頭霧水：『什麼什麼意思？』

蕭子淵深深地吐出一口氣，他自認為教養極好，從來不曾這麼咄咄逼人，可能是有些事壓在心裡太久，這一刻他卻怎麼都忍不住了，那句話便不由自主地從嘴邊冒出來：

「我蕭子淵什麼時候需要別人來給我安排女人了！」

另一頭安靜了很久，蕭子淵聽到開關門的聲音，隨即林辰的聲音從那頭緩緩傳來：『我沒有。』聲音極輕，卻一字一頓。

蕭子淵看著漆黑的夜空，白色的霧氣從嘴邊冒出來，語氣不善：「你敢說當初你介紹隨憶給我認識，不是別有用心？你敢說你一次又一次地試探我只是在開玩笑？隨這個姓氏並不常見，你敢說她和江南首富隨家沒有關係？我記得林家和隨家也是世交吧？官商勾結這種事難道也要算我一份？」

蕭子淵從小看得多接觸得也多，這種事並不稀奇，別人在他身上動了心思，他看破但並不說破，無傷大雅也就算了。可這次他之所以動怒，是因為明知道這是被人設計的，可他卻真的動了心，比他想像得還要早、還要深。

他以為他的自制力很好，可這次卻管不住自己的心，今天一再地失控。

他一早就看出來，但他不點破，靜觀其變，只是想看看他們想幹什麼。這個女孩漂亮溫婉有趣，誰知道就這樣兩年了，隨憶似乎根本不在狀態上，對他和對其他人一樣，看不出任何的熱絡，清清淡淡，無欲無求。反而是他，時間越久越急躁，越來越沒了耐心，他反而是著急的那一個。

凜冽的寒風中，林辰苦笑了一下：『官商勾結？林家的地位雖然比不上蕭家，可在南方這麼多年，無論在什麼職位上都是清清白白的。我們都是在這樣的環境裡長大，「官商勾結」這四個字有多嚴重，你不會不知道。我如果真的貪圖權勢，當年又何必違背家裡的意思來學法律呢？四年的兄弟，何必說這種話。你說這話不僅傷我，還傷了隨憶。』

『我承認我當時是想讓你和隨憶在一起，可她並不知道我的想法，這都是我一廂情願罷了。她出生的時候我就認識她了，她是我所見過最清心寡欲的女孩，她不會貪圖你一分一毫，這點我可以保證。我只是覺得只有你才能夠照顧好她，而她也配得上你。』

『她雖然姓隨，但已經離開隨家很多年了，跟她母親住在一起，巴不得這輩子都不要和隨家有任何關係。蕭子淵，根本不是你想的那樣！』

林辰越說越氣，一席話說下來竟有點豁出去的意味，對著手機直喘粗氣。

蕭子淵忽然沉默下來，闔上疲澀的眼睛。

隨憶舉手投足間教養極好，看得出來也是出自世家，只是沒想到她和隨家已經無關了。

兩個人一直都沒再說話，過了很久林辰才再次開口，那段塵封的往事飄然而至。

『二十多年前，江南隨家的獨子對書香世家沈氏的獨生女兒一見鍾情，兩家又門當戶對，很快就結婚了。沈家的小姐天生心臟不好，婚後一直沒有生孩子，後來意外有了，隨家的少爺疼惜她不想要小孩，可她不忍心看著隨家絕後，最後還是拚死生了下來，是個女孩。本來一切都很美好。隨家幾代單傳，隨家二老希望能有個男孩來繼承家業，你知道在那個年代，南方重男輕女的思想還根深蒂固，特別是這種有錢人家。女孩的母親本來心臟就不好，生了女孩之後元氣大傷，一直沒有再懷孕的動靜，這個女孩在家裡也開始不受寵。她父親硬是扛著家裡的壓力拖了幾年，最後也只能對所謂的孝道妥協了，但是有一個條件，不要讓女孩的母親知道。不知道隨家二老從哪找來了個女人，和隨家的獨子同房幾次，還沒懷孕就被女孩的媽媽發現了。』

『女孩的媽媽很平靜，問他是不是真的想要個男孩。後來兩個人一起去國外做了試管嬰兒。那個時候試管嬰兒的成功率並不高，女孩的母親受了很多苦才成功，後來成功生下一個男孩，當時真的很危險。她在孩子出生的當天就把離婚協議書和孩子扔給了那個男人，什麼都沒要，淨身出戶。那個女孩就是隨憶。』

『隨憶雖是隨家的大小姐，可在隨家並不受寵。隨家的事業那麼大，多少人盯著財產，你不受寵所有人都敢踩你，這種事你也見過、聽過不少吧？她從小就看盡世態炎涼，難得地聰明懂事。她母親離開的時候，她毅然跟著母親走了，從此和隨家再沒有一點聯繫。』

『我堂姑喜歡隨憶的爸爸很多年，終於有機會嫁了過去，只可惜過得並不幸福。隨憶的媽媽我見過，那種書香門第出來的小姐知書達理、才氣逼人，那種承襲幾代沉澱下來的氣質哪裡是我姑姑比得上的，也怨不得那個男人一直念念不忘。這樣一位母親和沈家那樣的書香門第教出來的女孩子會有多優秀，蕭子淵，你想像得到嗎？』

『隨憶曾經問我，林辰哥哥，你說，一個女人到底有多愛一個男人才會願意拚死為他生個孩子，而一個女人到底又有多恨一個男人才會願意拚死再為他生個孩子？』

『蕭子淵，我告訴你這一切不是為了別的，我只是想告訴你，隨憶並不是你想的那種女孩子。權勢、金錢，根本入不了她的眼。她如果真的喜歡你，不是因為你姓蕭也不是因為你的地位，只因為你是蕭子淵。如果她不喜歡你，你是誰都沒用。』

蕭子淵掛了電話，在陽臺上站了很久。

他腦子裡都是隨憶的笑臉，溫婉可人，可他真的不知道這笑容背後是什麼。他的心開始鈍鈍地抽疼，以前看不清真相的時候是急躁，現在知道了卻是疼。

林辰說，事情根本不是他想的那樣。

其實，事情也不是林辰想的那樣，林辰不知道他在很久之前就見過隨憶，不知道他牽過她的手，不知道他今晚親了她。

他忽然有點怕，他害怕真的如林辰所說，她不喜歡他，他是誰都沒用。

第二天，蕭子淵沒急著回學校去，而是陪著蕭母到醫院複診，問了醫生具體情況之後，拿了藥陪著蕭母往外走。蕭母邊走邊看，好像在找什麼。

蕭子淵微微彎腰問：「媽，怎麼了？」

蕭母臉上隱隱地有些失望：「這家醫院有個女孩子，應該是醫學系的學生吧，好像是在老師有門診的時候過來幫忙的。我每次來都能見到她，人很好，對老人和小孩很有耐心，經常看到她拿好吃的哄小孩子。雖然戴著口罩，但是那雙眼睛長得很漂亮，人一定也很漂亮，今天怎麼好像沒來呢？」

蕭子淵在蕭母面前難得活潑：「人家戴著口罩，您怎麼看得到。萬一摘下口罩嚇死人呢？」

「你這小子！唉，那個女孩子我見過很多次，真的很懂事，對人又好，如果子嫣也這麼懂事就好了。」蕭母想起小女兒，嘆了口氣。

蕭子淵扶著蕭母，輕聲寬慰著：「子嫣年紀還小，慢慢教。」

蕭母拍拍兒子的手：「都還當她是個小孩，都讓她寵她，才越來越難管。」

蕭子淵笑了笑，眉眼舒展：「到底是什麼樣的女孩啊？讓您連自己的女兒都這麼嫌棄。」

蕭母忽然轉頭指著一個背影：「啊，好像就是那個女孩。」

蕭子淵看著那個背影，只覺得熟悉，揚聲叫了一下：「隨憶！」

女孩果然轉頭看過來，戴著口罩，只露出一雙靈動的眼睛。

她的一雙眸子本來就水汪汪的，大概感冒還沒好，此刻更是眸光瀲灩，像是受了委屈要哭一般，格外惹人憐愛。

隨憶看到叫她的人之後似乎渾身一僵，很快一抹笑意從眼角溢出，走了過來。

她今天被老師叫來門診幫忙，沒想到會在這裡遇到蕭子淵。

今天她一早醒來倒是沒出現宿醉會有的頭痛噁心，只是回想起昨天晚上的一些片段，又抱著被子在床上打滾，恨不得再也不要見到蕭子淵了。但轉念一想，初吻對象是蕭子淵這種等級的，也算是可遇不可求了。

這邊她還在掩耳盜鈴地安慰自己，那邊三寶又特意告訴她，她昨晚大概喝太多了，當眾抓著蕭學長的圍巾不放手，蕭學長表示這個定情信物就送給她了。

隨憶懶得聽她胡說八道，可一回頭真的在床頭看到了那條不屬於她的圍巾。她的臉立刻皺成一團，悔不當初，只想去死，再見到他的話，要她怎麼神色如常地打招呼？

沒想到怕什麼來什麼。

她雖然一萬個不願意卻還是走過去，摘下口罩叫了聲：「蕭學長。」聲音有些啞。

蕭母不可思議地看了蕭子淵一眼，蕭子淵介紹道：「學校裡的學妹，隨憶，這是我媽媽。」

隨憶早已不見了初見他時的拘謹，臉上掛著大方得體的笑容打招呼：「伯母好。」

蕭母仔細打量著面前的女孩，以前只能看到眼睛，今天見到整張臉只覺得清新脫俗，五官精緻，怎麼看怎麼喜歡。

「隨意？」

隨憶早已習慣別人聽到她名字時的反應，耐心地解釋道：「伯母，是憶江南的憶。」

「喔，憶江南，江南好，風景舊曾諳，名字很特別。」蕭母笑著問，「你們是同學？看起來年紀好小啊。」

蕭子淵嘴角噙著笑意掃了隨憶一眼，對母親解釋：「比我小了幾屆，她是南方人，所以看上去比實際年齡還小。」

蕭母別有深意地看了蕭子淵一眼，笑咪咪地點頭：「嗯，南方人長得就是清秀，皮膚也好。」

隨憶靜靜地站在那裡一臉微笑，其實心裡早就哭死了。

打了一下招呼，蕭母就先回了車裡，留蕭子淵和隨憶說說話。

蕭子淵似乎心情很好的樣子：「跟妳說一件事，妳的感冒應該快好了。」

隨憶好奇：「為什麼？」

蕭子淵清了清嗓子：「因為我感冒了，重感冒。」

隨憶想起昨晚的事，臉上一熱，她硬生生忍住要去摸唇的動作，極為官方地辯駁：「醫學文獻裡說，唾液中所含感冒病毒的濃度很低，一般不足以傳染感冒。」

蕭子淵一副計謀得逞的微笑：「喔，原來妳還記得是怎麼傳染的啊，我以為昨晚妳喝多了就忘記了呢。」

隨憶一臉窘迫，不知道該憤然離去還是繼續站在這裡發愣，他總是能輕輕鬆鬆地用一句話打破她的鎮定。

蕭子淵似乎特別享受這種低級別的趣味，臉上的笑意怎麼收都收不住，直看著她紅通通的一張小臉才終於放過她：「不打擾妳了，我先走了。」

隨憶如獲大赦，迫不及待地勉強笑著道別：「蕭學長再見！」

蕭子淵回到車裡，車子開出醫院一段路後，蕭母才半開玩笑道：「這個女孩子不錯。」

蕭子淵轉頭，淡定地挑眉：「嗯？」

蕭母笑得開心：「這是你第一次主動和女孩子打招呼，還介紹給我認識。」

蕭子淵一頓：「是嗎？」

「不過，這個女孩子我真心喜歡。」

蕭子淵有些無奈：「媽……」

「好了好了，不說了，下次帶到家裡來吃飯啊。」蕭母心滿意足。

「媽……」

蕭子淵的腦子裡都是剛才她摘口罩時的情景，可能是之前他戴著有色眼鏡，經過昨晚之後，再看她，竟然覺得這個女孩子真的是難得的好。

蕭子淵低下頭，不自覺地勾唇苦笑，蕭子淵啊蕭子淵，你是真的陷進去了。

蕭母看著身邊人不自覺勾起的唇角，心裡漸漸有數。

隨憶看著人走遠了才鬆了口氣，蕭子淵似乎很孝順，在他媽媽面前笑容也多了起來，平時什麼時候看過他那麼愛笑了。

隨憶微微一笑，孝順好啊。這樣一個男人，不知道將來陪在他身邊的會是個什麼樣的女子。

沒有科學依據的事情很多，且都發生了——隨憶的感冒奇跡般的好了，而蕭子淵……據說真的得了重感冒。

耶誕節過後便進入了考試週，整個學校忙得人仰馬翻的，圖書館自習室擠得滿滿的都是人。

也許是為了應景，耶誕節過後的第二天是陰天，氣溫倒有些回升，隨憶四人從學餐吃了午飯走出來，天陰得更厲害了。

三寶抬頭看了眼天空，邊搖頭邊嘆氣：「老天爺氣成這個樣子，肯定是因為人妖相戀。」

妖女一巴掌打上去：「妳怎麼不說是因為人妖戀不請妳去吃海鮮樓呢？」

三寶很是嚴肅地點頭：「這可能是最主要的原因。」

剛說完，隨憶就看到三寶毛茸茸的腦袋上落下了白色的不明物體，她剛想伸手拍開就看到白色的不明物越來越多，一抬頭才發現竟然是下雪了。

三寶也發現了，又深沉地嘆了口氣：「怎麼不是紅色的呢？人妖相戀就該下紅雨的。」

隨憶和何哥別有深意地看向妖女，異口同聲地附和道：「是啊，人妖戀怎麼不下紅雨呢？」

受到重創的妖女捂著心口，去找人妖戀的男主角尋求安慰。

午後，隨憶和妖女要去參加學生會學期末的總會。這是慣例，開完總會就意味著這學期學生會的工作全部結束了。

所謂總會，不過是聽處理學務的某位老師口沫橫飛地講了近一個小時，下面的學生會成員無精打采地聽著，機械般地附和著。

好不容易老師講累了下臺了，司儀直接跳過主席問四大貝勒還有沒有什麼要補充的，四個人極其默契地搖頭沉默。

後來老師被一通電話叫走，他前腳剛踏出門，活動室裡就一改剛才的沉悶鬧翻了天。

「我要吃肉！」一個男生大概最近在挑燈夜讀，雙眼通紅，惡狠狠地吼著。

這個提議一致得到大家的附和。

「對！四大貝勒請吃肉！」

「今天晚上就去！我都等整學期了！」

四個人坐在位置上但笑不語，由著他們起鬨。四個人這麼淡定的反應讓眾人沒了招，坐在隨憶身邊的一個女孩湊到她面前，賊兮兮地說：「隨憶，妳去跟蕭學長說，讓他請吃肉啊！」

隨憶微笑著自然地反問：「為什麼要我去說？」

旁邊的人聽到了便集體圍攻隨憶。

「對對對，隨憶去說，蕭學長對妳不一樣的嘛！」

隨憶眼角一跳，迅速抬頭掃了眾人一眼，她知道他們都是善意的玩笑，但卻絲毫撫慰不了她心中的慌亂。

隨憶很快斂了神色，半開玩笑地打哈哈：「你們都想太多了，蕭學長對我們都一樣的！」

「妳就試試看嘛！」

隨憶扛不住眾人起鬨，只能起身走過去問蕭子淵。

她硬著頭皮站在蕭子淵面前，蕭子淵氣定神閒地看著她，嘴角輕輕挑起。

隨憶垂著眼睛極快地吐出一句：「蕭學長，感冒好點了嗎？晚上請大家吃肉去吧？」

活動室裡一下子安靜下來，隨憶感覺到一道視線一直停留在她頭頂。蕭子淵沒出聲，她也不敢抬頭去看他的反應。

此刻，蕭子淵沒有反應在她看來卻是最好的反應了，這說明他一視同仁啊，她就清白了。

幾秒鐘後，隨憶深吸一口氣轉身對著眾人輕鬆一笑，如釋重負：「看吧，我說也沒用。」

話音剛落，隨憶就聽到身後低沉的一個「好」字，溫潤的聲線低沉輕緩，似乎還帶了掩蓋不住的笑意。

眾人一下子歡呼起來。

而隨憶的第一反應不是轉頭去看蕭子淵，而是看向角落裡的喻千夏。喻千夏臉上掛著淡淡的笑，也正靜靜地看著她。

約好了晚上一起吃飯後總會便結束了，隨憶以極快的速度逃離了活動室，好在蕭子淵也沒有叫住她。走到半路，隨憶忽然想起從圖書館借的書還放在活動室裡，又折回去拿。

隨憶推開活動室的門就看到喻千夏站在窗前，靜靜地看著窗外。天氣這麼冷，窗戶大開，寒風夾雜著雪花捲進屋內，隨憶從沒見過喻千夏這樣，一下子愣住。

喻千夏聽到聲響轉頭看過來，看到是隨憶笑了一下，又轉過頭去，背對著她開口：「我以為大家都走了。」

喻千夏邊說邊伸出手去接窗外飄落的雪花，六角雪花碰到她的手心立刻融化，只留下水珠。

雖然她看不到，可隨憶的臉上還是很快掛上了笑容：「喻學姊，我來拿本書，很快就走，不會打擾妳。」

「隨憶，妳說我是不是很失敗？」

就在隨憶取了書準備轉身離開的時候，喻千夏忽然開口問。

隨憶心裡一動，聲音輕快，帶著開玩笑的口吻回答：「不是的，學姊，我從來沒見過哪個學工科的女孩子長得像妳這麼漂亮，妳是我見過學工科的女孩子裡長得最漂亮的，漂亮的女孩子裡工科學得最好的！」

喻千夏的雙肩抖動著，似乎笑了。

隨憶卻笑不出來，她是真的覺得喻千夏是個難得個性很好的女孩子，學業好，學生會的工作做得也好，每年都會拿獎學金，還是學生會幾屆難得一見的女副主席，很有學姊的樣子。

喻千夏笑過之後又陷入了沉默。就在隨憶思考該不該繼續留在這裡的時候，喻千夏關上了窗戶，走到最近的位置上坐下，神情恍惚地看著前方，嘴裡喃喃低語。

「妳不明白，他不愛妳就是不愛妳，就算妳再全能都沒有用，再怎麼努力都沒用，沒用的……」

隨憶心裡五味雜陳，看來最近發生的事情真的刺激到喻千夏了，她現在什麼都不能說，因為她說的每一個字在喻千夏看來都是虛偽的，多說多錯，不如一默。

隨後，喻千夏似乎又回到之前爽朗幹練的模樣，和隨憶聊起了天：「對了，蕭子淵畢業後就要出國了，妳知道嗎？」

隨憶點點頭：「我聽說了。」

「這麼快，我們就要畢業了，真的好快……」喻千夏自言自語道。

隨憶不習慣這麼低落的喻千夏，終於說出口：「喻學姊，我沒有別的意思，我從來沒有想過和妳爭什麼。」

喻千夏苦笑：「就是因為這樣才讓人生氣，我求而不得的主動送到妳面前，妳卻不要。」

隨憶沉吟片刻：「學姊，蕭學長馬上就要出國了，而我會留在這裡，等畢業後我就會回家，我們不會再有聯繫。妳為什麼不和他一起出國呢？這對妳來說不是難事。」

「妳以為我不想？」喻千夏苦笑了一下。

她還記得蕭子淵清清冷冷地對她說：「喻千夏，沒有必要。」

所有的熱情瞬間降至冰點。

原來她這幾年對他而言，都是沒必要。他連叫她的名字都是全名。他對她，自始至終都只有「清冷」兩個字。她本來以為他就是這樣的人，對誰都熱絡不起來。可為什麼他對眼前這個女孩子總帶著不一樣的情愫呢？原來驕矜涼薄、錚錚傲骨的蕭子淵也有那麼柔情的一面。

之前他還略作掩飾，不知道為什麼最近連掩飾都懶了。

「蕭子淵……」喻千夏的聲音有些顫抖，似乎那個名字帶給她無盡的痛苦。她轉頭看向隨憶，掙扎了一下才再次開口：「他當年並不願意進學生會，他做事一向低調，後來是被輔導員逼著進來的，本打算在大二那年退出，可卻一口氣做到了大四。說是四大貝勒，但妳沒發現其他三個人都不怎麼管事了，只有他還在管。隨憶，妳說，他這麼做是為了什麼？」

他這麼做是為了什麼？

隨憶低著眉眼靜靜聽著，心裡卻沒辦法做到那麼平靜，垂在身側的手不禁緊握成拳，腦子裡不斷盤旋著這句話。她很快抬起頭，神色如常地笑著說：「喻學姊，我先走了。」

喻千夏似乎對她平靜的反應感到驚訝，意味深長地笑起來：「我和他同學這麼多年，喜歡蕭子淵的女生那麼多，可他對每個人都是清清淡淡的樣子。這麼多年了，我有時候恨得牙癢癢，多想看他踢到鐵板，這個願望在妳身上大概可以實現了。」

就在關上門的那一刻，隨憶聽到喻千夏正低聲說著什麼。

她說，他只對妳卸下防備，只對妳溫柔，妳可真幸運。

隨憶皺眉，她和喻千夏在別人眼裡應該是情敵的關係，不是應該要是修羅場的嗎，怎麼會出現這樣的對話？

喻千夏是想告訴她什麼，還是這些話憋在心裡久了想要一吐為快，剛好碰上她？

那天晚上的聚餐隨憶沒有出現，而蕭子淵也沒有追問。

之後，隨憶便兩耳不聞窗外事，一心唯讀聖賢書。

等再閒下來已經到了放假前夕，那個科技創新專案也到了尾聲，在圖書館的會議室進行最後一遍審核工作。

隨憶坐在位置上，看著左前方的蕭子淵暢快流利地把這個專案從頭到尾試講了一遍，心裡的佩服油然而生，傲氣的人是有傲氣資本的。

最後在誰去把資料送到校辦時又有了分歧。眾所周知，校辦負責科技創新的那位老師是出了名的難纏，誰都不想去，只能抽籤決定。

最後抽到的那個男生又開始耍賴：「今天下午一定要交嗎，能不能改天啊？」

眾人反對：「都和老師約好時間了！」

「我真的不想去，不然這樣，就跟老師說我病了？說我打球摔倒骨折了？」

眾人鄙視之。

一直沉默的隨憶突然開口：「學長，你有沒有聽過二十二個靈異常識？」

「沒有。」那個男生搖搖頭。

隨憶展顏一笑：「其中有一則是說，如果你以生病為藉口推託別人的約會，或者蹺課之類的，那麼過段時間肯定會生病，而且是說什麼樣的謊，就生什麼樣的病。」

「……那我還是去好了。」那個男生吞了一下口水，一臉害怕地妥協。

隨憶笑咪咪地誇讚：「學長人真好。」

「呃……我不敢不去啊。」

眾人哄笑，很快散會。

隨憶收拾好東西準備離開的時候，蕭子淵把玩著手裡的筆，問擦身而過的隨憶：「靈異常識還說什麼了？」

當時已近黃昏，血色的夕陽照進室內，室內不知什麼時候只剩下他們兩個人了。

隨憶想了想，神色認真地開口：「屬羊的人，若在冬天出生，命苦。」

蕭子淵皺眉：「什麼說法？」

過了半晌，隨憶的聲音再次緩緩響起：「臘月[10]羊，守空房，命硬，剋父剋夫。」

說完就開門走了出去。

蕭子淵臉上的表情依舊淡淡的，許久才站起來走到窗邊打了一通電話。

林辰接起電話：『老大，你找我啊？』

「隨憶是屬羊的？」

『是啊，怎麼了？』

「臘月出生的？」

『咦，你怎麼知道？幹嘛？』

「沒什麼，那她快要過生日了。」

『個……』林辰猶豫了一下：『她不過生日的。』

「為什麼？」

林辰思索良久：『老人家都相信男不屬雞女不屬羊，特別還是臘月羊，當時隨憶的爺爺奶奶嫌棄她是個女孩，找不到別的理由就說她剋父，對她造成的陰影頗深。』

掛了電話，蕭子淵靠在欄杆上，良久，微微一笑。

臘月羊，很好，很好。

機械系的選修課還剩最後一節課，再去上課的時候，隨憶猶豫到底去不去。她最近覺得蕭子淵對她的態度有了變化，而且周圍的人已經開始開她和蕭子淵的玩笑了，雖然都是善意的，但他馬上就要出國，就算回來，他的家世出身，以後也不會和她是同一路人，更何況這中間還有一個喻千夏，既然這樣，倒不如少見的好。

隨憶坐在教室裡，不時抬頭看門口，就怕看到那道身影。

等再抬頭的時候竟然看到一位胖胖的老教授拿著教材走進來，嘈雜聲充斥著整間教室。

前排有個女生壯著膽子問：「教授，蕭學長呢？」

張清把教材放到桌上饒有興致地問：「怎麼，是我來妳們很失望？」

臺下的女孩子們絲毫不給面子地齊聲回答：「失望！」

胖胖的老頭一臉奸笑：「知道妳們失望我就放心了。」

這一切都在張清的預料中，他懶洋洋地向所有學生解釋道：「你們的蕭學長要畢業了，他畢業專題的題目太難，沒時間陪你們玩，就不代課了。」

隨憶看著講臺上精神矍鑠的老教授，明明是一副嚴謹的老學者模樣，可她為什麼覺得他的眼睛裡閃著幸災樂禍的壞笑呢？轉念一想，怪不得蕭子淵最近這麼安靜呢，如果蕭子淵沒完成畢業專題就沒辦法順利地畢業……

隨憶不自覺地眉眼彎彎，被自己這個壞心眼的想法逗樂。

「對了，」張清拿著學生名冊上上下下地找著：「有一位叫隨憶的同學嗎？」

隨憶莫名其妙地站起來。

張清上上下下地仔細打量著，一邊看還一邊笑著點頭，怎麼看怎麼像是看兒媳婦的眼神：「子淵請我轉達一句話給妳，他說，圍巾先放妳那裡吧，不用還給他了！」

教室裡又是轟的一聲炸響。

隨憶垂著頭閉著眼睛深呼一口氣，蕭子淵！你夠狠！

她再也不會說蕭子淵是個低調溫和的謙謙君子了！

張清揮揮手示意她坐下，教室裡的議論聲繼續，不時還有人看向隨憶。

「女施主，妳自求多福，前面那些女施主是不會放過妳的，不過老衲倒是可以幫助施主，只要施主多給點香油錢……」三寶還在絮絮叨叨地說著什麼，面前還擺了本從圖書館借的《金剛經》。

隨憶扺唇：「她又怎麼了？」

何哥回答：「喔，昨晚妳自習回來得晚，沒趕上任住持的新聞發表會，這是她昨天新耍的瘋，名曰『考前抱佛腳』。」

隨憶不解地繼續問：「有什麼關係嗎？要抱佛腳還不好好看書，看什麼《金剛經》？」

妖女搭著隨憶的肩膀，笑得不可抑制：「我們家這隻寶說了，既然抱佛腳當然要讀經書了，看教科書有個屁用，佛祖理妳才怪呢！考前讀佛經這才是抱佛腳的精髓，之前那些臨時抱佛腳卻依然被當的人就是因為沒有領悟到這一點。」

三寶雙手合十，低頭：「阿彌陀佛，女施主，妳懂我的歡喜。」

隨憶笑著搖頭：「精闢！」

---

9 老舍先生：舒慶春，筆名老舍。中國近代知名小說家、戲劇家。

10 臘月：十二月。

第五章　雪夜跨年，悸動叢生

考試週終於結束，隨憶真的一直沒再見過蕭子淵，大概他的畢業專題真的很難吧。她買了第二天的票回家。考完試的當天晚上，隨憶在宿舍收拾行李，妖女從外面進來時，就看到隨憶手裡握著一條圍巾發呆。

「妳今年怎麼這麼早走啊？」

隨憶正不知道該怎麼處理這條圍巾呢，聽到聲音被嚇了一跳，順手扔進箱子裡：「在學校也沒什麼事，早點回去陪我媽媽。」

三寶猥瑣地笑著，把視線從電腦螢幕轉到妖女臉上：「喲，花前月下回來了？」

妖女被說中了，隱隱有些臉紅，一瞇眼睛，惡狠狠地吼過去：「刷妳的boss，打妳的副本！」

三寶一臉壞笑，洋洋灑灑地開始唱：「一摸，羞澀地摸～先摸上那二胡弦。二胡弦～長指間～一曲流連又掩面。二摸，請笑著摸～摸上唇邊荔枝甜～三摸，頸畔打個圈～再摸向那鎖骨邊……」

「三寶！妳去死！」妖女惱羞成怒，面目猙獰。

隨憶笑著逗她：「任住持，妳這樣可不好，唱這種黃色小調，佛祖會怪罪的。」

三寶一臉賊兮兮地笑：「佛祖休假去了，今天不上班！」

邊說邊轉頭，當她的視線重新回到電腦螢幕的時候，忽然大吼一聲：「何哥！妳又跑去哪裡了？」

何哥縮在角落裡微微顫抖：「我也不知道在哪裡，好像迷路了。」

隨憶噗哧一聲笑出來。何哥和三寶打賭，何哥輸了，三寶就逼著何哥一起玩遊戲，還拍著胸口保證會好好帶她升等，誰知道何哥是個路痴，老是跑錯地圖，只要三寶少看一眼她就消失了。

何哥湊到三寶面前：「三寶啊，妳看我也沒什麼玩遊戲的天賦，我就算了吧？」

三寶伸出一根手指左右搖晃，瞇著眼睛威脅：「想都別想！」

何哥忽然一副無賴相，癱坐進椅子裡：「我就是不玩了，妳能拿我怎麼辦！」

三寶怒火中燒，面目猙獰：「何文靜！妳說話不算話！」

何哥毫不示弱地吼回去，中氣十足：「任申！我就是說話不算話怎麼樣！」

三寶忽然一臉嬌羞地湊到何哥懷裡：「不怎麼樣，人家就是喜歡妳這個樣子，好霸氣！人家好喜歡。」邊說還邊蹭著何哥的胸，嘴裡唸唸有詞：「好大好軟……」

屋裡瞬間安靜下來，隨憶、妖女、何哥三個人一臉黑線。

何哥一把推開黏在她身上的生物體，仰天長嘯：「蒼天啊，收了這個妖孽吧！」

妖女一臉絕望地看著某隻：「阿憶啊，妳說我們家這隻什麼時候才能正常啊？」

隨憶拍拍妖女的手：「兒孫自有兒孫福，我們就不要操心了。」

妖女立刻就寬心了：「說得有道理。」

最後三寶被何哥武力鎮壓，含著兩汪熱淚繼續去打怪，何哥湊過來問：「阿憶，下午那題杜冷丁的學名叫什麼來著，我當時怎麼想都想不起來。」

「呱替啶。」

何哥一臉沮喪：「啊，那我寫錯了，三寶，妳對了嗎？」

三寶正處在放假的興奮中，她對自己的智商有著很深刻且正確的認知：「我怎麼可能會寫對，我想破腦袋也沒想出來，只記得是三個字的，就隨便寫了三個字上去。」

「妳寫什麼？」隨憶有種不好的預感。

三寶猥瑣地笑了一下，字正腔圓地回答：「思密達[12]。」

「……」兩人崩潰，可以想像這個答案會被閱卷老師如何發揚光大。

第二天一早，天剛亮，隨憶拉著行李箱走在校園裡，她走得早就沒讓那三隻送。

冬日的清晨，天微微透出亮光，寒風凜冽，再加上考試也結束了，校園裡沒什麼人，有點荒涼。隨憶本來以為不會遇到熟人，誰知道剛踏上校園的主幹道，遠遠地就看到了蕭子淵。

火紅的太陽剛剛升起，他器宇軒昂地站在實驗大樓門口，身邊站著喻千夏和幾個人，一群人似乎正在討論著什麼。

隨憶還來不及收回視線就看到蕭子淵往轉向他看了過來，她心裡一慌，遠遠地點了一下頭轉身走了。

蕭子淵若無其事地轉移視線，和身邊的人繼續之前的話題。十幾分鐘後，他回到宿舍，坐在桌前彎起食指點了點額頭，溫少卿轉頭看他：「累成這樣？」

蕭子淵疲憊地「嗯」了一聲。

「搞定了？」溫少卿闔上書問。

蕭子淵搖搖頭，少見地沮喪：「廢了，全部。」

本來張清教授平日裡對他要求十分嚴格，他畢業本來該很容易的，但他畢業後就要出國，因此畢業專題的水準很重要。國外那所大學的導師安凱德是張清介紹的，兩個老學者一拍即合，後果就是他的畢業專題出奇的難，在國際上屬於前沿，基本沒幾個人開始做。他熬了半個月，昨天在實驗室待了一夜，今天早上才回來，結果全白費了。

據說這個安凱德和張清亦敵亦友，當年他和張清同時喜歡上一個女生，後來兩個人又因為一次學術討論意見不合翻臉，不了了之，被X大的學生譽為學霸的悲哀。再後來，這個女生出國留學，一直留在國外並且嫁給了安凱德。

張清對此憤恨不平，安凱德則對張清這個自己妻子的前任耿耿於懷，雖然在學術上兩個人相見恨晚，但私底下又是水火不容，兩個半百的老傢伙一見面就吹鬍子瞪眼睛的。

蕭子淵現在合理懷疑安凱德是在透過他報復張清，張清則想透過他向安凱德證明自己的學生有多優秀，於是他理所當然地成了犧牲品。

蕭子淵嘆了口氣，又想起剛才隨憶看到他慌不擇路的樣子，更是無奈地嘆了口氣。

是他太心急嚇到她了嗎？還是她根本就不喜歡自己？是他想太多了？

溫少卿替他倒了杯水：「過年留在這裡重做？」

蕭子淵抿了口水，雖然沮喪，可眼底依舊自信滿滿：「嗯。」

「今天可就放假了，你還能找到學弟幫你嗎？」

「我今天跟他們說了，從今天開始他們就不用去了，讓他們回家，我自己應該行。」

溫少卿別有深意地問了一句：「喻千夏也不留下？」

蕭子淵微不可見地皺了一下眉：「我已經跟她說得很清楚了。」

正說著，就看到林辰怒氣沖沖地進門，身後跟著的喬裕，則悠閒自在地踱進來。

蕭子淵和溫少卿對視一眼：「怎麼了？」

林辰喘著粗氣：「那個死丫頭！我還打算等她一起走呢！竟然已經先跑了！」

蕭子淵一下子就明白了，垂眸看著手裡的玻璃杯。

溫少卿一頭霧水地問喬裕：「他在說什麼？」

喬裕聳了聳肩：「和我無關啊。我和思璿吃早飯的時候聽她說，隨憶搭今天早上的車回家。我當時還奇怪呢，她不是每年都和林辰一起走嗎？在宿舍門口遇見林辰，我就順口問了一句，誰知道他一下子就爆炸了，打了通電話給隨憶後就更生氣了。」

林辰平靜之後又問蕭子淵：「這件事你知道嗎？」

蕭子淵搖了搖杯子，玻璃杯裡的水無論怎麼動都保持著容器的形狀。

蕭子淵想起掛在老家裡的一幅字：天下莫柔弱於水，而攻堅強者莫之能勝，其無以易之。

蕭子淵覺得隨憶就像水一樣，表面上看起來柔弱溫和，卻怎麼都抓不住。他忙了這麼久沒顧到她，其實也是想測試看看她會不會主動找他。沒想到她不但沒來找他，竟然還這麼迫不及待地逃走了。

蕭子淵看著杯子半晌才回神，淡淡地開口：「之前不知道，早上看到她拉著行李才知道。」

溫少卿聽了一笑，又瞄了眼蕭子淵，嘴角彎得更深了，狀似無心地對林辰說：「這哪有什麼，說不定是和男朋友一起回家了，難道你還想管人家一輩子嗎？」

說完朝喬裕使了個眼色，他本來以為蕭子淵是因為實驗要從頭來過而感到鬱悶，他還正奇怪，蕭子淵不是這麼脆弱的人，這麼看來，他一臉的落寞多半和隨憶有關。

喬裕心領神會，在一旁附和道：「就是說啊，你是人家哥哥也不能管人家一輩子吧？」

林辰恨恨地瞪了喬裕一眼：「我等著看你家喬樂曦被別的男人拐走了，你會是什麼反應！」

喬裕反瞪他一眼：「我們家那丫頭早就被訂走了，除了她自己不知道，大家都知道。」

林辰被堵得無話可說，氣得直翻白眼，繼續抓狂。

蕭子淵卻就此沉默了，垂著眉眼，緊抿著唇，盯著手裡的水杯，目光深邃銳利。半晌，一抹清亮從眼中一閃而過，面龐依舊清冷，嘴角卻淡然一揚。

蕭子淵在實驗室一直待到大年夜當天。前一個晚上他又熬了個通宵，出來的數據終於滿意些了。整理好資料從實驗室出來時天已經快黑了，整座實驗大樓只零星地亮了幾盞燈。

看來今年又要有人在這裡過年了。

蕭子淵按了一下電梯按鍵才發現停電了，無奈只能走樓梯。一打開樓梯通道的門就聞到菸味，蕭子淵努力看了看，漆黑的樓道裡，階梯上坐著一個人，腥紅的火星正一明一滅。

借著門外面的燈光，他才看清坐在樓梯上的人，是隔壁班的一個男生，一起打過幾次球，很陽光積極，此刻卻一臉頹廢。

「蕭子淵。」似乎不適應環境突然變亮，他瞇著眼睛看過來，看清來人後叫了一聲。

「田哲。」蕭子淵打了個招呼，他不是好奇的人，抬腿本來想走，又停下：「別在這抽菸了，這層是重點實驗室，等等被人看見了，你以後就別想進來了。」

那個男生勉強笑了一下：「好。」，他拿起腳邊的一罐啤酒遞過來，仰著頭問蕭子淵：「要喝嗎？」

蕭子淵越看越覺得他不太對勁，他絕不是在客氣，蕭子淵似乎從他的眼裡看出了一絲請求。拿出手機看了眼時間，遲疑了一下坐到他旁邊，接過啤酒抿了一口：「不回家過年嗎？」

田哲苦笑了一聲：「之前我跟我媽說，過年的時候會帶媳婦回家給她看，可媳婦沒了，我怎麼回家？」

田哲的女朋友蕭子淵見過幾次，兩個人也算一對璧人，他一頓：「聽說你和你女朋友都申請了學校，打算一起出國的……」

剩下的半句蕭子淵沒問出來。

「她申請學校的時候，出了問題不能出國了，轉頭就劈腿了。趙磊你知道吧？就是我們學校那個書記的兒子，他留校了。」田哲說完苦笑了一聲：「我和趙磊還是睡上下鋪的兄弟呢。」

蕭子淵並不擅長安慰人，只是拍了拍他的肩膀，拿起啤酒和他碰了一下。

田哲猛灌了幾口酒之後，打開了話匣子：「好在你沒有女朋友，可以無牽無掛地出去……不對，我聽說最近你和醫學系的一個女孩走得挺近的，你馬上就要出國了，還是別禍害人家了……還有啊，我一直想問你，為什麼你總是那麼從容不迫啊？我從來沒見你失態過，你教教我啊……」

大概他不擅長喝酒，一罐啤酒下去就有些醉了，田哲越說越口無遮攔。蕭子淵扶著他從樓梯間走出來，就碰上兩個人。

「大神！還好你沒走，正好要找你呢。」其中一個說到一半，看到田哲也在有些驚訝：「田哲？他這是怎麼了？」

「喝多了，別跟別人說，扶他到實驗室的沙發上躺一下吧。」

宿舍的暖氣早就停了，現在大概已經成冰窖了，還好實驗室有空調，在這裡總比回去受凍好。

把田哲安頓好，蕭子淵就聽著隔壁不時傳來的訓斥聲，低聲問：「今天還通宵啊？」

剛才一直沉默的男生一臉無奈：「李老師親自帶著我們做，他不說好誰敢走？」

蕭子淵笑了一下：「辛苦了。對了，你們找我什麼事？」

「儀器壞了……」兩個大男人哭喪著臉，異口同聲地回答。

等蕭子淵修好了儀器再出來，天徹底黑了。他又找到之前放在實驗室的一件大衣蓋到田哲的身上，打了個招呼就離開了。

出了實驗大樓的門，地上已經積了薄薄的雪。蕭子淵扣緊大衣，頸間一涼才想起圍巾早就送給那個丫頭了。

那個沒心沒肺的丫頭……想起來，蕭子淵嘆了口氣。

最近實在是太忙了沒顧上，現在才發現，自己竟然有點想念她。

再過幾個月他就要出國了，以後他們天各一方，距離、時差，會讓他們慢慢疏遠吧？田哲說他沒有女朋友，無牽無掛，可他怎麼可能沒有牽掛？他說讓他別禍害她了，他又怎麼捨得放手？

掏出手機，微弱的光照亮了他的臉龐，修長的手指在螢幕上跳躍著，幾秒鐘後傳出一則訊息。

『學校下雪了。』

收起手機繼續往前走，還沒走兩步，電話就響了起來。

希望才剛從心底爬出來，失望就來了，是奶奶特意打電話叮嚀他下雪了路滑，讓他開車別開太快。還沒說完話手機就被人搶走了，一個奶聲奶氣的聲音傳過來：『舅……舅……』

蕭子淵還沒來得及回答，電話就斷了，大概是小孩子不下心按了掛斷鍵。

蕭子淵笑了一下，又繞去超市想買點東西。昏黃的燈光照亮著超市的牌子，等蕭子淵到的時候，超市老闆似乎準備關門了，看到蕭子淵又把門打開，還熱情地問：「年輕人，怎麼這麼晚來？要買什麼快去拿。」

蕭子淵拿完東西，老闆怎樣都不肯收錢，純樸地笑：「拿著吧！快回家吧，我也回家過年了。」

蕭子淵看著燈光下那張笑臉，也微微一笑沒再推辭。

回宿舍洗了澡換身衣服出來後，依舊去了學校後門開車，一路往西去。到處張燈結綵，沿途不時看到在放煙火爆竹的大人孩子，年味十足。

車子順著環山公路往山上開，最後在有警衛站崗的大門前停住，警衛敬了個禮，他打開車窗露了臉便進去了。

蕭子淵把車停在一座小院門口，剛下車還沒進門就聽到熱鬧的說話聲。蕭家人丁興旺，父親這一輩兄弟姊妹共五個，到了他這一輩人就更多了，平時也很難團聚在一起，只有每年的大年夜才能統統到齊。

才進門就被一個小肉球抱住褲腳，口齒不清地叫著：「舅！錢！壓歲錢！」

蕭子淵笑著彎腰抱起小肉球，拿出剛才買的糖果塞到她懷裡，小丫頭立刻眉開眼笑抱著不撒手，然後掙脫下去找媽媽。

蕭子淵看著她搖搖晃晃地像隻小鴨子，忍不住笑。

一家人看到他，立刻招呼他過去，蕭子淵的奶奶笑著拍拍旁邊的沙發：「孩子，過來坐！」

蕭子淵坐下看了一圈：「我爸媽和三叔三嬸呢？」

蕭奶奶把熱茶塞到蕭子淵手裡，慈祥地笑著：「大年夜，去和下屬慰問了，大半夜才回來。」

蕭子淵笑著點點頭：「不是說子嫣回來了？怎麼沒看到？」

蕭奶奶一臉好笑：「今天上午才回來，你爸媽剛開始還不理她，說她一年到頭在外面也不知道回家，沒一下的工夫又心疼那丫頭瘦了，現在又非得帶著她一起去。」

蕭子淵想起自己那個古靈精怪的妹妹也笑了出來：「爺爺又在廚房嗎？」

「嗯，他們幾個想幫忙都被攆出來了，年紀越大脾氣越拗，你去打個招呼吧，唸了你一整個晚上了。」

蕭子淵馬上起身往廚房走去。

「爺爺。」他探頭往廚房裡爽朗地叫了一聲。在長輩面前，蕭子淵似乎活潑了許多，沒有在外人面前的沉默。

「小子，來了？過來當幫手！」蕭爺爺一邊翻炒著鍋裡的菜，一邊轉身中氣十足地說。

蕭老爺子縱橫沙場大半輩子，如今年紀大了也沒放鬆鍛煉，身體很是硬朗。

蕭奶奶走過來幫蕭子淵圍上圍裙，蕭子淵挽起袖子便進了廚房。

每年這頓團圓飯都是蕭老爺子和蕭子淵一起完成的，別人想插手都不給機會。

「把竹筍切成絲。」蕭爺爺一點沒客氣地吩咐，忽然話鋒一轉：「前段時間去露過面了？」

蕭子淵微彎著腰，垂著眼睛，動作嫻熟地切著菜：「去過了。」

「其實你才剛出學校，按理說該替你安排到單純點的地方，可我和你父親都希望你到那裡去，我們的意思你清楚嗎？」蕭老爺子一邊使喚蕭子淵切菜一邊問。

蕭子淵心裡一笑，這就開始了。從他剛懂事開始，每年的這一晚都是老爺子和他交流的時間，那個時候他還沒有桌子高，只能站在旁邊看著爺爺忙碌，思考著爺爺問的問題該怎麼回答。後來他一點一點長大，終於能碰到桌子了，高出桌子一顆頭了。如今他高出桌子許多，而廚房裡的那張桌子也成了他的成長和廚藝提高的一個見證。而眼前的老人，或聽他彙報學業、或提攜指點他、或嚴厲、或和藹，循循善誘，一步步引導他往前走，這麼多年一直沒間斷過。

在蕭子淵年幼的記憶裡，這一晚總是難熬的，後來他似乎已經適應了，甚至遊刃有餘。

若干年後等他也做了父親，又做了爺爺，似乎就理解了老人對晚輩的心情。那個時候老爺子早已不在，可他似乎總能看到廚房裡在熱氣騰騰的霧氣中精神矍鑠、動作嫻熟的爺爺。當他回頭看自己的人生時，總會看到老人的身影，老人對他的殷切希望。他從內心裡感謝老人對他的指引。

蕭子淵記得前幾年，爺爺還在跟他說著課業上的事情，把他當成孩子一樣交代囑咐，似乎是一夜之間，他們的談話內容就變了。現在老人已經把他當成了一個真正的男子漢對話，更願意聽聽他的看法，他肩上的擔子似乎突然加重了。

蕭子淵很快地回神：「清楚。」

老爺子停下手裡的動作，特意轉頭又問了一句：「真的清楚？」

蕭子淵不動聲色，淺淺一笑，接過老爺子手裡的鍋鏟，不慌不忙地翻炒著：「潛謀於無形，常勝於不爭不費。爺爺，我記得當年這句話您讓我謄寫了很多遍。」

蕭老爺子哈哈大笑：「好！好！」

蕭子淵在心裡嘀咕，鬼谷子[13]搞謀略是把好手，不過肯定沒談過戀愛，什麼不費不爭，一點也不適用於談戀愛。

一頓年夜飯吃得熱熱鬧鬧的，吃了飯，年輕一輩鬧著出去放煙火，老人更願意聚在一起聊天。

蕭子淵還在掛念著之前那條沒有回覆的訊息，坐在沙發上百無聊賴。突然一隻白白胖胖的小手伸到他眼前，粉雕玉琢的小丫頭眨著烏黑澄澈的大眼睛看著他，一手抓著一塊糖遞過來。

蕭子淵接過來逗她：「給舅舅吃啊？」

小丫頭立刻開始搖腦袋，只會含糊不清地發著單音節：「開……」

蕭子淵笑著把小丫頭抱起來放在腿上，剝開糖紙，白色的奶糖在彩色的糖紙映襯下香甜誘人。他笑咪咪地拿著糖在小肉球的眼前晃了晃，忽然動作極快地塞到自己嘴裡去了。

小丫頭瞪大雙眼，似乎有些不可思議，本來已經半張著準備吃糖的小嘴還沒來得及闔上，晶瑩剔透的大眼睛裡慢慢蓄滿淚水，似乎下一秒就會「哇」地一聲開始哭。

蕭子淵迅速從身後拿出剛才的糖遞過去哄著：「舅舅逗妳玩呢，舅舅沒吃，給妳吃。」

小丫頭吃完，第二次就學乖了，趴在蕭子淵身上：「你開……我吃……」

蕭子淵被逗笑，這丫頭真是機靈，便捏了捏她的臉：「好！妳開，我吃。」

「你開……我吃。」小丫頭費力地重複著。

蕭子淵伸手護住她的小胖腿，「是妳開我吃呀。」

直到看到小丫頭一張小臉憋得通紅，馬上又要哭出來，蕭子淵才收手，笑著哄她說：「好，我開，妳吃。」

緊接著一個清脆輕快的聲音就傳了過來：「哥，連這個年紀的小女孩你都不放過，嘖嘖……」

蕭子淵一抬頭便看到妹妹蹦躂過來，抱起腿上的小丫頭：「還記不記得姨姨啊？」

小丫頭一點不怕生，笑咪咪地朝蕭子嫣笑，歡快地拍著小手：「一……一……」

蕭子嫣親親她的臉：「真乖！」然後坐到蕭子淵旁邊。

蕭子淵摸摸妹妹的手：「外面冷不冷？」

蕭子嫣立刻點頭，把兩隻手都塞到蕭子淵的手心裡：「冷！怎麼不冷，雪越下越大了。」

蕭子淵幫她暖著手，問：「爸媽呢？」

「去那邊和爺爺奶奶說話了。」

蕭子淵笑著故意問：「妳怎麼不去？」

蕭子嫣嗤之以鼻：「我才不要去，好沒意思啊！」

蕭子嫣突然笑嘻嘻地朝蕭子淵撒嬌：「哥，你的手真暖和，以後你找了嫂子是不是就不能幫我暖手了？」

蕭子淵拿眼橫她，似笑非笑地看著她不說話。

蕭子嫣吐了吐舌頭，一臉的心虛。

蕭子淵早就看透了她的小心思：「說吧！」

蕭子嫣低頭玩著小丫頭胖胖的小手，半天才抬頭，懶洋洋地叫了聲：「哥……」

蕭子淵耐心極好地等著：「嗯。」

「我明年就回國了，我想等回來後就搬出去住。」蕭子嫣低著頭欲言又止，最後還是說出來。

蕭子淵沉吟半晌：「在家裡多陪陪爸媽不好嗎？再過一段時間我也出國了，爸工作那麼忙，媽一個人會孤單。」

「哥，你也知道我是學設計的，工作時間不固定。再說，我們家這種地方，進門出門都要登記，我朋友都不敢來找我玩。我保證每週都會回家吃飯的！」蕭子嫣信誓旦旦地保證。

蕭子淵垂著眼簾定定地看著她，似乎在考慮。蕭子嫣繼續加籌碼：「我晚上會在十一點前回家，每晚都會打電話回家的，求求你了，哥哥最好了……」

蕭子淵寵溺地揉亂妹妹的頭髮，無奈只能答應：「妳先別說，到時候由我去跟爸媽說，哥哥會幫妳。」

蕭子嫣立刻歡呼起來，抱著哥哥的手臂撒嬌：「哥，你這麼好，以後一定會娶到仙女的！」

「就妳嘴甜！」蕭子淵睨她一眼笑出來：「去玩吧！」

蕭子嫣歡天喜地地跑出去放煙火，一旁的小丫頭靜靜地看著，傻呵呵地笑著，蕭子淵捏捏她的小臉若有所思，喃喃低語：「胖丫頭，妳怎麼長得這麼胖呢？」

小丫頭吃糖吃得嘴角都是口水，笑呵呵地拍著小手重複著：「胖……胖……」

蕭子淵一手攬著小肉球，一手拿著遙控器調換頻道，有一搭沒一搭地看著電視裡歡天喜地的節目，不知不覺間旁邊的小丫頭竟然靠著他睡著了，安靜乖巧的樣子讓他想起了另外一個丫頭，不過，眼前這個丫頭的口水卻大煞風景。

正出神，有個人影靠近：「睡著了？」

蕭子淵微笑著抬頭，輕聲叫人：「堂姊，一不注意就睡著了。」

「那我抱她去床上睡。」

蕭子淵這下更無聊了，手裡把玩著手機。快到十二點了，祝福的訊息一條接著一條，就是沒有他想看的那一條。

良久，蕭子淵起身走到院子裡，漫天的煙火在洋洋灑灑飄落的雪天裡更加燦爛奪目。蕭子淵看著看著，把手機舉到耳邊。

那邊很久才接起來，一個輕快的聲音響起，似乎是跑著來接的電話，她還喘著氣：『喂，蕭學長，新年快樂！』

蕭子淵清俊的側臉在五顏六色的煙火中越發動人，他微彎唇角，緩緩回答：「新年快樂。」

隨憶接完電話回來，就看到媽媽正在看箱子裡的那條圍巾，心裡哀號一聲，上前搶過圍巾隨手扔進裡，還把箱子的拉鍊拉好，動作連貫一氣呵成。

隨母看到她回來，笑著問：「有喜歡的人了？」

隨憶著急忙慌地矢口否認，莫名其妙地看著隨母：「沒！」

「看布料和樣式，這個男孩子品味的倒是不凡。」隨母沒理會隨憶的回答，繼續開心地下結論，「我家憶寶就是有眼光。」

隨憶皺著眉思索著該怎麼解釋：「這個……這個是我們宿舍一個女孩的男朋友的，大概是我收拾箱子的時候裝錯了。」

隨母看了隨憶半天，摸著隨憶的臉語重心長地開口：「女兒啊，別人的男朋友是別人的，如果人家實在不願意就算了，別硬搶。」

隨憶一頭黑線：「媽……」

她這個媽媽和不著調的三寶才是母女吧？

後半夜，隨憶躺在床上翻出晚上那封訊息，沒有稱呼，沒有標點符號，那麼平鋪直敘的幾個字，甚至看不出任何的情緒，就像那個人一樣，對自己的情緒收放自如。今晚收到的每則拜年訊息，關係或親或疏她都回覆了，唯獨這一條，她不知道該怎麼辦。

或許她從最初就錯了，她就該離他遠遠的，就不會有那麼多煩惱了，不會有那麼多閒言碎語，可她總覺得蕭子淵身上有一種東西吸引著她，讓她情不自禁地接近，等發覺時已經騎虎難下了。

新年的第一天，隨憶便開始為蕭子淵苦惱，是不是暗示著接下來的一年或者幾十年裡，她都會和他糾纏不清？

隨憶煩躁地拿被子蓋上腦袋，成屍體狀。

蕭家有守歲的習慣，等所有人都去睡時已經很晚了，氣溫極低，而蕭子淵踏著滿院的積雪往南院走。這座小院在他小的時候住過一段時間，院子很大——這種舊時的古樸建築現在已不常見，兩位老人一直替他留著他的房間。

房間前面有幾棵蠟梅，在漫天大雪裡綻放得越加燦爛，積雪沉甸甸地壓在枝頭，枝葉卻依舊傲然挺立，像某人。他一直以為只有男人才會如青松鐵骨傲蒼穹，認識她之後才知道也有雪壓蠟梅香猶盛。

蕭子淵只穿了件薄薄的毛衣，站在樹下很久，身上落滿了雪花也絲毫沒注意。

蠟梅，臘月羊。

她是臘月出生的，不知道出生的那天是不是也是這樣的一個下雪天。

她說臘月羊守空房，剋夫。

這是在提醒他別靠近她嗎？剛才講電話的時候，他一直安靜地聽她說話，她說了很多，唯獨不提那條訊息。訊息倒不是重點，他在意的是她的態度。她每次見到他時總是有些刻意的雀躍，卻從不觸碰重點，總是帶著對學長的尊敬，總是和他保持著距離。之前他和她都站在原地，他但笑不語，她淺笑嫣然。現在他剛邁出一步，她就忙不迭地後退。

就算是一般關係，當時沒看到，事後出於禮貌也該提一句，可她卻隻字不提。

想到這裡蕭子淵笑了出來，她慌了。

慌了，所以逃了。

笑完之後又開始皺眉。

還有隨家。爺爺和父親的提醒言猶在耳，官和商，又是一個問題。

隨家的人對她不好，他已經心疼了，若是到時候家人再顧忌隨家而對她有看法，他又怎麼對得起她？

她帶著柔軟甜美的內心縮在殼裡，看似無堅不摧，溫柔但不妥協，永遠不慌不忙地堅強，守護著自己的心，任由他怎麼引誘都不肯出來。

她還是迷糊慌亂的時候比較可愛，乖巧聽話，任他蹂躪，沒有硬殼，不會出現那副淡淡的微笑模樣，拒人於千里之外。

想到這裡，他有些咬牙切齒，他之前太溫柔了，對她這種人就得用強的，逼她走出殼才行。

活了二十多年的蕭子淵，第一次在男女之事上開始動腦筋。

年後回學校，各科成績都已經出來了，隨憶坐在電腦前看著機械系的那堂選修課創下了史上最低分，平時成績那一欄果然是零，心裡不由得感嘆，蕭子淵當真是鐵面無私的蕭青天啊。

後來，學校論壇上有人開了討論文吐槽上學期四大刀的戰績，有不少人附和。隨憶這才知道很多人都被當了這堂課，她這個分數好像還是屬於前段班的。她又感嘆，四大刀就是四大刀啊。

本來在一旁玩遊戲的三寶忽然一臉疑惑地盯著隨憶，看了半天，摸著下巴問：「咦，最近怎麼沒看到妳和蕭學長在一起玩了？」

隨憶無語，她什麼時候和蕭子淵一起玩過！

三寶繼續八卦地問：「吵架了？」

隨憶黑線：「沒有。」他們還沒到那個地步。

「那妳這是……」三寶越說越不正經，隨憶無奈。

「我們就是普通的朋友關係好不好？」

三寶大驚失色：「怎麼可能，耶誕節的時候他還親了妳呢，還有，他還送了妳定情信物呢，妳也收了！還有還有，上次胖老頭還當著那麼多人的面傳話，好多人都以為妳是蕭學長的女朋友……」

三寶如數家珍，隨憶知道跟她根本解釋不清楚，便直接打斷她：「妳怎麼那麼多問題？」

三寶嘿嘿一笑：「我的求知欲比較強嘛。」

隨憶嘆氣：「妳那是求知欲嗎？」

正說著，何哥推門進來：「餓死了餓死了！什麼時候去吃飯？」

「現在幾點啊，就去吃飯。」三寶的嘴裡叼著半塊蛋糕模糊不清地回答。

何哥滿臉鄙視：「請問妳現在在幹什麼？」

三寶立刻把蛋糕塞進去：「@#￥%＊!……」

妖女轉頭問隨憶：「她說什麼？」

隨憶回答：「她說她不餓，是那塊蛋糕求她讓她吃掉的。」

三寶一臉驚喜地看著隨憶猛點頭：「嗯嗯嗯嗯！」

何哥呵呵兩聲之後猛地衝向三寶的零食櫃：「哎呀，我好像也聽到有東西在求我吃掉它們！」

三寶誓死保衛零食櫃，兩人鬧成一團。

隨憶拿起書包叫她們：「還鬧？上課要遲到了！孫教授的課遲到了是要去黑板上畫解剖圖的！」

剛走到籃球場的那條小徑上就聽到震天響的歡呼聲和尖叫聲，熱鬧非凡。三寶踮著腳尖看過去：「什麼日子啊，這麼熱鬧，難道是在籃球場舉辦吃火鍋大會？」

「噗！」溫少卿抱著籃球笑著開口：「不是舉辦吃火鍋大會，是畢業生籃球賽！」

三寶和何哥聽了，便蓋過滿場的喧鬧囑咐溫少卿：「親學長！你要小心啊！你的手可是要拿手術刀的！千萬別受傷啊！」

「是啊是啊，他們誰敢跟你搶球，你就威脅他這輩子最好別生病，不要落到你的手裡……裡……裡……裡……死並不可怕，可怕的是不知道是怎麼死的……」

兩個人還配合著自製回音效果。周圍的人果然都看過來，溫少卿頗為無奈地扶額。

隨憶正幸災樂禍地笑著，就看到溫少卿轉頭問她：「不進去看看？」

三寶一聽要進去看帥哥打籃球，立刻用袖子擦了擦嘴：「去去去！我的臉髒不髒？剛才吃完蛋糕沒洗臉，嘴上有沒有奶油？我要不要先回去洗個臉？」

何哥一臉的嫌棄：「妳幹嘛？」

三寶一臉嬌羞：「勾引帥哥啊！」

何哥拉長著嗓音奚落她：「哪個帥哥會這麼沒長眼啊？」

三寶睜大眼睛深吸了一口氣，本來以為她會吼出什麼，誰知道下一秒她竟然一扭頭，撲到隨憶懷裡：「嗚嗚嗚，阿憶，何哥欺負人家。」

阿憶溫柔地撫摸著三寶的蘑菇腦袋：「乖，不要用人家造句。」

「……」三寶立刻蔫了，何哥在旁邊抱著樹狂笑。

這邊有認識溫少卿的湊過來問：「學長，四大貝勒今天都會上場嗎？」

溫少卿點頭：「會啊，他們三個好像還沒過來。」

這話一出，周圍一陣歡呼聲。

隨憶幽幽開口：「四大花魁在，怡紅院的生意就是好啊。」

話音剛落就聽到身後一個平靜無波的聲音，細聽之下竟然帶著戲謔：「是嗎？」

隨憶頭皮發麻，轉頭就看到蕭子淵和兩個男生走在她們三個身後，這麼近的距離她竟然都沒有發現。

三寶看到蕭子淵立刻興奮地撲過去：「蕭學長，你今天真的會上場嗎？」

蕭子淵的視線依舊停留在隨憶身上，看到隨憶低著頭，一臉懊悔，這才回答：「會。」

三寶歡呼了一聲，旁邊兩個男生不樂意了，一副受傷的痛苦表情：「美女們，妳們敢不敢把視線往旁邊挪一挪？敢不敢看一眼蕭學長身旁的我們？我們也很帥！為什麼妳們總是看不到我們呢？」

三寶和何哥湊過去仔細看了幾眼之後，開始一本正經地商量。

「何醫生，症狀是看人需要把視線往旁邊挪，初步分析是斜視和弱視，您覺得該怎麼治療？」

「任醫生，我的意見是建議把眼睛截肢，妳覺得呢？」

三寶一副戰爭年代革命黨人見到同志的欣喜表情：「同志！我終於找到同伴了！我也是這麼認為的！」

然後兩個人異口同聲地說：「就這麼辦了！」

兩個男生早已一臉驚悚，隨憶笑咪咪地看著三寶和何哥耍寶，蕭子淵則笑咪咪地看著隨憶。

隨憶察覺到他的視線後不敢再抬頭，只能盯著他的衣服看。平時很少看他穿運動裝，此刻一身籃球服的他看起來倒是少了分沉穩，多了分朝氣。

「好久不見。」蕭子淵在她頭頂上出聲。

隨憶躊躇著不知道該怎麼接，三寶立刻「解圍」，「不久不久，蕭學長，昨天我們才在阿憶那裡看了你的照片！」

何哥笑咪咪地附和道：「對的，好幾張呢，還有一張特別曖昧的……」

隨憶真的想撞牆。昨天她們填報名表，需要貼一吋照片，隨憶就把放照片的盒子拿出來，才轉身去拿膠水，盒子已經被翻得亂七八糟。

三寶、妖女和何哥三個人流著口水，色瞇瞇地觀賞每一張……每一張合照裡的帥哥。

最後還有一張被妖女「借」走了，因為角度恰好的問題，那張照片上的喬裕和一個女孩站得過分親昵，她要去興師問罪，發飆耍狠什麼的都是浮雲，其真正的目的是威脅喬裕幫她畫圖，最少要五張。

當時妖女仰天大笑一副小人得志的樣子，讓其他三個人萬分同情喬裕。

蕭子淵一挑眉，唇角輕揚，薄唇輕啟吐出兩個字：「是嗎？」

三寶把低著頭的隨憶推到蕭子淵跟前，笑得像朵盛開的菊花：「我們家阿憶什麼都好，就是比較害羞。」

隨憶則隔著衣服去掐三寶腰間的肉，三寶的抽氣聲隨之響起。

隨憶紅著臉勉強扯出一抹笑來：「那個……不是我的，是攝影部的一個同學多洗了一份，就順便給我了……」

蕭子淵笑得人畜無害：「那麻煩妳下次『順便』帶來給我看一下吧？」

隨憶敷衍地點頭，準備逃亡：「下次下次，我們等等還有課，就先走了。」

三寶垂死掙扎：「我不要去上課了！我要看籃球賽！」

隨憶、何哥架著她往前走：「滅絕師太的課妳都敢翹！我看妳是不知好歹！」

隨憶剛鬆了一口氣就被蕭子淵叫住，把一件外套和手裡的包包遞給她：「幫我拿著。」

隨憶漂亮的眸子轉了又轉：「我……我要去上課！」

蕭子淵堅持：「我知道，我這邊很快就結束了，然後去找妳拿，妳在哪個教室？」

隨憶的嘴角抽搐了一下，來找她？她這算是自掘墳墓嗎？早知道她就說去洗澡了！這種情況不科學啊，她本來已經打算和蕭子淵劃清界限的，怎麼就被他在無形中化解了呢？

蕭子淵的手沒有收回去的意思，隨憶不知道該不該伸手去接——這種事大概是女朋友的專屬吧？

看她不接，蕭子淵微微一笑，彎腰附在她耳邊極其曖昧地說了句：「再不拿，我會當眾吻妳信不信？」

他清冽的氣息撲面而來，隨憶慌亂地看了他一眼，很快伸手接過來。

蕭子淵本來就是備受矚目的焦點，此刻和隨憶站在一起，笑容也多了，動作又曖昧，再加上前段時間的緋聞，一時間所有人都看了過來，眼裡的八卦光芒閃個不停。

「二〇六！」隨憶恨恨地瞪了蕭子淵一眼，然後儘量保持若無其事的神情，轉身去上課。

蕭子淵閒淡地站在原地，她不知道，她那一眼絲毫威懾都沒有，反而有種別樣的風情，撩撥著他的心。他笑了笑又囑咐了一句：「我的手機放在包包裡，別逃跑啊，不然我找不到妳。」

隨憶在無數道目光的注視下往前走，三寶、何哥一臉的興奮，隨憶低著頭裝死。

三寶還嫌不夠，在一旁幸災樂禍地掏出手機：「阿憶臉紅了耶！我要告訴妖女！」

隨憶直接動手，在剛才的地方繼續下手，三寶立刻就變乖了。

走出幾步之後，隨憶回頭往籃球場上看去，蕭子淵已經在場上熱身了。她的視線不由自主地黏在那道身影上。

以前總覺得他清瘦，現在才知道他是結實，力量很強，奔跑的速度、傳球的沉穩、過人時的靈活、帶球上籃時的淩厲，以及三分線外投籃的果決，隨憶一點一點看在眼裡，整個賽場都在他的掌控中，思路清晰、路線明確、目的性很強，幾次投籃和助攻乾淨漂亮，喝彩聲不斷。

隨憶卻皺眉，心裡默默嘆了口氣，打球已是如此，成了這種人的目標恐怕是根本就別想逃了吧？

隨憶坐在教室裡，坐立不安地上著課，好不容易熬到下課但蕭子淵也沒有出現，她心裡像放了朵小煙火一樣，笑著收拾書包往門口走，剛走出教室就看到蕭子淵站在門口和一個學長說話。

「咦，你怎麼在這裡？」那人笑著開玩笑：「來接女朋友下課啊？」

「是啊。」蕭子淵和他打著招呼，順便叫住準備跑路的隨憶：「這邊！」

那個男生像是被這個答案震驚到了，恍然大悟地「喔」了一聲，滿臉帶笑地看看蕭子淵又看看隨憶：「那你忙，我就不打擾你們了。」

說完便一陣風似的跑向旁邊，嘴裡還嚷嚷著：「喂，我跟你們說，我們臨床醫學系的那個系花真的是蕭子淵的女朋友耶……」

隨憶黑線，現在的男同胞們是怎麼了？為什麼這麼愛八卦？

蕭子淵倒是一點都不在意地開口：「走吧。」

隨憶到處尋找三寶和何哥的身影，誰知道那兩隻很沒義氣地沒了蹤影。她抱著蕭子淵的衣服跟在他身後，傻傻地問：「我們要去哪裡？」

蕭子淵對於「我們」兩個字很是滿意：「去吃飯。」

正是下課的時間，從教學大樓出來就不時地遇到熟人，視線不斷地在隨憶和蕭子淵的身上來回打量，大膽的還會問上一句：「女朋友啊？」

蕭子淵也會很曖昧地笑笑，看似溫情地看隨憶一眼，答案顯而易見。

隨憶雖然憋屈，但人家什麼都沒說，她能怎麼辦？只能吃悶虧了。

路上有發宣傳單的人，蕭子淵接過來掃了一眼遞給隨憶：「妳去參加吧。」

隨憶對這種活動一向沒什麼熱情，接過來看了看，是校園知識大賽。

隨憶不認為蕭子淵是愛湊熱鬧的人，事出必有因：「為什麼？」

蕭子淵雙手插在口袋裡，臉上一片風輕雲淡：「我是評審，可以放水。拿了獎金，我們對分。」

隨憶語塞，大神這是缺零用錢了嗎？

蕭子淵忽然轉了話題，轉頭挑眉問：「妳那裡有我什麼照片啊？」

「呃……」隨憶捏著手裡的宣傳單糾結。

「我真的想看，記得下次拿來我看看啊。」蕭子淵又笑。

又笑，你今天心情很好嗎？隨憶偷偷瞄了眼蕭子淵，窘迫得直想找個地洞鑽進去，心裡恨死三寶了。下次？還有下次？再也沒有下次了！她回去就把三寶毒啞！

隨憶低著頭跟著蕭子淵，他忽然停下來伸手攔住她，隨憶正奇怪，就聽到他的聲音在耳邊響起。

「張教授。」

胖胖的老教授依舊笑咪咪的：「女朋友啊？咦，看起來挺眼熟的啊，我想想啊……」白鬍子老頭瞇著眼睛開始想：「在哪裡見過呢……」

隨憶勉強笑了一下，便慢慢地往旁邊移動，似乎想遠離兩個人的視線範圍。

蕭子淵和張教授說了幾句就揮手道別，兩個人再次上路。他還是一臉風輕雲淡兼話少。

隨憶主動問：「我們去吃什麼？」

「隨意。」蕭子淵雙手插在褲子口袋裡閒適地走著，勾著唇吐出兩個字。

「嗯？」隨憶抬頭看向他：「怎麼了？」

蕭子淵轉過頭斂起笑意，一本正經地回答：「吃什麼隨意。」

隨憶黑線，吃……什……麼……隨……意……

吃……隨……憶……

隨憶腹誹，你是大神啊，幹嘛這樣調戲我！你再這樣下去，我真的會翻臉的！

隨憶又看了蕭子淵一眼，他倒是沒什麼表情，可他好歹裝得像一點，把眼睛裡的笑意壓下去啊。

隨憶開始反省，其實自己戰鬥力挺強的，怎麼一到蕭子淵面前就立刻矮了三分呢？他無招勝有招的手段讓她措手不及。

隨憶，妳不能這樣，妳要奮起啊！

蕭子淵見隨憶不出聲了就主動開口：「我剛打完球，出了汗，先洗澡再吃飯。」

隨憶抬頭，然後停住，指著另外一條路：「蕭學長，回你們宿舍該走這條路。」

蕭子淵頭也沒回：「不回宿舍。」

隨憶越來越迷糊：「不是洗澡嗎？不回宿舍要去哪裡？」

最後，蕭子淵帶著隨憶從學校後門出去，進了一個社區。

這個社區是最近新建的大樓，綠化很不錯，隨憶跟著蕭子淵進電梯、出電梯，站在一戶門前。

蕭子淵邊拿鑰匙開門邊解釋：「這是租的，有時我做實驗太晚了，怕打擾他們休息就來這邊睡。」

隨憶面上點頭，心裡卻不信。

蕭子淵這樣的人怎麼會租別人住過的房子呢？多半是買的，怕她多想才會說是租的。

看了眼屋內的設計裝飾，是他的風格，簡約大氣，她更加肯定了自己的想法。

蕭子淵把隨憶手裡的衣服掛起來，便往臥室走：「我去洗澡，妳自己隨便看看，冰箱裡有水，自己拿。」

蕭子淵進了浴室，隨憶在嘩嘩的流水聲中坐立難安，索性去參觀房子。屋裡的每個角落都很整潔乾淨，看來蕭子淵經常在這邊。進到書房，桌上擺滿了英文原文書，還有一個信封。隨憶瞄了一眼，是國外一所知名大學的錄取通知，知名的程度讓隨憶倒吸了口氣。

一直都知道蕭子淵很優秀，只是沒想到他連那所最喜歡拒絕人、最沒人情味、收學生的苛刻程度近乎變態的學校都能輕輕鬆鬆地進去。他果真是太低調了，讓他帶著他們那一群人做什麼科技創新專案……真的是大材小用，浪費他的時間啊。

隨憶又看了眼報到時間，然後若無其事地移開視線，再也沒有掃那個信封一眼。

沒多少時間了。

等蕭子淵穿著家居服擦著頭髮走出浴室，便沒見到隨憶的身影，走到書房才看到隨憶正趴在他的書桌上聚精會神地玩著抽積木堆高樓，眼睛裡都是興奮的光芒。

他笑了一下便退出書房去廚房做飯，等他把飯菜端到餐桌上的時候，隨憶依舊沒動靜。

他走到書房，站在門口叫了聲：「吃飯了。」

此刻隨憶正從積木的最底端抽出一塊，準備放到最頂端，剛放上去，整座樓轟然倒塌。

隨憶抿著唇一臉沮喪，臉上帶著難得的孩子氣，然後抬頭問蕭子淵：「蕭學長，你這套是從哪裡買的？這個和那個遊戲真的是一模一樣啊，我買了很多套都沒有你這個好玩。」

蕭子淵一笑：「我自己做的。」

當初他開發那個遊戲的時候閒來無事，便做了實物出來，沒想到她會這麼喜歡。

「喔。」隨憶更加沮喪地應了一聲：「學機械的男生手就是巧啊。」

蕭子淵懶洋洋地站在書房門口，剛洗過的頭髮蓬鬆柔軟，幾縷碎髮和他的人一樣，懶洋洋地搭在額前，看起來溫潤清和。他歪著頭看她，聲音裡都透著笑意：「妳怎麼不開口向我買？說不定我會賣給妳啊。」

隨憶眼前一亮：「多少錢？」

蕭子淵展顏一笑，薄唇輕啟，緩緩吐出六個字：「多少錢都不賣。」

隨憶有些幽怨地看向蕭子淵，這不是耍她嗎？

蕭子淵笑著走過來摸摸隨憶的頭髮，滿臉的寵溺：「送給妳了，走，吃飯去。」

說完，轉身往外面走。

隨憶卻愣在當場，心跳如雷。這麼親昵的動作為什麼他做起來這麼自然，為什麼自己一點排斥感都沒有，甚至還覺得就應該要是這樣？那一瞬間她開始驚慌失措，似乎她早已墜入了無底的深淵，而她卻一直不自知。

「隨憶，快過來吃飯了！」蕭子淵的聲音遠遠地傳了過來。

隨憶眨眨眼睛，緩了緩心神才起身走過去，坐下後看到色香味俱全的三菜一湯，眼前還擺著一碗晶瑩剔透的米飯，以及一身家居服、穿著圍裙的蕭子淵。

在隨憶眼裡，一個男人最動人的莫過於穿著圍裙、拿著鍋鏟在廚房裡忙碌的時候，到底是多寵一個女人才會讓堂堂七尺男兒十指盡沾陽春水？

蕭子淵脫下圍裙，看到隨憶在出神：「愣著幹嘛？吃啊。」

隨憶不確定地問了一句：「蕭學長，這是你做的啊？」

蕭子淵神色如常地點頭：「嗯。」

隨憶忽然有些刻意地感慨，表情有些誇張，似乎在撇清什麼：「你這麼好的男人需要多優秀的女孩才配得上你啊。」

蕭子淵看著她悠然地見招拆：「我知道我很好，但是隨憶，妳也不差。」

四目相對，蕭子淵清楚地從她眼底看到了一閃而過的光亮，他知道她聽懂了他沒有說出口的那句話。

所以，妳足以和我相配。

隨憶懂得適可而止的藝術，笑了笑：「吃飯吧，快涼了。」

吃過飯，蕭子淵把那套積木打包塞到隨憶懷裡：「走吧，送妳回去。」

回去的路上蕭子淵一直沉默著，他沉默的時候氣場總是特別強，讓隨憶也沉默了。

到了宿舍樓下，蕭子淵才開口：「那個專案得了特等獎，我把獎金都轉到你們帳戶了，回去查一查，沒收到告訴我。」

「嗯。」隨憶點頭，到了下午上課的時間，宿舍樓下人來人往，不時看過來，隨憶極快地開口：「那我先上去了，蕭學長再見。」

「好，再見。」蕭子淵看著隨憶小跑著進了宿舍，才轉身離開。

---

11 杜冷丁：為白色、無味、結晶狀的粉末，一般製成針劑的形式，作為麻醉藥使用。

12 思密達：為韓語的一種結尾語助詞。

13 鬼谷子：戰國時期的思想家，為縱橫家之鼻祖。

第六章　心慌意亂，求而不得

隨憶剛踏進宿舍，就看到三寶圓圓的腦袋。

「阿憶，妳回來了！」三寶心虛得格外殷勤：「我一直在等妳！」

隨憶輕飄飄地賞了給她一個眼神，走到桌前坐下。

三寶心裡知道自己罪孽深重，笑嘻嘻地湊到隨憶面前：「阿憶，妳心情不好嗎？我講個笑話給妳聽好不好？」

隨憶拿起水壺倒了杯水，沒搭理她。

三寶見隨憶沒反應，繼續聒噪：「從前有個好孩子叫三寶，然後有人欺負三寶，後來這個人死了。」

「……」三個人冷得直發抖。

「嘿嘿，」三寶把圓圓的臉湊到隨憶面前，恬不知恥地問：「好笑嗎？」

「噗哧！」隨憶笑了出來，遇上這種二貨[14]室友她能有什麼辦法？

三寶拿起隨憶放在桌上的宣傳單：「咦，這是什麼啊？校園知識大賽？哇，得冠軍的話可以拿到好多錢啊！」

妖女敷著面膜湊過來看：「那我也要去！」

「妳？」三寶很嫌棄地看了妖女一眼：「妳還是算了，妳這張臉、這身材太膚淺了，和我們這所百年名校深厚的文化形象不符。如果妳得了獎，人家會質疑這是知識大賽還是選美！」

何哥點頭：「說得有道理。」

「我也是有內涵的好嗎？」妖女不服氣，抬頭挺胸和三寶、何哥對峙。

何哥指指妖女的胸前：「我們只看到妳的胸……」

妖女氣急敗壞，摘了臉上的面膜質問：「妳們摸著良心說，我難道沒有才華嗎？啊！三寶妳摸哪裡？妳摸我胸部幹嘛！」

三寶的手被妖女推開，她佔了便宜還不樂意：「妳不是讓我摸著妳的良心說嗎？」

妖女面容抽搐，內心抓狂：「我讓妳摸的是妳的良心！再說妳摸的是胸，不是良心！」

「好吧好吧，那我不摸了。」三寶終於放棄，轉臉又揚揚得意：「妳以為容量大就有內涵了嗎？那句話怎麼說來著，量變引起質變！憑胸而論，我覺得我更適合去！」

隨憶、何哥面容扭曲，齊聲抗議，「三寶，我們就不能換個衡量標準嗎？」

妖女看看自己，又看了看三寶，攤攤手認輸：「好吧，憑胸而論，妳贏了。」

三寶立刻歡呼，隨憶微笑著總結道：「其生雖有涯，而猥瑣則無邊。」

果然從第二天起，三寶就開始做各種準備，整天戴著耳機，嘴裡嘰哩咕嚕的。

隨憶看了眼螢幕上照本宣科、連標點符號都沒有遺漏的年輕老師，歪頭看了眼三寶，問何哥：

「她在說什麼啊？」

何哥搖頭，碰了碰三寶：「啊，妳在幹嘛？」

三寶摘下耳機，一臉嚴肅：「我在練習 Dongbeilish 八級。」

何哥疑惑：「那什麼東西？」

三寶繃著臉，猶豫許久後，很不屑隨憶和何哥的智商，模模糊糊地吐出幾個字：「……東北話八級。」

隨憶、何哥低頭祈禱，上帝啊，祢快收了這個妖孽吧！

當天晚上，妖女回到宿舍便看到三寶對著電腦嘰哩咕嚕地唸著咒，看到妖女走進來，張著嘴思考了幾秒鐘生硬地問：「妳去哪撒[15]？妳爪子[16]去了？」

妖女頓住，皺著眉，用看神經病的眼神看著三寶：「妳在說什麼鳥語？」

三寶清清嗓子：「渝語。」

妖女一臉迷茫地湊近：「什麼語？」

隨憶摘下耳機，淡定地解釋道：「就是重慶話。」

妖女鄙視：「重慶話就重慶話，還渝語！」

三寶辯解：「重慶的簡稱不就是渝嗎！這樣講比較有洋味啦。」

妖女後知後覺地發現隨憶、何哥兩個人都塞著耳機：「她是不是用所謂的『渝語』轟炸妳們一整晚了？」

何哥點頭：「是的，自從開始她用『沒得』、『要得』、『沒得撒子得』騷擾了我和阿憶整晚之後，我現在基本上不敢隨便開口亂說話。所以她尋找新的轟炸目標很久了，總而言之就是，她等了妳整個晚上了。」

妖女愕然，看了三寶一眼，眼看著三寶奸笑著湊了過來，極快地轉身：「我想起來了，我有本書忘在隔壁了，我去拿！」

說完，旋風般離去。

初賽基本上是看報名表，填得認真點基本上都能過關了。幾天後，隨憶和三寶就接到了通知，順利地通過了初賽。

複賽是筆試，隨憶做完了考題，微微斜著身子讓身後的三寶借鑒。

午後，陽光正好，隨憶又剛好坐在窗邊，暖暖的陽光照下來，她昏昏欲睡。

蕭子淵和溫少卿從隔壁教室巡考場走出來。溫少卿一臉不情願，捏著胸前的工作證：「巡考場？虧你想得出來！」

「多謝誇獎！」蕭子淵微笑著歪頭致意。

溫少卿還想說什麼，就看到蕭子淵停在原地看著某個方向笑。他順著視線看過去便明白了，然後戲謔地開口：「難怪呢，你自己來放水就好了，非要拉著我一起做什麼？」

蕭子淵坦白動機：「一個人目標太明顯，找個人分散一下注意力。」

溫少卿瞇著眼睛忍無可忍，蕭子淵一臉恬淡地和他對視。

「蕭子淵！」溫少卿少見地咬牙切齒。

「嗯？」蕭子淵心不在焉地應了一聲：「我媽媽和你媽媽是親姊妹，而我又比你早出生三個月，按理說，你應該要叫我表哥。」

溫少卿把臉轉向一邊：「你作夢！」

「唉，」蕭子淵裝模作樣地嘆了口氣：「真懷念當年那個老是跟在我屁股後面叫我表哥的臭小子啊！」

「蕭子淵！」溫少卿罕見地抖了起來。

那天午後，根據路人說，第一次見到清風明月的蕭子淵出招將溫潤如玉的溫少卿撩到發狂，並且得知兩人竟然是表兄弟的關係，紛紛感嘆基因果然很重要。

片刻之後，兩個人整理好情緒，把手言歡地一起進了另一間教室巡視。

蕭子淵站在講臺上看著睡得正香，一臉慵懶的隨憶，嘴角輕揚。當年那一場競賽，她是不是也這樣和他坐在同一間教室裡，做完了考卷就開始蒙頭大睡？

當年如果他沒有睡覺，而是環視一下教室，是不是就能看到年少的小隨憶？那個還帶著嬰兒肥的小女孩？

陽光下，她的側臉白皙晶瑩，連絨毛都帶著金色，柔軟可愛。

蕭子淵放在口袋裡的手指動了動，忍住上前觸摸的衝動。

他忽然很想去她的故鄉看一看，看一看那以小橋流水、才子佳人出名的地方，看一看到底是什麼樣的水土能養育出了這樣一個女孩。

蕭子淵環視了一下整間教室，和溫少卿對視一眼，兩人很快離開。

隨憶打著哈欠走出教室，然後就感覺到三寶使勁搖她。她迷迷糊糊地看三寶，三寶一臉猥瑣地笑，邊笑邊用下巴示意某個方向。

蕭子淵站在教室前的連廊處，背著光，白色襯衫外罩了件灰色的開襟衫，下身同色系的休閒褲，更顯英俊不凡。來往的人不斷看過去，認識的朝他打招呼，他便微笑著點頭。

三寶興奮得上躥下跳：「剛才妳睡著了，蕭學長來巡考場，他真的是踏著陽光走進來的啊，看得我春心蕩漾啊，高高瘦瘦的男人穿這種開襟衫帥死了！妳看蕭學長的腿好長啊……」

耳邊還是三寶激動不已的感嘆，隨憶愣在原地，直到蕭子淵微笑著看過來，很快開口叫她：「隨憶。」

他整個人站在金色的陽光裡，清俊的五官舒展開來，笑得柔情四溢，那聲隨憶像是穿越流逝的時光傳到她耳中，低沉悅耳。

大概是看她不動，蕭子淵主動走了過來，卻是先看向三寶，還沒開口，三寶就舉起雙臂：「不用開口！我懂，閒雜人等退避三舍，我馬上消失。」

隨憶很快回神，整理好表情笑著問：「蕭學長找我有事嗎？」

蕭子淵遞給她一本國家地理雜誌，隨憶狐疑著接過來，一臉疑惑地看過去。

蕭子淵抬腿往外走：「這本雜誌不錯，拿來給妳看看。」說完還特意回頭看了眼隨憶，吩咐著：「好好看。」

隨憶抱著雜誌回到宿舍還是沒想通，蕭子淵怎麼會無緣無故地拿了本雜誌給她看呢？

三寶坐在電腦前朝她笑，極盡猥瑣之能事。

隨憶無奈：「不是妳想的那樣！」

三寶更開心了：「我什麼都沒想啊。」

「……」隨憶無言。

午睡之後，隨憶起床時突然看到床頭的那本雜誌，恍然大悟：大神說過要放水的啊！為了不辱使命，隨憶捧起雜誌仔細看起來。

三寶靠著極佳的眼力和隨憶一起進了決賽，公布決賽名單的那天，班上的群組訊息跳個不停。

某班長：『隨憶和任爺進決賽了！到時候我們去幫妳們加油啊！』

眾人回應：『恭喜恭喜啊！』

隨憶出聲：『多謝。』

三寶也登場：『同喜同喜，還要多感謝我的好眼力和阿憶的遮擋面積夠小。』

某妖女：『有良心的人一定會請她吃飯，並強烈要求全班陪同！』

眾人再次熱烈響應：『同意！』

群眾甲：『去川香樓吧！』

群眾乙：『當然是去吃小龍蝦啦！』

群眾丙丁戊己庚辛討論開來：

『去吃自助吧！』

『還是火鍋好！』

何哥總結：『那就今天晚上在校門口見吧！』

三寶插不上嘴，只能從電腦前離開撲向妖女、何哥：「紀思璿、何文靜，我恨妳們！」

隨憶笑咪咪地看著三個人廝殺，最後三寶寡不敵眾敗下陣來，趴在隨憶腳邊求安慰。隨憶一邊曬著太陽看書一邊摸著三寶的毛，這讓她想起家裡鄰居家那隻總是在午後呼呼大睡的老貓。

決賽在學校禮堂舉行，人氣很旺。賽程分兩天，用抽籤決定順序，三寶和隨憶剛好一人一天。

四個人到現場的時候裡面已經擠滿了人，很是熱鬧。

隨憶、妖女、何哥坐在位置上百無聊賴地等著三寶出場，看著臺上青春洋溢的少男少女，妖女感嘆道：「這是年輕人的天下啊，請問我們為什麼我們會來這啊？」

何哥無精打采：「我也想知道我們為什麼會參加這種活動，以前學校也有的啊，怎麼以前不參加，現在都老了卻來參加？」

始作俑者隨憶心虛，思索片刻回答：「為了錢？」

何哥、妖女恍然大悟：「對啊！原來是這個原因，妳不說我都忘了，冠軍能拿多少錢來著？」

何哥低頭在包包裡翻：「等我找找宣傳單啊。」

「嗯，快找……」

逃過一劫的隨憶輕輕吐出一口氣，肯定不能告訴她們是蕭子淵缺零用錢了。隨憶往前排評審席瞄了一眼，蕭子淵正低頭把玩著手機，冷峻的側臉在燈光下幾近完美。他偶爾抬頭看一眼臺上，評分的時候隨意寫個數字就遞出去了。

忽然，他微微轉頭，面無表情地往這邊掃了過來，隨憶來不及躲閃，和他的視線撞了個正著，不過短短幾秒鐘，他很快轉了回去，繼續低頭看手機。

隨憶拍拍胸口安慰自己，中間隔了那麼多人呢，燈光也暗，他不一定看到自己了。

幾秒鐘後，隨憶的手機震動，打開一看，是蕭子淵的訊息，隨憶抖著手點開。

『好看嗎？』

隨憶崩潰，偷窺被抓包，她該怎麼回？

寫了刪，刪了寫，最後終於傳了出去：『人太多了，沒看清楚。』

蕭子淵很快又回覆：『我是說那本雜誌。』

隨憶抓狂，把手機扔回包包裡，臉紅了起來，怎麼現在蕭子淵越來越喜歡調戲她了？

蕭子淵許久等不到答覆，她應該又窘迫又惱怒吧？收起手機，蕭子淵看向舞臺，眼前卻是那張紅通通的小臉，他不自覺地唇角淺揚。

旁邊人看到他笑，愣了一下，試探著問：「這個選手挺有趣的吧？」

蕭子淵點頭，似乎是在回答他，又似乎是在自言自語：「是挺有趣的……」

更有意思的卻在後面，整個比賽的高潮在三寶上臺時毫無預兆掀起的。

男主持人拿著卡片微笑著讀題：「請問京劇《貴妃醉酒》是哪位名旦的代表作？」

三寶站在舞臺中央想了想，信心滿滿地回答：「李玉剛[17]。」

主持人愣住，舞臺下面安靜了幾分鐘後便開始哄笑。

隨憶、妖女、何哥滿臉黑線。

男主持人大概也沒遇到過這麼脫線的女孩，不過很快地反應了過來：「任同學真是幽默，這題就算了，我們換下一題，請簡述一下，屈原為什麼會投河自盡？」

三寶一臉猥瑣地回答：「因為……楚懷王移情別戀。」

「三寶……」三個人驚呼一聲，再次黑線，她當這裡是宿舍嗎，這麼口無遮攔？

下面的觀眾早就轟動了，炸開鍋一般喧鬧。

男主持人黑著臉，看著三寶問：「妳是來鬧場的嗎？」

三寶一臉嚴肅認真：「我說的是真的！你不知道啊？那我說給你聽。屈原和楚懷王本來是一對的，據我分析，楚懷王應該是攻，屈原是受。但這個時候公子子蘭就嫉妒了啊，他也一直默默愛著楚懷王啊，於是勾搭上了鄭袖。鄭袖也很冤枉，自己這麼個美人竟然敗給一個男人，於是兩個人一拍即合，至於怎麼勾搭大家都明白吧，重臣和後妃說不得的故事嘛。兩個人一起誹謗屈原，楚懷王漸漸就移情別戀和公子子蘭在一起了……在這個事情之後，鄭袖看著被拋棄、日漸消瘦的屈原漸漸由同情變為愛慕，可屈原心裡只有楚懷王一個人，而楚懷王卻見一個愛一個，男女通吃，屈原太過傷心最後投河自盡了。所以頃襄王很有可能是屈原的骨肉。」

主持人徹底懵了：「這……妳這都是從哪裡聽來的？」

三寶竟然還很得意：「我自己總結的啊。啊，對，還有阿憶講給我聽的。」

隨憶只覺得五雷轟頂、萬念俱灰，她在心裡默默發誓，這輩子再也不會跟三寶講野史了！她能把所有的野史串成一個故事，太逆天了！這是一個三觀崩碎又重建的夜晚。

三寶看到男主持人一副吞了蒼蠅的表情，安慰道：「沒關係啦，帥哥！我們都是大學生，思想很開放的。你看，連子都曰了：『睡寒，然後知四娘之後調也。』，還有啊，子還曾經曰過：『管仲之器小哉！』」

三寶一臉猥瑣地笑著問：「你說，子是怎麼知道管仲之器小的？這些有點扯遠了，但近的也有啊。採花賊是什麼意思你懂的吧？那你說采菊是什麼意思？陶老先生說采菊東籬下，悠然見南山，此乃古今野戰之典範也。」

至此，全場的氣氛衝向巔峰，下面的哄笑聲和討論聲越來越大，紛紛打聽這個女孩是誰。專門前來加油的某班全體同學紛紛表示不認識此人，撇得一乾二淨。

最後三寶被轟下臺，坐回了隨憶身邊。

隨憶、妖女、何哥很一致地往遠離三寶的方向挪了挪。

三寶一臉的不高興，憤恨不平地問：「為什麼把我轟下來啊？」

隨憶小聲回答：「因為妳口味太重了。」

三寶拿下巴朝著妖女的方向點了一下：「我和妖女不一樣，我的人生座右銘是不以風騷驚天下，但求口味重世人。」

妖女被她逗得早已五體投地，雙手抱拳：「恭喜妳，成功了，從今天開始妳會紅遍整個X大，無人能敵。」

當晚的比賽結束之後，三寶還是憤憤不平，垮著一張臉。

妖女、何哥哄了半天也拿她沒轍，隨憶看了眼時間建議道：「不然我們去後門吃個宵夜？」

妖女、何哥本來以為三寶會沒心情，誰知道她下一刻就原地復活滿血狀態跳了起來，一臉雀躍，剛想開口又停住，一臉害羞：「不用了，不要浪費錢啊，我也不是很餓了，要不然我就去吃兩份擔擔麵吧，不吃別的了。」

妖女早已無語：「兩份……不吃別的了……妳也不怕吃太撐。」

何哥雙眼無神地看著漆黑的天空，無力地感嘆道：「我怎麼會和這種吃貨混在一起啊？」

隨憶特意退開一步拉開距離，微笑著回答：「因為……貨，不單行。」

何哥反應過來後轉頭找同盟：「妖女……她又嘲諷我們。」

妖女一臉淡定自如，早已習慣：「她哪天不嘲諷我們？」

何哥投降：「好吧。」

三寶則沉浸在去吃宵夜的喜悅中。當晚她叫的兩份擔擔麵和其他三人的麻辣燙統統落入她的口中，回去的路上她一掃剛才的沉悶，一路蹦躂著回去了。

第二天隨憶上場，她聽到第一道題目就瞪大眼睛，很快看了一眼臺下坐在第一排的蕭子淵。他面容淡然，嘴角卻勾起一道好看的弧線，很自然地和她對視著。

接下來幾道比較冷門的題目幾乎都出自蕭子淵給她的那本雜誌。本來一路都很順利，可隨憶沒想到，最後和她爭冠軍的人竟然是喻千夏。

看著舞臺中央站著的兩個人，蕭子淵的眉頭輕微皺起，問身旁的人：「我怎麼沒聽說喻千夏有參加？」

溫少卿也是一臉疑惑，轉頭問一下負責的人，然後靠在蕭子淵耳邊回答：「聽說是昨天才加進來的，大四學姊嘛，快畢業了，又是學生會的，不好推辭就加進來了。喻千夏還是有這個人脈的。」

學校裡的老師評審和他們隔了幾個人，一個平常和他們比較熟的老師探身過來笑著調侃道：「子淵眼光不錯啊，兩個都是才女。」

蕭子淵淡淡地笑了一下，溫少卿在旁邊無聲無息地幸災樂禍。

臺下不少人都聽說過他們三個人的傳聞，這下觀眾席充斥著歡呼聲和尖叫聲，氣氛高漲，而蕭子淵又剛好是評審之一，頗有二女爭夫的意味，圍觀者顯然比當事人更興奮。

蕭子淵眉目沉靜，抬眸看著臺上，食指微彎輕輕敲著桌面。

男主持人明顯也有些激動：「好，接下來的幾題都是帶有我們X大特色的，身為X大的學生可不能答錯喔。」

隨憶覺得無趣，大概就是一些學校歷史、師生趣事方面的問題。

「請問大螢幕上哪一位是學校第一任校長？請喻千夏回答。」

喻千夏自信滿滿：「我選A。」

「回答正確，下一題，請問外語學院最受歡迎的Miss Liang的口頭禪是什麼？請隨憶回答。」

隨憶想起那個思想、行事怪異的女老師，笑答：「Who tamade care 啊！」

「回答正確！最後一題，請看向大螢幕，問這張手的合照中，哪一隻才是四大貝勒之首蕭子淵的手？請隨憶回答。」

隨憶臉上的笑容僵住，盯著圖片開始走神，那一刻她真的有點相信緣分天註定這個說法。原來她真的可以一眼就認出蕭子淵的手，不用尋找任何特徵，只靠感覺心裡就有了答案，似乎腦中還存留著他手心的溫度，可是……

現在越來越多的人開始開她和蕭子淵的玩笑了，雖然都是善意的，但……大家也許是察覺到了什麼，現在的局面已經不是她可以掌控得了的。如果現在她在大庭廣眾之下真的認出來了，只怕是更加曖昧……

還有她在蕭子淵家裡看到的那份錄取通知，他馬上就要出國了，他們之間那尚未挑破的感情禁得起異國戀嗎？蕭家的家世地位會接受單親家庭嗎？蕭子淵以後要走的路……

他們之間隔著的豈止是千山萬水。

她終究不會留在這裡，她和蕭子淵也不會是同路人。

隨憶平靜的臉上有一絲動容，緊抿著唇提了一口氣：「左邊第……第三個……」

主持人臉上明顯閃過一絲惋惜，開口提示道：「要不要再考慮一下？」

隨憶苦笑著看他：「不改了。」

男主持人帶著惋惜：「很可惜，答錯了。現在請喻千夏回答，想清楚了再答，如果妳答對了這一題就是冠軍！」

喻千夏面帶微笑，絲毫沒有猶豫：「左邊第二個。」

男主持人好奇：「為什麼會這麼肯定？」

喻千夏的聲音中毫不掩飾地帶著得意和自豪：「因為這張照片是我拍的。」

臺下曖昧的起鬨聲此起彼落。

溫少卿轉頭看了眼蕭子淵，他依舊面無表情地盯著前方舞臺上的某個身影，看不出什麼，只是下巴的曲線越發剛毅鋒利，很快就起身走了。

男主持人笑著掌控場下的氣氛：「大家不要太激動，我們來看看答案吧。」

大螢幕上亮出了合照的全圖，左邊第二個果然是蕭子淵。

臺下靜了幾秒鐘，討論聲再次響起。

主持人看著這個聰慧的女孩子：「非常遺憾，請隨憶先回後臺休息吧。」

隨憶微微笑著，又轉頭看了一眼大螢幕，往後臺走去。

他的手修長有力，溫暖乾燥，這世上芸芸眾生再不會有第二個人能給她那份感覺，她怎麼可能會認錯。

蕭子淵翻著手裡的比賽流程和題目反覆確認，原定的最後一題不是這題，被人改過了。但即使被人改過，她也不該答錯。她心裡明明就有了答案，那一刻她眼裡有痛苦有掙扎，最終還是在說出口的時候選擇了放棄。

知道她與世無爭，知道她不會和別人搶任何東西，只是沒想到他也在她可以拱手相讓的範圍內。

蕭子淵的呼吸加重，不斷起伏的胸膛洩露了他心中的怒氣。

結束後隨憶沒回後臺，而是直接出了禮堂。

蕭子淵不知何時退到了禮堂最後排的陰影裡，靠著柱子一言不發，眉目間冷峻不退，卻依舊勾著嘴角。

林辰猶豫良久，還是上前拍拍他：「隨緣吧，我這個妹妹沒有那個福氣。」

蕭子淵忽然抿起唇不發一言，臉色少見地難看。

林辰又嘆了口氣，一抬頭就看到站在臺上領獎的喻千夏，她直直地看往蕭子淵的方向，沒有任何掩飾。

又是一對痴男怨女。

林辰無奈地搖搖頭走開了。

從禮堂出來，三寶、妖女、何哥憤憤不平：「怎麼能出這種題目呢！阿憶，沒關係的！」

隨憶從臺上下來後就異常沉默，三個人以為她輸了比賽心情不好。

隨憶一臉不在意地笑：「沒關係啦，真的沒關係。」

三寶有些顫抖：「阿憶，妳還是不要笑了……我不要妳請我吃海鮮大餐了。」

隨憶沒像以往一樣和她鬧起來，而是笑了一下又陷入了沉默。

從前的喻千夏總是一副好姊姊的樣子，今天卻忽然在大庭廣眾之下站到了她的對面，無非是想用行動告訴她——我和蕭子淵認識這麼多年，他有什麼事我不知道，妳們才認識多久，妳憑什麼和我爭？

高手出招就是非比尋常，不會哭哭鬧鬧，不多說一句話，直接用行動擊敗對手。可喻千夏卻不知道，她根本不會跟她爭，她從頭到尾都不是她的敵人。

身邊到處都是從禮堂走出來的學生，還在討論著剛才的比賽，恰好她們前方有兩個女孩子正討論得熱烈。

「真是巧啊，竟然是那兩個人爭冠軍，偏偏蕭子淵還是評審。妳說，蕭子淵到底喜歡哪個？」

「不是說前段時間『畢業盃』，蕭子淵當眾默認隨憶是他女朋友嗎？態度那麼明顯。」

「是女朋友怎麼會連男朋友的手都認不出來？而且妳看，喻千夏說那張照片是她拍的時候那麼得意。」

「也是，妳說，喻千夏和蕭子淵是很多年的同學了吧？這次又贏了比賽，會不會就此翻身？」

「這妳就不懂了吧，俗話說賭場失意，情場得意。」

「不過話說回來，兩個人相比，我還是比較喜歡隨憶。」

兩個人越走越遠，聲音也越來越模糊。

妖女碰碰隨憶：「不用在意她們說什麼。」

隨憶點頭，一臉豁達：「我不在意。」

走到宿舍樓下，四個人齊齊地停住。

妖女、三寶、何哥一臉不自然地笑打招呼：「蕭學長。」

然後對隨憶說：「阿憶，我們先上去了。」

隨憶皺眉嘆氣，真沒義氣。

蕭子淵站在樓前，不知道等了多久。他的身影被燈光拉得長長的，在夜色中更顯清瘦，而他的臉上也是一片清冷。

隨憶看到他的時候竟然覺得心虛，站在原地不動，兩個人隔了幾步的距離陷入僵持。

最終還是蕭子淵向前走近幾步，站在隨憶面前，靜靜地看了她許久才緩緩開口，聲音平淡無波，聽不出任何情緒。

「林辰總是誇妳聰明，可我不知道，妳到底是真聰明呢，還是真傻。」

他的聲音縹緲空遠，似乎只是感嘆。

隨憶忽然有些難過，心底深處竟然有種撕裂般的疼痛感蔓延開來，她咬咬唇：「蕭學長，我只是個普通的女孩子。」

蕭子淵聽完沒再說話，很快轉身走了。

隨憶的臉唰的一下白了，看著越來越模糊的身影，她定在原地，許久之後緩緩開口，聲音嘶啞：「蕭子淵……」

當晚隨憶失眠起身去廁所，卻發現陽臺上站了個人，走近了才發現是妖女。

「思璿？」她輕聲叫了聲。

妖女轉頭一笑，依舊傾國傾城：「阿憶，妳有多久沒叫過我的名字了？但我還是覺得叫妖女比較親切。」

隨憶把手裡的衣服披到她身上，覺得她有些反常：「妳怎麼了？」

妖女臉上笑容未變，聲音輕快：「我和喬裕……不能一起出國了。」

隨憶愕然，在她心裡，無論別人怎麼樣，喬裕和妖女是一定會在一起的。

「怎麼了？不是連學校都申請好了嗎？妳去他的學校交換一年，回來畢了業，再過去讀研究所。是學校出了問題嗎？」

妖女搖頭：「是他家裡的問題，他不會出國讀研究所了。我是最近才知道他是喬柏遠的兒子，他父親已經替他安排好出路了，一畢業就會上任，以後……會一路高升吧。」

妖女說完又開始笑：「他竟然是喬家的孩子……哈哈……」

隨憶只覺得難過：「他同意了嗎？」

「本來是不同意的，可是不知道他父親又說了什麼，他還是同意了。」妖女眼裡都是痛楚，刻意壓低的聲音顫抖著：「我們說好一起拿普立茲克建築獎[18]的，可是他竟然同意了……」

隨憶說不出任何安慰的話，一切言語在此刻聽來都是蒼白無力的。

「那你們以後怎麼辦？」

「以後？」妖女深吸了口氣：「以後會越來越遠了吧？他過他的陽關道，我走我的獨木橋。」

「那妳還要出國嗎？」

妖女忽然轉過頭，淚流滿面：「當然去！我為什麼不去？那是我們的夢想！是他先放棄的，我自己也會去實現它！我一畢業就去！」

隨憶替她抹掉眼淚：「生在那種家庭，他也不能選擇。」

妖女抹掉眼淚：「我不怨他，我只恨我自己當初為什麼要招惹他，白白讓自己這麼痛苦！」

別人都說此女如妖，甜到憂傷，他們卻不知道妖女雖然整天喜歡調戲別人，卻是最死心眼的那種人，一旦入了眼便會上了心，寧死都不會回頭。

可敬也可哀。

隨憶躺回床上後卻再也沒了睡意，喬裕和妖女是不是上天給她的警示？這不就是活生生的例子嗎？妖女說得對，當初不該開始，不開始就不會有現在的痛苦。明知不會有好結果，為什麼還要開始？

也許她今天做的一切是對的。

畢業季很快來臨，學生會籌備替大四的學長學姊開歡送會，去KTV唱歌。

隨憶和妖女到的時候已經坐滿了人，只有喬裕身邊空了兩個位置，有熱心人招呼兩個人坐過去。

妖女倒也不在意，拉著隨憶就坐了過去。坐下後妖女也沒什麼異常，只是對喬裕不理不睬。

可隨憶就有些不自在了，她坐下後才發現旁邊是蕭子淵，剛才他坐在角落裡，燈光又昏暗，她沒看清，坐下後才發現不對勁，不自覺地往妖女那邊貼了貼。

她想起去年的耶誕節，那個時候妖女和喬裕的關係剛剛公開，兩個人羞澀甜蜜，而她則坐在蕭子淵身邊，兩個人暗度陳倉。景似人不同，不過短短幾個月的時間，一切就都不一樣了。

隨憶偷偷瞄了蕭子淵一眼，他神色如常，看不出什麼，連眼角餘光也沒給過她一個，真的生氣了吧？

隨憶邊想著邊往另一邊看了一眼，喬裕倒是和妖女如出一轍般地冷著張臉。

唱歌的、喝酒的、玩遊戲的，包廂裡熱鬧非凡，只是熱鬧很快被打斷。麥克風不知什麼時候傳到了喻千夏手裡，她點了首歌就站到了房間的正中央。

眾人紛紛歡呼，停下來聽喻千夏唱歌。

喻千夏微笑著看著某個方向，脈脈含情，伴奏聲一響起，眾人忽然安靜了下來。

莫文蔚的《他不愛我》。

我知道他不愛我
他的眼神說出他的心
我看透了他的心還有別人逗留的背影

隨憶忽然想起很久之前看過的那個影片，馮德倫和徐若瑄戀情公開的那天晚上，莫文蔚一個人在演唱會上偷偷地流著淚，用力地唱：「他不愛我……」

隨憶清楚地記得莫文蔚邊唱邊流淚，臉上還用力地保持著笑容，那種笑容讓人心疼。

只可惜馮德倫和徐若瑄也沒有走到最後，戀情只持續了短短的兩年，他最終和舒淇走進了婚姻的殿堂。而莫文蔚也嫁給了初戀男友，身披婚紗的她笑得幸福甜蜜，他們終於各自擁有了屬於自己的幸福。

隨憶抬頭去看喻千夏，希望她也能擁有自己的幸福。

蕭子淵自始至終都面無表情地坐著，慵懶冷漠，垂著眼簾。

眾人看出氣氛，紛紛起身離開。隨憶剛想站起來就被蕭子淵抓住手按了下去，他轉頭認真地看著隨憶，斑斕的燈光下，他臉上的鄭重是她從來沒有見過的。

他的聲音在紛雜的音樂聲中清明通透，衝擊著隨憶的耳膜：「之前我問妳，是關心我還是關心學長，妳想好了嗎？我以為我是對的，但現在我分不清楚，妳我之間到底是友情，還是錯過的愛情？」

隨憶漂亮的眸子裡忽地一閃，明明是不相關的話題，為什麼蕭子淵偏偏在這個時候重提？她和蕭子淵之間的種種，第一次被正式冠上「愛情」這兩個字。

隨憶垂眸沉默，心怦怦直跳，頭皮發麻，終於鼓起勇氣看向蕭子淵，嘴唇張了張，最終還是在他越來越深、越來越冷的目光中沉默下去。

他的眸子漆黑，像一團化不開的濃墨，讓隨憶想起小時候外公書桌上的陳年老墨塊，滴點水磨出來的墨水黑亮明媚，黑得那麼透徹，那麼動人，又像無底的深淵，吸引著她離不開目光，只能束手就擒落入無底的深淵。

只是此刻深淵裡帶著寒意，手腕上的觸感也帶著涼意。

半晌，蕭子淵淡然開口：「今天這種局面不是我想要的，但我希望妳能留下，留在我身邊。」

隨憶的記憶一下子打開，當年她爸爸也對她媽媽說過類似的話，可是結果呢？結果還是他先背棄了他們的誓言，最終曲終人散。隨憶忽然慌了，急急地把手收了回去，掙脫開來走了出去。這次蕭子淵沒有阻攔她，而是冷著臉慢慢鬆開了手。

隨憶開門走出去的時候，妖女驚訝地迎了上來：「妳怎麼出來了？」

隨憶一臉無辜：「包廂裡面有點悶，我出來透透氣。」

喻千夏的歌聲也在門關上的瞬間停下。

蕭子淵坐在陰影裡沒有半點不自在，好像包廂裡除了他根本沒有第二個人。

「她的態度你也看到了，你馬上就要出國，她是不會跟你去的，你們是不會在一起的，你們是不可能相愛的。」

蕭子淵站起來，慢慢往門口走，聲音清冷，緩緩開口：「我們之間早就說得很清楚了，我看在同學一場的份上才在大家面前給妳留面子，希望妳自重。還有……」

蕭子淵突然停住，轉頭看著喻千夏的眼睛，一字一頓地說：「在未來的一段時間裡，就算我和隨憶沒在一起，那也是因為分離，不是不愛。」

說完便打開門走了出去，喻千夏的眼淚忽然滾落了下來，渾身顫抖。

眾人正不知該走還是該等的時候，蕭子淵也走了出來，神色自若：「都累了吧，早點解散吧。」

說完就率先走了，隨憶看了眼他的背影後移開了視線。

歡送會不歡而散。

ɗ

時光依舊流逝著，隨憶和妖女卻越發沉默，三寶和何哥不敢開口問，只能默默地吃東西，沒過幾天三寶的腰上就多出了一圈肉。

她站在體重計上尖叫一聲：「啊！我要減肥！」

說完就從體重計上跳下來，把零食全部丟給何哥，何哥笑嘻嘻地捧進懷裡。然後三寶便坐在電腦前制訂減肥計畫，嘴裡還嘰哩咕嚕地唸叨：「四月不減肥，五月徒悲傷，六月徒悲傷，七月徒悲傷，八月徒悲傷……」

隨憶從浴室洗漱完走出來就聽到三寶在唸咒，這些日子第一次主動開口：「妳又怎麼了？」

三寶欣喜若狂：「阿憶！妳肯說話了！我在減肥！妳看網路上說每個胖子都是潛力股，瘦下來都是美女！有圖為證！」

隨憶瞥了一眼，循循善誘，「三寶，妳有沒有發沒發現這些圖都有個共通點？」

三寶揪著頭髮：「什麼共通點？都是美女？」

「明明都是崇山峻嶺，偏偏減成了盆地，妳說可不可惜？」說完，若有意似無意地掃了三寶胸前一眼。

三寶立刻把雙手護在胸前，竄到妖女和何哥跟前：「妖女！何哥！她又耍流氓！」

妖女似乎也從低落的情緒中解脫出來：「她是為了妳好，免得妳以後想『憑胸而論』，但行不通了。」

三寶一臉哀怨：「妳們都欺負我！我身上的肉都會轉移到妳們身上的！」

宿舍中又恢復了往日的歡聲笑語。

隨憶很久沒見過蕭子淵了，她在悵然若失的同時還有些僥倖，她以後大概也不會和蕭子淵有什麼交集了吧？幸虧及時剎住了車，雖然還感覺有些彆扭，但時間久了總會習慣的。

天氣漸漸開始熱了，等到了某一天，校園兩側的小徑上聚集了賣書賣雜物的大四學長姊時，當畢業季的徵兆越來越明顯時，隨憶的心卻突然開始慌了。

男生宿舍。

蕭子淵把所有的書都整理了出來，挑了幾本有用的準備帶去國外。留在學校繼續讀研究所的林辰蹭在溫少卿身邊討他的簽名版籃球：「你就留給我吧……」

溫少卿正在打遊戲，心不在焉地點頭，林辰面上一喜就往螢幕上看去：「哇，又是這個ＩＤ，你們有緣分啊！這麼多人，隨機匹配你們都能湊這麼多局，孽緣不淺啊。嘖嘖嘖，可惜是個男號，如果是個妹子，你們倒是可以發展一下。」

林辰萬萬沒想到，短短的一年之後，他就為今日的一時嘴賤付出了慘痛的代價。

喬裕心不在焉地收拾著設計圖紙，幾年的必修課下來，還真的畫了不少圖，其中還有不少是妖女放在他這裡的。

他看著圖紙上的鉛線，撫著右下角那裡的簽名，腦子裡都是他們在畫圖室裡相伴的場景。他不得不承認，在建築方面，妖女劍走偏鋒，比他這種中規中矩的人更有天賦，她的作品更吸引人，和她的人一樣。

蕭子淵拿書的時候，有兩張紙翩然而落，飄到林辰腳邊。林辰撿起來順便看了一眼，表情很快地僵住，和蕭子淵對視了一眼。

蕭子淵並沒表現出尷尬，看向他手裡的紙，輕描淡寫地開口：「沒用了，幫我丟掉吧。」說完，轉頭出了房門走到走廊上，喊了句：「我這裡有帶不走的工具書，誰想要的來找我拿！」

林辰不動聲色地收起來。

蕭子淵還沒走回來，就聽到身後大量的腳步聲響起：「蕭學長，留一本給我啊！」

「我也要一本！」

房間裡很快堆滿了人，鬧哄哄的，林辰看著站在人群中間淡笑的蕭子淵，卻覺得他是那麼落寞索然。

第二天，林辰約了隨憶吃午飯，其間林辰幾次欲言又止。隨憶看在眼裡，假裝沒看到，不動聲色地轉移了話題。

「快畢業了，有什麼感覺啊？」

林辰心不在焉：「反正還是留在這裡讀研究所，能有什麼感覺？蕭子淵和溫少卿都要出國留學，喬裕要工作了，和他們快分開了有點捨不得。」

「對了，一直想問你，你怎麼不出國呢？」

「我又不是學國際法的，沒必要，而且現在跟的這個老師是個泰斗，我想好好跟他學習幾年，這幾年太浮躁根本沒學到什麼東西。」

隨憶不動聲色地轉移著話題，誰知道又被林辰拉了回來：「那妳以後有什麼打算？」

林辰想問的話都包含在這個問題裡，隨憶想都沒想便回答：「還是以前的打算啊，等畢業考了執照就回家，我媽還等著我回家孝順呢！」

林辰又試探著問了句：「會不會因為一些人、一些事而變？」

隨憶看著林辰，堅定地搖頭：「不會。」

林辰沉默片刻：「妳母親身體還好嗎？」

林辰和隨憶從小相識，問一下長輩的健康狀況本就沒什麼，但自從他堂姑嫁給隨憶的父親後，他的身分就有些尷尬，這個問題他想問也問不出口。

隨憶的情緒也一下子低落下來：「不怎麼好。」

直到一頓飯結束，兩個人依舊沉默著，林辰送隨憶回到宿舍樓下，也不說再見，只是站在那裡沉思。隨憶陪他站著，也不催促。

許久之後，林辰還是把手裡的兩張准考證遞到隨憶眼前：「我一直到今天下午才知道，原來你們倆……」

隨憶不明白他在說什麼，接過來看了一眼，僵住。

兩張發黃的紙，同一場考試，同一間考場，不同的座號，中間隔了九個號碼。隨憶看著准考證上考場的考號排序，心裡算了一下，當時蕭子淵應該就坐在她的旁邊。她從來不知道，原來她和蕭子淵在很久很久之前就有過交集了。

隨憶被嚇了一跳：「你從哪裡弄來的？」

「他收拾東西的時候被我看見了，說是沒用了，讓我丟掉。我覺得應該拿來給妳看看。我看他的樣子，總覺得不忍心。」

隨憶的火一下子冒了上來，深吸一口氣努力壓下去：「林辰，當初是你主動跑來告訴我蕭子淵家世顯赫，前途一片光明，不是我高攀得上的，那麼現在又何必再跟我說這些？你不忍心看他，那你就忍心逼我？」

「我媽媽的身體越來越不好了，我從離開家的第一天就盼著早點畢業，早點回到她身邊。我已經很努力地遠離誘惑了，現在你卻來告訴我這些，要我怎麼辦？我要狠心丟下我媽媽，還是讓蕭子淵跟我回去？蕭子淵是什麼人啊？他本來就該站在眾人中間受萬眾矚目的，他願意放棄一切，跟我回到那個小鎮上默默無聞地過一輩子嗎？就算他願意，我又怎麼忍心？」

「你把這一切都推給了我，我又該怎麼辦？他不是我能要得起的，既然會沒結果又何必開始？就算這些都不算什麼，蕭家那種家世，會接受我嗎？會接受單親家庭嗎？」

隨憶只覺得手裡的兩張紙和胸前的平安符燙得她心口發疼。

林辰語塞，他本來是最巧舌如簧的，此刻卻不知道該怎麼向隨憶解釋：「對不起，我只是不想再看見妳始終是一個人。阿憶，妳怎麼了？我從來沒見過妳生氣……」

隨憶也不知道自己是怎麼了，她自認為遇事不急不躁，幾乎沒有人和事可以讓她的情緒起伏得這麼劇烈，可一旦涉及蕭子淵，她就管不住自己了。

隨憶低著頭：「林辰，你是不是覺得我矯情？我承認我當初並不能夠阻止自己靠近他，我本來以為靠近了就可以看到彼此身上的缺點，他會忍受不了我，或者我對他感到厭倦。誰知道，越是靠近越發現他的好，直到有一天我才發現，我已經騎虎難下，沒辦法再抗拒他了。我心裡的恐慌越來越嚴重，我怕他會是第二個隨景堯。」

林辰心裡一驚，馬上開口：「不會，蕭子淵絕不會是第二個隨景堯！蕭子淵的人品我敢保證！」

隨憶苦笑了一下：「這和人品有什麼關係？隨景堯的人品不好嗎？不照樣是現在這樣的結局嗎？愛情從來都是兩個人的事，可愛情又不會只是兩個人的事。你說隨景堯不愛我媽媽嗎？可他們還是沒在一起。我和他之間隔了那麼多東西，我又何必再重蹈覆轍？」

說完便轉身上樓。林辰愣在原地，他沒想到隨憶會看得這麼透徹，可她卻不知道，理智是鬥不過愛情的。

14 二貨：笨蛋。
15 哪撒：地方方言，這裡指「去哪裡」。
16 爪子：地方方言，這裡指「做什麼」。
17 李玉剛：中國知名京劇男旦，被譽為「國寶級藝術家」。
18 普立茲克建築獎：全球建築界指標性獎項之一，被譽為「建築界的諾貝爾獎」。

第七章　平安扣，千字文，緣分

回到宿舍，沒有人在，隨憶坐在桌前，緊緊地攥著手裡的准考證，微微發抖，她心底有那麼多的疑問。

她本來以為他們不過是因為林辰才有了交集，不過短短的三年時間，可為什麼會突然有人跑來告訴她，他們在很久很久以前就已經相遇。而且蕭子淵還把這份證據保存至今？為什麼他從沒提起過？他到底是什麼時候認出她來的？

本來是很簡單的相遇和分離，為什麼會突然間變得這麼複雜？

就在隨憶的心緒亂成一團的時候，妖女推門進來，紅著眼睛坐到了隨憶旁邊。

隨憶很快地整理好情緒，問：「怎麼了？」

妖女的眼淚終於流了下來，咬牙切齒地抹臉：「老娘忍了一路，還是沒忍住！我去見喬裕了。」

隨憶悄悄把兩張准考證夾進書裡，清清嗓子，若無其事地問：「妳不是說這輩子再也不想看到那個男人了嗎？」

妖女把一切都看在眼裡，不答反問：「我剛才看到林辰了，他來找妳和蕭子淵有關嗎？」

隨憶頓了一下，點頭：「嗯。」

妖女沉吟片刻，抬頭看著隨憶：「阿憶，雖然我不知道妳心裡是怎麼想的，但妳有沒有想過，他快畢業了，你們這一分別，可能一輩子都不會再見面了。等他回來，妳也畢業了，妳不會留在這裡，他也不會去妳家那裡。這就是我為什麼去見喬裕，我今天見了他，如果這輩子再也不會見到這個男人，我也沒什麼遺憾了。」

「阿憶，妳呢？我們認識這幾年，妳的個性不緩不急、恬靜大氣，別人得罪了妳，妳總是溫柔地笑笑，也不會和別人計較。妳該得到幸福，蕭子淵的個性同樣不急不躁、閒適睿智，你們讓我覺得，妳該抓住讓妳幸福的這個人。」

隨憶和妖女對視了幾秒後，慢慢低下頭。蕭子淵戲謔的笑容，蕭子淵指間的溫度，蕭子淵的圍巾，蕭子淵給她的平安符，那個起風的傍晚，蕭子淵牽著她的手從校園裡走過，蕭子淵送給她的積木，蕭子淵還對她說她的字很漂亮，她還打算有機會寫一幅字送給他，還有那個吻……

有機會……一句有機會讓她以為他們之間還有夠多的時間，其實已經沒機會了嗎？

突然間她開始心慌，這種感覺很陌生，蕭子淵似乎讓她安逸的生活越來越失控。

妖女看著她的樣子忽然笑了起來：「妳果然是愛上蕭子淵了，愛情還有一個名字，叫患得患失。妳看，淡定如妳，也有這麼徬徨無助的時候。」

隨憶無話反駁，當晚一夜無眠，第二天便請假回了家，或者可以說是逃回了家。

坐了一夜火車，隨憶清晨到家的時候，隨母大概去晨練了不在，她閉著眼睛躺在沙發上。

隨母回來，看到她嚇了一跳：「咦，隨丫頭，妳怎麼突然回來了？」

隨憶眼睛都沒睜，哼哼了兩聲表示聽到了。

隨母坐到她身邊摸她的額頭，一臉關切：「病了？」

隨憶順勢趴到隨母懷裡，像小時候一樣撒嬌：「媽媽，我想妳了。」

隨母笑起來，拍著她的後背：「丫頭，這是怎麼了？也還不到放假的時間啊？怎麼了，被學校退學了？」

隨憶心中的溫情瞬間一滴沒剩，滿頭黑線，僵硬地攬著隨母的腰。

隨母皺著眉想：「妳不會未婚懷孕了吧？不對啊，妳是學醫的，應該知道做保護措施……」

隨母還在分析著可能性，隨憶忍不住打斷：「媽，妳女兒不是不良少女……」

隨母看著隨憶哀怨的眼神，有些不好意思，笑著站起來轉移話題：「那是當然的了，想吃什麼我做給妳吃吧？」

隨憶無精打采地閉上眼睛接著睡：「隨便啊。」

隨母調侃道：「當初就該取這個名字！看妳還說不說得出口！說出來就把妳自己吃了吧！」

說完，施施然去廚房琢磨做什麼菜了。

隨憶卻猛然睜開眼睛，不久之前她也曾問過蕭子淵這個問題，蕭子淵卻順勢一本正經地佔了她的便宜。

隨憶搖搖腦袋，企圖從腦中把蕭子淵搖走。隨憶啊隨憶，妳的記性什麼時候這麼好了。

後來隨母倒沒再追問隨憶為什麼忽然回家，隨憶也沒主動交代，母女倆心照不宣。

第二天晚飯的時候，隨母終於開口：「我看妳休息得也差不多了，早點回去吧，別耽誤學校裡的課業。」

隨憶放下筷子，無精打采地抗議道：「媽，我不想回去。」

隨母不驚訝，替隨憶添了碗湯：「把原因說出來聽聽。」

隨憶思索良久，吞吞吐吐地開口：「媽，如果一個人對妳很好很好，但他對妳的期望妳又無法做到，他想要的和妳要做的起了衝突，那該怎麼把他的好還給他啊？」

隨母一臉嚴肅地看了隨憶半晌，隨憶以為她要告訴自己答案了，誰知道隨母卻在下一秒笑起來：「有男人看上妳了？」

「……」隨憶覺得自己剛才犯了個錯誤。

隨母繼續問：「上次那個別人的男朋友？」

隨憶低頭喝湯：「……」

隨母見她沒反應，痛心疾首地唸叨：「我都說了嘛，人家不願意妳就不要強求了，妳看現在，還把自己弄得這麼不高興……」

隨憶抓狂：「媽！我說正經的呢！」

隨母收起玩笑，認真地看著隨憶：「阿憶，妳要知道，人情債這個東西啊，一旦沾上了是還不清的。」

隨憶愣了一下，苦笑著點頭：「我知道。」

隨母站起來，走了幾步後回頭：「阿憶，別人想要什麼妳從來都是不關心的，除非這個人對妳而言是與眾不同的，或者這個人想要的東西也是妳想要的，而妳現在想要的和之前想要的起了衝突，難以抉擇，妳才會煩惱。」

一語驚醒夢中人。難道她的潛意識裡也是想要和蕭子淵在一起的？不可能！她一直想要的是能早點回到這裡，和母親生活在一起！

隨憶本來想讓有著豐富人生歷練的隨母替她指條明路，可現在她卻更糊塗了。

隨母看到她的眉頭緊鎖，很滿意地交代道：「記得洗碗。」

隨憶坐在飯桌前糾結許久，做出了一個幼稚的決定。

隨母坐在燈下看了一會兒書，再抬頭看向女兒時，她已經歡快地去洗碗了。

第二天一早，隨憶便在書房翻箱倒櫃地找東西，隨母站在門口敲敲門：「隨丫頭，找什麼呢？」

隨憶的頭抬都沒抬：「沈女士，我記得外公以前給了我幾塊做印章的玉石，放哪裡去了？」

隨母嘖嘖了兩聲，不遺餘力地調侃著女兒：「哇，這件事妳已經好多年都不做了。我記得妳外公去世的時候，妳刻了一枚給他陪葬之後就沒再動過手了，這次是誰有這麼大的面子請妳出山啊？」

隨憶眨了眨眼睛，老實交代道：「有個學長要畢業了，想送個禮物給他。」

「這麼用心啊。」隨母又笑著問：「這個學長不簡單吧？」

隨意無奈地拉長聲音抗議：「媽……」

「嗯，冷靜冷靜，在左邊櫃子裡的底層，工具箱也在裡面，好好做！我不打擾妳了。」

隨母說完後，看了看女兒便轉身離開了。

隨憶按照母親的指示找到了櫃子的底層，一打開工具箱就感覺到濃濃的古風墨香穿越時空撲面而來。

小小的她在外公跟前，看他用最古老的工具一筆一畫地刻著印章，細緻有力，一邊刻還一邊教隨憶：「阿憶，妳記住，刻章貴在心靜，玉石雕琢出來的印章是有生命的，只有心靜，刻出來的章才能讓人感覺到妳的心意。」

一連幾天，隨憶都窩在書房的窗前，邊曬太陽邊刻印章。

「蕭子淵」三個字，在印章上越來越分明，在她心裡也越來越深刻。

最後一天下午，隨憶在隨母的指點下，終於在太陽下山前完成了，試印了之後拿給隨母看。

隨母戴上老花鏡仔細看了幾個細節，出聲讚揚：「我女兒的手藝真不錯，將來不怕沒工作了，去天橋底下擺個攤，生意肯定好。不過……」

隨憶以為是哪裡出了問題：「怎麼了？」

「妳還記不記得妳小時候學雕刻的時候，妳外公和妳講的那個刻『百花詩』的傅抱石[19]？」

「記得啊，他在上面刻了兩百多個字，很絕妙。」

「所以，妳不覺得應該效仿他一下，在這裡刻上『隨憶贈』三個字會更好？」

隨憶皺眉反對：「不好。」

「沒關係啊，用微刻，不仔細看也看不出來的。」

「不好。」

隨母忽然一臉認真地問：「妳不會是忘了怎麼刻吧？」

隨憶嘆氣，越來越相信三寶和自己的媽媽才是母女。

晚飯的時候，隨憶又問：「媽，我想把平安扣拿去開光[20]。」

隨母轉頭看了眼，「這不是妳一直隨身戴著的那個嗎？以前我一直說要開光，妳不是不信嗎？怎麼突然想起來了？」

隨憶眨了眨眼睛，不知該怎麼回答，吞吞吐吐地開口：「其實……也許是有用的吧？」

隨母的眼睛閃著光：「送人的啊？是那個蕭子淵嗎？」

隨憶立刻住口低頭吃飯，隨母不放過她：「跟媽媽說說嘛。」

隨憶假裝沒聽到，隨母放棄：「好吧，今晚妳洗碗，明早再帶妳去。」

隨憶立刻點頭：「成交。」

說完隨母便飄然而去，邊走邊感嘆道：「唉，真是女大不中留啊……」

留下隨憶在桌前，隨憶背對著母親，不急不緩地喝完碗裡的湯，放下碗時喃喃低語：「媽媽，我能為他做的就只有了，以後我會留在妳身邊好好孝順您的。」

第二天一早，隨母便帶著隨憶去了離家不遠處的山中寺廟。開光的時候，隨憶一臉的虔誠，隨母看在眼裡，心裡動容。

隨憶站在寺廟後院的竹林前，空氣中彌漫著香火的氣息，她聽著鐘聲，對著正殿的方向，握著掌中的平安扣默默許下心願。

希望蕭子淵以後的日子能幸福安康。

當天下午，隨母看到隨憶鄭重其事地一張接著一張寫毛筆字時，撿起地上一個個揉成一團的紙團，開口揭穿她：「如果妳企圖拿物質去還人情債的話，就別想了。」

隨憶筆下一滑，又寫壞了一張。她哀怨地抬頭，隨母微微一笑，溫婉可人，極盡世家小姐之風範：「重新寫吧。」

隨憶回學校的那天，磨蹭著不肯走，隨母頗為無奈。

「媽，我走了，妳平常要多多休息。」

「媽，妳要按時吃藥啊。」

「媽，有事打電話給我。」

「媽……」

隨母一臉無奈地撫撫隨憶的頭髮，終於開口打斷她：「我怎麼感覺我這次不是送妳回學校，而是在嫁女兒呢？」

隨憶被嫌棄了，灰溜溜地夾著尾巴回學校去了。

隨憶回到學校後一連幾天都沒碰到蕭子淵，以前在校園裡，幾乎隔天就能遇上，想躲都躲不掉，現在想來個偶遇竟然會那麼困難。

週末下午，她在圖書館自習完準備回去，路過籃球場時被裡面的歡呼聲和雀躍聲嚇了一跳，心裡感嘆，大學校園裡最不缺的是青春和活力啊，最缺的是偶遇啊……

她心不在焉地扭頭看著，沒注意到從旁邊衝出來一個人，正好撞上她，她身體一歪，把旁邊停著的一輛自行車撞倒了，多米諾骨牌效應開始，一排車子順勢而倒，直到在一輛車子前停住，而那輛沒倒的車前站著一個人。

蕭子淵。

還是那個不見熱情的蕭子淵，懶洋洋地看著她，似乎又變回眾人眼中清冷孤傲的模樣。

撞到她的人大概有急事，大聲道歉完就跑遠了，留下她和蕭子淵對視，氣氛頗為尷尬。

隨憶看著地上東倒西歪的自行車，在蕭子淵的注視下緩緩開口：「這個現象充分證明了一個定理。」

蕭子淵很是配合地問了句：「什麼定理？」

隨憶笑了一下，極快地回答：「可倒必連續，連續不一定可倒。」

蕭子淵聽完後勾了一下唇角，原本緊張的氣氛也被這笑容緩解了。

隨憶默默鬆了口氣，笑了就好，蕭神冷淡的樣子實在是太嚇人了。

蕭子淵很快斂了笑，彎腰開始扶車，隨憶也默默地低頭把倒下的車重新擺放好。

隨著一輛輛車子被整齊擺放好，兩人的距離也近了。隨憶抬頭看了眼蕭子淵，剛想開口說什麼就看到他淡淡開口：「先走了。」

隨憶思緒被打斷，有些愣愣地。點點頭，轉身走了，走了幾步又回頭，叫住蕭子淵：「那個……蕭學長……」

蕭子淵過了幾秒才回頭，單手放在褲子口袋裡，一臉淡漠地看著隨憶。

隨憶鼓起勇氣邀約：「晚上一起吃個飯吧？」

蕭子淵極官方地婉拒：「晚上班上要吃畢業聚餐。」

隨憶有點失落，但很快揚起笑容：「那……你哪天有時間？」

蕭子淵一挑眉：「怎麼，也想和我聚餐？」

隨憶被他噎得不輕，自暴自棄地嘀咕：「聚餐就聚餐吧……」

蕭子淵卻忽然笑了起來：「那請問，我們是什麼時候聚在一起的呢？」

隨憶詞窮，蕭子淵不止生起氣來可怕，笑起來更可怕！

蕭子淵盯著她看了幾秒鐘，又面無表情地開口：「明天晚上吧，明天我有空。」

隨憶按照正常程序問地點：「在哪裡啊？」

蕭子淵甩下三個字便轉身繼續走：「老地方。」

隨憶一時腦筋沒轉過來，站在原地一頭霧水地問：「老地方是哪裡？」

這次蕭子淵極快地轉過頭，眉宇間淡漠未退，冷峻又起：「妳說呢？」

他的語氣淡然無波，而隨憶卻陡地背脊躥麻，蕭子淵這是恃寵而驕嗎？傲嬌的嬌！

隨憶低著頭，含含糊糊地糊弄過去：「喔，知道了，那我先走了。」說完，再次落荒而逃——借給她十個膽子她也不敢再問了。

蕭子淵看著那道慌亂的身影，踏著錯亂的腳步遠去，挑眉勾唇。惹他還知道害怕，很好，孺子可教。

隨憶回到宿舍後，宿舍裡的三隻正在進行零食爭奪戰。

隨憶則邊觀戰邊思考蕭子淵口裡的「老地方」到底是哪裡。

糾結了一晚上，她甚至連冒死傳訊息給蕭子淵、問清楚老地方到底是哪裡的準備都做好了，卻在臨睡前幡然醒悟，她和蕭子淵似乎單獨吃過一次飯，就是在學校後門蕭子淵的家裡。

最大的疑惑解開了，隨憶很開心地進入夢鄉。

第二天傍晚，隨憶整理好東西趕去赴約。剛出學校後門又接到蕭子淵的訊息：『帶瓶醋。』

隨憶拿著手機笑，眼前似乎已經看到此刻蕭子淵邊做飯邊傳訊息的情景。

從電梯出來後敲門，蕭子淵果然圍著圍裙、舉著鍋鏟來開門，大概是菜正炒到一半，沒說什麼便大步回了廚房。

隨憶跟在他後面也進了廚房，把手裡的醋遞過去。蕭子淵看了一眼，把東西接過來放到一邊，握著她的手問：「手怎麼了？」

她的手指被磨得紅紅的。

他的體溫似乎一直很低，指尖涼涼地覆在她的手上。

隨憶很快把手收回來，一臉若無其事：「沒什麼。」

蕭子淵看了隨憶幾秒，沒再追問，換了話題：「把碗筷拿出去，馬上就能吃飯了。」

一頓飯又是無言。隨憶心裡盤算著蕭子淵應該吃得差不多了才開口。她把放在桌邊的包包打開，拿出印章，再把平安扣和一幅裱好的字一股腦地堆到蕭子淵面前，鼓起了勇氣，聲音聽起來平靜淡定：「蕭學長，你問我的問題我想清楚了，我一直都是關心學長。你是我敬重的學長，其他的什麼都沒有。」

蕭子淵垂眸看著眼前的東西，良久後抬眸，清亮的眸子看向隨憶，不惱也不怒，聲線清冽，「隨憶，妳這是什麼意思？妳以為我蕭子淵是什麼人？妳一句是學長就能和我劃清界限了？還是妳以為我會隨隨便便去親一個女孩子……」

隨憶本來還覺得愧疚，聽到這裡臉驀地一紅，抬頭打斷他：「能不能別提這個……」

蕭子淵也沒為難她，果真不再提起，視線在桌子上掃了一圈：「這禮也夠貴重的，還有什麼，一起拿出來啊。」

隨憶乖乖地搖頭：「沒了。」

蕭子淵忽然伸手捏住她的下巴，讓她抬起頭來看著他：「妳是不是以為妳送了我這些，我們之間就兩清了？我告訴妳，妳想都別想。妳剛才說的每句話，我一個字都沒聽到，等妳真的想清楚了，再來跟我說。」

隨憶沉默，她無力反駁，因為她確實是這麼想的，她不斷安慰自己，這樣做後她就不欠蕭子淵什麼了，以後也不會再想起他。果然天不從人願。她伸手去收那一堆東西，誰知道卻被蕭子淵按住：「怎麼，送出去的東西還想再拿回去？」

隨憶咬唇，皺著眉看他：「你不是說你不要嗎？」

蕭子淵把東西拿到自己這邊，笑得溫和：「我什麼時候說過我不要了？」

隨憶有些惱怒地瞪著蕭子淵。

蕭子淵心情極好地被她瞪著，笑得越來越和煦：「妳知道我真正想要的是什麼。還有，別以為我出國了，我們就沒什麼關係了，就衝著這些，我們之間就沒完。」

隨憶都快哭出來了，這種霸道賴皮的話是那個淡然有禮的蕭子淵會說出來的嗎？她是不是聽錯了？

飯後，隨憶倉皇地只想快點逃離蕭子淵的勢力範圍，但蕭子淵拉住逃到門邊，隨時準備衝出去的隨憶：「我送妳回去。」

隨憶胡亂穿上鞋子：「不用麻煩了，我自己認得路。」

蕭子淵提前一步堵在門口，不慌不忙地穿著大衣：「不麻煩，我正好也要回學校，順路。」

隨憶腹誹，只要你願意，當然去哪裡都順路。

兩個人各懷鬼胎地走在校園裡，隨憶是滿心的無奈，而蕭子淵卻悠然自得，明顯開心極了。

宿舍樓下停了輛低調奢華的黑色轎車，他們剛走近就看到車上走下來一個中年男人，然後，蕭子淵明顯感覺到隨憶的動作瞬間僵硬了起來。

接著蕭子淵的手機同時響起，是林辰，剛接起電話就聽到他開門見山地問：『隨憶是不是和你待在一起？』

蕭子淵的視線停留在左前方，那個中年男人正往自己走近，隨憶似乎挪動了一步，朝他這邊靠了過來。

「是。」

『那你先別送她回去，她……她爸爸來了，剛才打了通電話給我，隨憶和她爸爸之間……唉呀，一兩句話也說不清楚，總之別讓他們碰面就行了……』

林辰還在語無倫次地交代著什麼，蕭子淵出聲打斷了他：「來不及了。」

頭。

『靠……』蕭子淵只聽到林辰在那邊咒罵了一句，就掛了電話走到隨憶身邊。隨憶在陰影裡垂著

氣度非凡的中年男子走近後，叫了一聲：「阿憶。」

隨憶很快抬頭，迎著燈光揚起一抹完美的笑容，緩緩開口：「隨先生。」

隨景堯的笑容有一絲破裂，短短幾秒鐘便恢復：「我到這邊來開會，順便來看看妳。」

「謝謝隨先生掛念。」隨憶的笑容和言辭無疑都是得體到不能再得體，只不過這樣的對話出現在父女之間多少有些奇怪。

蕭子淵第一次知道隨景堯是從林辰口中，本來以為不過是個平常的生意人，現在見到他本人，卻感覺到隨憶多多少少還是從這個男人身上繼承了點什麼，至於繼承了什麼，卻說不清楚。

這個中年男人禮貌客氣，一身筆挺的西裝，外面罩著件深色大衣，難得的是身上帶著一股商人不會有的沉穩謙遜的儒雅氣質，大概是因為事業操勞加上之前家庭不和，看上去比實際年齡要蒼老些。

「妳母親身體還好吧？」不溫不火的對話繼續著。

隨憶依舊淡淡地回應，不惱卻也不熱絡：「好。」

然後父女倆就陷入了沉默，隨景堯這才注意到隨憶旁邊的蕭子淵。

「這位是……」

蕭子淵看了隨憶一眼，轉頭微笑表明：「您好，我是隨憶的朋友。」

隨景堯真誠地笑：「你好，難得見到長得這麼好看的男孩子。」

他說完大概也看出了隨憶的不自在，主動開口：「你們還有事吧，今天時間也晚了，我先走了。

阿憶，明天一起吃午飯嗎？」

看得出來隨景堯很注意言辭，不提「父親」、「女兒」之類的詞，也不主動介紹自己是隨憶的什麼人，對隨憶的態度也帶著虧欠的討好。

「再說吧，明天我不一定會有時間。」從隨憶的回答中，蕭子淵能感覺得到她對隨景堯的排斥和煩躁。

隨景堯在商場上也是呼風喚雨的人，大概很少有人會拒絕他，但他也不生氣：「好，那明天再打電話給妳，妳好好休息。」

說完，跟蕭子淵做了個手勢便離開了。

直到那輛車子消失在黑夜裡，隨憶才輕輕地呼出口氣，這才想起來蕭子淵還在身邊，卻不知道該怎麼跟他解釋這個男人是誰。她不願意告訴他這是她父親，但如果不說，和這樣一個男人站在這裡不清不楚地說了那麼多話，他會不會誤會什麼？

正在糾結得腦子一團亂的時候，蕭子淵卻率先開口：「上去吧。」

隨憶抬頭看向蕭子淵，蕭子淵微笑著看她，眼睛在昏黃的燈光下格外清澈。

蕭子淵的態度不明，隨憶實在不知道他是怎麼想的，糾結得不知所措，想試圖解釋一下，結果卻說得一塌糊塗：「他……我……不是你想的那樣……他是我一個親戚……」

隨憶懊惱地放棄，說得這麼吞吞吐吐，一聽就知道是藉口，越描越黑，還不如不說。

蕭子淵看著在別人面前淡定自若的人每每在他面前失態，心情極好地看著隨憶低著頭站在那裡，小臉皺成一團地企圖解釋什麼，捲翹的睫毛一顫一顫，格外動人。

最後她抬起頭，皺著眉，一臉不知所措地問：「我說的你明白嗎？」眼睛裡還帶著些許渴求。

蕭子淵表面上很配合地點頭，眼睛裡的笑意卻怎麼都藏不住：「明白。」

隨憶更加慌亂了，自己都不知道自己在說什麼，他怎麼可能明白呢？

先前的計畫泡了湯，再加上今晚這鬧出這一樁事，隨憶心灰意冷，終於放棄：「好吧，那我先回去了，學長再見。」

說完，心事重重地上了樓。

蕭子淵在隨憶身後叫住她：「隨憶！」

隨憶無精打采地回頭，等著蕭子淵的下文。

蕭子淵走了兩步，溫柔地摸著她的頭頂，緩緩開口：「明天中午我有時間。」

隨憶睜著烏黑的眼睛看著他，一臉不解。

蕭子淵又補充了一句：「如果妳願意，我可以陪妳一起去吃午飯。」

隨憶，無論是妳想面對的還是不想面對的，都可以讓我陪妳一起面對。

可這樣的話他卻不敢直接說出口，怕把她嚇壞了。她縮在自己的殼裡不敢探頭，他好不容易引誘著她小心翼翼地探出頭來，又怎麼能這麼操之過急地把她再嚇回去呢？如果真的做了，那以後她會逃得越來越遠吧？

她那麼聰明，他的意思她應該明白的吧。

隨憶良久後點點頭，沒說什麼，很快轉身上樓。

其實客觀來說，在父母離婚之前，無論別人怎麼對她，隨景堯對她還是很不錯的，只是最後他還是放棄了她和媽媽。這幾年她和媽媽跟隨家真的是沒有任何關係，最一開始，每年隨景堯還是會來看她，隨憶從來都不敢告訴母親，只是每見一次，心裡對隨母的愧疚便多了一分。後來她的態度不冷不熱，隨景堯也知道她對他的排斥，漸漸地也不再來了。他們之間唯一還有關聯的，大概就是隨憶還是跟了他的姓。

很久之前，隨憶曾經委婉地問過母親，她要不要改姓。

母親輕飄飄地回了兩個字：隨意。

隨憶至今不明白，母親是讓她隨意，還是覺得叫隨憶更好，而隨憶也不敢細問，從此她和母親的話題裡再也沒出現過任何有關隨家的事，似乎一切都過去了，這件事也就此擱淺了，一塵封就放到了現在。

可為什麼隨景堯又出現在她的生活裡？

隨憶煩躁地甩了甩頭，走回宿舍。

蕭子淵又在原地站了幾分鐘才轉身離開。回到宿舍就看到林辰急忙迎上來：「撞見了？」

蕭子淵點頭：「嗯。」

林辰呼出一口氣，頗為無奈：「真是怕什麼來什麼，攔都攔不住啊。」

蕭子淵也無奈地嘆了口氣，這個心結恐怕得要當事人自己來解。

吃飯的時候，他沒仔細看隨憶給他的是什麼東西，現在才打開檯燈仔細端詳。

林辰瞟了一眼卻倒抽了一口涼氣，湊上來一臉古怪地問：「隨憶給你的？」

蕭子淵看著林辰點頭，「怎麼了？」

林辰呼出口氣，「靠……最近怎麼這麼邪門？」

蕭子淵看著手裡的東西，心不在焉地問：「你今晚是怎麼了？」

林辰拿過他手裡的平安扣：「這東西，那丫頭從出生就戴在身上了，是她外公外婆送的。」說完拿到燈下一照，給蕭子淵看：「這種東西你也見過不少吧，看看，是好東西吧？」

蕭子淵瞟了一眼，成色確實不錯。可他更看重的是心意。

林辰說完又拿起印章，一臉羨慕地看著：「她外公當年篆刻的手藝堪稱一絕，多少人排著隊踏破門檻求一枚，文人清高，關係淺的從來都不刻。隨憶得了老爺子的真傳，不過自從老爺子去世之後，隨憶就再也不刻了。」

蕭子淵有了興趣，突然想起了什麼轉頭問：「她外公到底是誰？」

「她外公……」林辰說了一半突然噤聲：「我也不是很清楚……」

蕭子淵無言地挑眉看他，林辰心虛地摸摸鼻子轉移了話題，蕭子淵心裡便有數了。

「當年我求著這丫頭刻個印章給我，不知道費了多少口舌，人家都聽出抗體來了。無論我怎麼威逼利誘，她就兩個字，不刻。說多了讓她覺得煩了，會再送給你兩個字，走開。這可是一刀一刀刻出來的，沒花個七八天做出不來。怎麼對你就這麼大方呢？別動，讓我仔細看看……」

蕭子淵垂眸沉思，怪不得她的手那麼紅。

林辰說完還要拿那幅字看，被蕭子淵按住，挑眉無言地看著他，氣勢迫人。

林辰一臉羨慕嫉妒恨地哼哼：「小氣！」然後恨恨地轉身走了。

蕭子淵微笑著打開，然後笑容僵住，震驚。

他很快起身收拾東西往外走，碰上回來的溫少卿：「啊，你這麼著急要去哪裡啊？」

「回家。」他丟下了句話就離開了。

蕭子淵匆匆地回到家就進了書房，翻出很久之前他寫的那幅字，兩幅相似的字擺在一起，蕭子淵只覺得命運的神奇。

千字文，當年練字的時候不知道寫過多少遍。小時候不懂事，調皮搗蛋，不知道被罰抄了多少遍，當初覺得討厭極了，此刻看來卻覺得親切。

千字文有很多版本，可他獨愛文徵明[21]的行書，還特意臨摹了一幅，沒想到他們連這點都這麼志同道合。

相同的字，相似的字體，落款和時間不同。蕭子淵拿出印泥沾上，在紙上印了印，他的名字躍然紙上，鮮明深刻。

那一刻，蕭子淵不知道該怎麼形容自己的心情。

從小到大他波瀾不驚，無論身邊的人做了什麼說了什麼，都不會在他心裡留下痕跡，可現在他的心突然間跳得很快，兵荒馬亂。

蕭父、蕭母推門進來，蕭子淵很快地把印章收了起來。

蕭父看著桌上：「怎麼突然跑回來了？跑回來就是為了寫字？」

蕭子淵看著眼前的兩幅字，笑著問：「您也覺得是我寫的？」

蕭父看了幾秒鐘後和蕭母對視了一下，蕭母低頭看得仔細：「乍看之下很像，形似，至於神態嘛，有七八分吧。應該是個女孩子寫的吧？你的字文雅遒勁，而她的嫵媚多姿，看落筆處這裡更加明顯。很少見到這麼有神韻的字，寫得不錯，真不錯。」

蕭子淵凝目看著那幅字，只覺得那一筆一畫透著說不出的柔情，忽然就彎起眉眼，靜靜地出神。

蕭父蕭母又對視了一眼，無聲地退出書房。蕭父詢問：「那個女孩子寫得真有那麼好？」

蕭母一臉好笑：「我哪是在誇那個女孩子的字啊，你沒看見你兒子的嘴角都歪到哪去了，他長這麼大，你什麼時候見他這麼開心過？」

蕭父笑著搖頭：「真難為妳這麼大年紀了還哄兒子開心。」

蕭母想起什麼，嘆了口氣：「唉，這孩子從小就內斂，我倒希望能早點遇到讓他外露情緒的人。不過，那個女孩子確實寫得不錯。」

蕭父認同地點點頭：「是不錯，看得出來是下過苦功夫練過的。」

蕭父、蕭母本來以為只是一幅字，卻沒想到日後寫這幅字的人會和他們有那麼多的交集。

而書房裡，蕭子淵卻陷入了沉思，這個女孩子優秀至此，有才有貌、溫婉大氣，有時候連他都自嘆不如。到底是什麼原因讓她掩蓋了自己所有的亮點，如此恬靜內斂，明明有鋒芒畢露的資本，卻選擇清淡如此？

第二天，隨憶還是去赴了隨景堯的約，不過時間從中午改成了晚上。

隨憶在校門口上了車，隨景堯坐在車裡笑著看她，然後看著司機的方向：「妳張叔叔，還記得嗎？」

隨憶乖巧地微笑著打招呼：「張叔叔。」

司機老張跟著隨景堯幾十年，為人憨厚老實，隨憶還記得她小時候張叔叔經常逗她玩。

老張邊開車邊從後視鏡看過去，恭恭敬敬地叫了聲：「大小姐。」

隨憶笑容一滯，很快恢復常態，糾正了一下：「叫我隨憶就好。」

老張笑了一笑，便專心開車。

之後車內就陷入了沉默。隨憶扭頭看向窗外，隨景堯看著隨憶的側臉沉思。他在商海沉浮這麼多年，什麼沒經歷過，卻偏偏對自己的女兒沒半點辦法。父女兩人多年來的接觸也就那麼寥寥幾次，想要聊點什麼，總是找不到話題，想要彌補點什麼又找不到門路。

吃飯的地方是市中心一家西餐廳，裝潢精緻，氣氛頗好，做出來的東西卻不過如此。

隨景堯雖然人到中年，但因為底子好，面容俊朗，舉手投足間很有男人味，所以不時有單身女性向他看過來。

隨憶一心一意地吃著東西，彷彿對面的隨景堯並不存在般。隨景堯吃了幾口就沒再繼續，斟酌了片刻才開口打破沉默。

「妳弟弟……這幾年一直在國外讀書，今年過年會回來，你們要不要見一面？」

隨憶手下的動作停住，聲音清淡，「您跟他說過嗎？」

隨景堯喝了口酒：「沒有。他和妳林阿姨一直很親，以前覺得他還小，所以沒說，但我覺得現在該是時候了。」

隨憶依舊慢條斯理地吃著，輕描淡寫地回答：「不要告訴他……既然以前沒說過，以後也不要說起了。您如果是為了他好，就永遠不要告訴他。當年我和媽媽從隨家離開時，就沒打算這輩子會再見他，也沒打算再見您。我和媽媽當年選擇放棄他，就做好了要愧疚一輩子的打算。無論多艱難我們都只能忍受下去，因為這是我們自己做的選擇，就像您當年做的選擇一樣……」

隨憶後面的話沒說出口，可意思已經很明顯了。

隨憶邊說邊緩緩抬頭看向對面的隨景堯，目光篤定安然，似乎在責怪隨景堯破壞了他們之間的默契，打亂了她平靜的生活。

隨景堯一震，面前這個女孩和她媽媽長得很像，眉眼之間依稀可以看出她的影子，可身上那份淡定從容的氣質又怎麼會是她這個年紀的女孩子會有的？他苦笑：「是，我自己做的選擇，後果我自己承擔。看來，這些年妳媽媽把妳教得很好。」

「謝謝。」隨憶不慌不亂地保持著客氣禮貌，隨景堯卻有些難受，猶豫了半天，還是緩慢地開口：「我知道妳不會要我的錢，只是……我畢竟是妳父親，妳有沒有什麼需要我做的？」

隨憶搖頭：「隨先生，我們之間早就銀貨兩訖了不是嗎？您有您的選擇，我和我媽媽有我們的選擇，您不需要這樣做的。」

隨景堯就知道會是這種結果，所以這幾年他才一直不敢來找隨憶，可她畢竟是他的女兒，他怎麼能當她不存在？

「當年的事情，我也是沒辦法。」這麼多年來，父女倆第一次談到這個話題。

隨憶似乎帶了幾分不易察覺的輕蔑：「自古忠孝便不能兩全，我尊重您的選擇，也希望您能尊重我的選擇。何況您現在的家庭也很和睦不是嗎？」

隨憶的話綿裡藏針，隨景堯無奈地嘆了口氣。

「妳母親……」隨景堯沉默了片刻還是問出口：「她……」

隨憶很快打斷隨景堯的話：「我母親很好，希望您不要去打擾她。時間不早了，我先回去了。」

隨景堯苦笑，她何必怕成這樣，就算她不說這些他也不會去找她母親，他又有什麼顏面去找她呢？他跟著起身：「我送妳回去吧。」

隨憶知道拒絕也無果，便順從：「謝謝。」

隨景堯走在隨憶身後，只覺得自己這個當父親的有些悲哀，她明明不想讓自己送的，卻為了少和自己說幾句話而勉強自己。

隨憶在校門口便下了車，關車門的時候隨景堯叫住她：「阿憶，我要在這邊開發新的專案，會在這邊待上很長一段時間，如果妳有事，隨時都可以來找我。」

隨憶禮貌地點頭，絲毫沒有留戀地轉身離去。

隨景堯坐在車裡閉目養神，他知道就算她再難過，也不會找自己的。這股倔強像那個女人。

老張看著隨景堯的臉色，不知道該如何寬慰：「大小姐出落得越來越漂亮了。」

是啊，當年他第一次見到她母親時，她也差不多是隨憶這個年紀，一晃眼已經過去這麼多年了，當年的那個決定自己到底有沒有後悔過呢？是後悔的吧，不然怎麼會這麼多年都不敢去見她，不敢見這個女兒，連想都強迫自己不要想。

隨憶沒走幾步後被人叫住，秦銘皺著眉一臉好奇地問：「剛才那輛車……那個男人是誰啊？」

隨憶心情本來就不好，卻還是忍著不耐煩回答：「和你沒關係。」

她的反應在秦銘看來就是心虛，他家境優渥，所以認識那輛車，絕對不是普通人能買得起的，自然就把隨憶和那些因為愛慕虛榮，就出賣自己的女大學生畫上了等號。他一臉嫌棄地看著隨憶嘲諷道：「沒想到妳是這種人。」

隨憶懶得理他，轉身就走，卻被秦銘抓住手腕：「原來妳喜歡錢啊，早說啊！我有的是錢，還比那個男人年輕，跟他不如跟我啊。」

隨憶動怒，冷冷地看著他：「放手！」

秦銘不但沒放手，言辭還更加惡毒：「怎樣，妳做婊子還想立貞節牌坊？我還以為妳有多清高，枉費我花那麼多心思追妳，原來砸錢就可以了，真是浪費我的感情。妳開個價吧？念在同學一場給我打個折吧？」

隨憶用力掙扎：「你是不是有病！」

秦銘忽然抬高聲音朝著周圍喊叫：「大家快來看看，醫學系的隨憶被人包養了，被我看到了還不承認！」

正是夜晚熱鬧的時候，兩人很快就被人群圍住，指指點點的聲音越來越大。

對於秦銘的腦補能力，隨憶只覺得無奈、無聊、無語，現在就算是說隨景堯是她父親也已經沒人會相信了。

秦銘還嫌不夠，扯著隨憶的手大聲吆喝：「既然是出來賣的，還一天到晚裝清高，真噁心！不知道跟過幾個人了，真他媽髒！」

隨憶氣得臉色蒼白，她再從容也就是個二十歲的小女孩，這麼一盆髒水潑過來她也不想忍了，剛想一巴掌甩過去，就看到兩道人影從人群外衝了進來。她還沒看清是誰就看到秦銘被一拳打倒在地，緊接著手上一暖，就被拉入一個熟悉的懷抱裡。

隨憶轉頭去看，蕭子淵依舊抱著她，正微微笑著看她。

這邊林辰正在氣頭上，一拳接一拳地猛揮過去：「你是不是找死？你敢這麼說我妹妹，是不是活得不耐煩了！」

「你們怎麼在這裡？」隨憶下意識地扯開蕭子淵的衣袖：「快叫林辰別再打了！你們快畢業了，打架會影響畢業的！」

蕭子淵覺得這不叫打架，明明是秦銘單方面挨揍。他象徵性地輕聲開口：「林辰，別打了。」

這音量大概也只有隨憶能聽到，說完還對隨憶說：「妳看，他殺紅眼了，不會聽我的。就讓他打吧，打累了自己就停下來了。」

隨憶沒辦法，想自己上去拉開林辰，卻被蕭子淵制止：「不用擔心他，林家不會連這點小事都搞不定。」

後來林辰和秦銘還是被人拉開了。秦銘擦了一下鼻血，笑得陰陽怪氣：「我說林辰，你就這麼急著替她出氣，難不成你也看上她了？」

林辰一腳踢過去：「你嘴巴最好放乾淨點！不然我再打！」

蕭子淵冷冷瞥了秦銘一眼：「求而不得就惡意貶低別人，這種人品憑什麼讓別人喜歡你？」

「喲，我忘了，這裡還有一個，蕭子淵你也夠委屈的。就這女人，一邊被人包養著，一邊還勾著你！真不要臉！」

「夠了吧！」蕭子淵臉色一沉，眼底籠著一層薄怒：「不要仗著家裡的關係就在學校裡無法無天，你看到什麼了敢在這裡妄加猜測，這麼惡語相向地中傷一個女孩子的名聲，算什麼男人？」

他說這些話的時候一直緊緊握著隨憶的手，隨憶的心底莫名湧起某種悸動。

蕭子淵陰沉著臉的時候，下巴線條冷峻鋒利，氣質也越發淩厲，渾身上下隱隱散發出不容質疑的威勢。

秦銘也扛不住，默默低下頭不再說話。

警衛很快地撥開了人群上前，問了幾句之後，準備把林辰和秦銘帶走。

走的時候林辰還氣呼呼地放狠話：「我跟你說，我一定要弄死他！」

蕭子淵瞥他一眼：「好了，你一個學法律的，開口閉口這麼血腥，付的學費都餵狗了？」

林辰眼睛一亮，經過蕭子淵提點，在警衛室靠著自己的專業知識和三寸不爛之舌把警衛唬得一愣一愣的，最後他全身而退，留下秦銘寫悔過書等著被通知。

有蕭子淵的保駕護航，看熱鬧的人群很快散去，隨憶和蕭子淵很有默契地挑了條人少的路走。

可能是路燈壞了，很黑。兩人沉默地走著，隨憶忽然抬手在臉上抹了抹，很快又放下。

蕭子淵腳步一頓，沒說話，繼續往前走。

過了幾分鐘，隨憶又抬手抹了抹臉。黑暗中蕭子淵終於停下腳步，緩緩開口：「阿憶，哭出來吧，別忍著。」

「我沒哭……」

過了許久隨憶才一邊抽噎著一邊說著：「我媽媽說過，阿憶是個大魔王，誰都打不倒她，我才不會哭……」

看著面前這個哭泣的小女孩，蕭子淵默默在心裡罵了句髒話，真是去他媽的堅強！誰不願意被寵成溫柔可愛的小公主啊，誰願意死撐著裝堅強啊。

他從來沒看過她掉眼淚，其實現在四周一點光線都沒有，他也是看不見的，只是這麼一個一貫淡定不驚的人在他面前哭泣，就是只聽抽泣聲也讓他覺得無力，讓他的每根神經都跟著顫動。

他不是沒見過女孩子在他面前哭，妹妹蕭子嫣比他小了幾歲，他懂事以來記憶中就常常伴隨著蕭子嫣的哭聲，她哭起來驚天地泣鬼神，讓他頭疼。

剛開始他還會好聲好氣地哄她，後來就變成了蕭子嫣在他旁邊放聲大哭，他眉頭連皺都不會皺一下，一邊做別的事，一邊遞衛生紙，等到蕭子嫣哭累了停下來，主動告訴他發生了什麼。

可現在他卻沒辦法這麼淡定。

她低著頭站在那裡，身體瘦弱單薄，那麼安靜，連啜泣聲都沒有了。

她連哭泣都這麼隱忍，面對眾人的時候又一直保持著微笑，那沒人的時候呢？他想像不到她孤獨一個人的時候會是什麼樣子。在隨家的那些日子裡，她又是怎麼過來的？

想到這裡，蕭子淵的心便開始鈍鈍地疼，他知道她的顧慮，就是因為知道才心疼才懊惱。頓了幾秒鐘，等隨憶鎮定了一些，蕭子淵才試探著伸出手，拉過隨憶摟她在懷裡，慢慢地抬手溫柔細緻地抹掉她臉上的淚，然後手指輕輕搭在她的眼簾上。

「阿憶，不要哭。」

他的聲音，在靜謐的夜裡聽起來有種安定人心的低沉。

他的指尖涼涼的，搭在溫熱的眼睛上很舒服。她其實什麼也看不到，只能感覺到罩在臉上的陰影和他手上獨有的氣息。但這一切又讓她再一次落了淚。

淡漠孤傲的蕭子淵對她是那麼的溫柔，而且只肯對她溫柔，可她卻要不起。

蕭子淵把下巴輕輕放在隨憶的頭頂，將她緊緊地擁在懷裡，似乎在給她力量。

濕潤溫熱的液體不斷從指縫滑落，蕭子淵的心也被感染得潮濕難耐。良久之後，他苦笑了一聲：「妳就這麼不相信我嗎？」

他做得還是不夠嗎？

隨憶只覺得此刻身心疲憊，靠在他懷裡有種說不出的安心，她知道她該推開他，這一切都是不對的，可她卻一點都不想動。

隨憶趴在他胸前，隔著幾層布料聽著他有力的心跳，他的話縈繞在耳旁，他的手輕輕拍著她的後背，呼吸間都是熟悉的氣息，一切都讓她安定，安心，最後她慢慢閉上了眼睛。

不知過了多久，隨憶整理好心情從蕭子淵懷裡掙脫出來，重新站直，剛想說點感謝的話，就聽到蕭子淵問：「有帶錢包嗎？」

隨憶一臉迷茫：「啊？」

蕭子淵沒等她反應就率先走在前面，笑著回頭：「上次不是說要請我吃飯嗎？我還沒吃晚飯。」隨憶不知怎麼就被蕭子淵拐到了學校後門的餐館，等她反應過來的時候已經和蕭子淵坐在了清真麵館裡。

這個時間有很多學生來吃宵夜，店裡的生意很好。蕭子淵坐在滿室的喧鬧中，認真地看著菜單，轉頭問隨憶：「想吃什麼？」

說實話，隨憶確實也餓了，她中午就沒怎麼吃東西，晚飯看到不想見的人更沒胃口，再加上剛才又折騰了一場。此刻店裡飄著食物的香氣，隨憶只覺得饑腸轆轆，惡狠狠地開口：「我想吃油潑麵和牛肉炒飯。」

蕭子淵挑眉：「妳自己？我們兩個是誰沒吃晚飯？」

隨憶心情鬱悶至極，掏出錢包扔在桌子上：「我請！」

她的動作有點大，周圍的人都看過來，隨憶一下子就臉紅了。

蕭子淵倒是絲毫不在意周圍的目光，拿起桌上的筆在菜單上寫上油潑麵和牛肉炒飯，然後又點了一份拉麵，便拿著菜單去排隊點菜。

蕭子淵坐下後，拿著濕紙巾邊擦手邊欣賞氣鼓鼓的隨憶，特別想伸手去戳戳她，目光灼灼地盯著她看。

隨憶被他看得有些不好意思，輕咳一聲問道：「怎麼了？」

蕭子淵忽然探身靠過來，捏了捏她的臉，又很快鬆手坐回去：「妳聽說過銀喉長尾山雀嗎？」

隨憶被他捏得臉紅心跳，下意識地回答：「沒有，稀有動物嗎？」

蕭子淵很是認真地思索了一下，頗為艱難地回答：「嗯……不好說，分情況，比如說我看到的就是稀有物種，舉世無雙。」

明明是很正常的聊天，可隨憶卻從蕭子淵的眼底看到了疑似戲謔的奇怪情緒，秉著認真好學的宗旨，她拿出手機開始查詢。

看完網路上詳細的解說之後，她終於明白，蕭子淵在諷刺她圓。

肥鳥就肥鳥啊，幹什麼要叫那麼高大上[22]的學名？還有肥鳥同學，那麼圓滾滾的身子，確定可以靠那兩片小翅膀飛起來嗎？

再說了，她長得很圓嗎？哪裡像那個什麼山雀了？

想著想著，隨憶的臉又紅了。

舉世無雙……

好在麵很快就送了上來，化解了她的尷尬。

隨憶端過來很是豪放地連放了幾勺辣椒，然後一臉悲壯地吃了一口再猛喝水。蕭子淵把自己的杯子遞過去，隨憶不管不顧地接過來猛灌。

喝了水之後又開始咳嗽，最後眼睛鼻子都紅紅的。

蕭子淵悠閒地笑著看她，邊遞餐巾紙邊開口：「火氣這麼大還吃辣椒。」

隨憶拿著餐巾紙擦了擦鼻涕，甕聲甕氣地回答：「這叫以毒攻毒。」

最後蕭子淵拿過隨憶面前的油潑麵，把自己面前的拉麵遞過去：「吃吧。」

隨憶拿起筷子默默地吃了兩口才反應過來，他們這是在幹什麼？這碗麵蕭子淵之前吃過，她那份她也吃過……這麼想著，順手拿起杯子喝水，喝了一口之後卻發現這個杯子似乎也是蕭子淵的……

蕭子淵看著她動作一滯，挑著眉開口：「學校的每年體檢我都通過了，沒病。」

隨憶無言，她不是那個意思，又低頭吃了一口麵，胡亂找著藉口：「不是……我是怕我有病。」

蕭子淵寬容地笑著回答：「我不嫌棄，又不是沒吃過。」

隨憶下意識地反駁：「你什麼時候吃過……」

說到一半，她忽然想起什麼，那天他以身示教告訴她什麼叫強吻的時候好像吃過……

隨憶在蕭子淵滿面的笑容中紅了臉，低頭艱難地繼續吃麵，心服口服，今天又上了一堂腹黑學，真好。

李宗吾[23]說，喜怒哀樂皆不發謂之厚，發而無顧忌，謂之黑。厚也者天下之大本也；黑也者天下之大道也。至厚黑，天下畏焉，鬼神懼焉。

蕭子淵這種人，不止她怕，連鬼神都會怕！

19 傅抱石：中國近代畫家、藝術史論家。
20 開光：一種信仰儀式，請神靈融入於寄託物中保佑所有者。
21 文徵明：明朝畫家，「吳中四才子」之一，為吳派領袖。
22 高大上：高貴、大氣、上檔次的簡稱。
23 李宗吾：清末學者，著有《厚黑學》一書，自號厚黑教主。

第八章　謠言四起，霸氣解圍

吃完飯後蕭子淵送隨憶回去，隨憶吃飽了也冷靜下來了，想要解釋一下隨景堯的事情，可偏偏他什麼都不問，雙手插在口袋裡一路沉默。

隨憶忽然站住不走了：「蕭學長……」

蕭子淵側身看著隨憶，等著她的下文。

「你就沒什麼想問我的嗎？」

蕭子淵摸著下巴盯著隨憶看了良久，點頭正色道：「有。」

「什麼？」

「我前幾天收拾行李，發現有條圍巾放在妳那裡了，既然妳那麼喜歡就送給妳了，我走之前妳再買條別的給我吧。」

隨憶的臉皺成一團：「還有別的嗎？」

蕭子淵這次表情很認真地想了一會兒，就在隨憶以為他要問那個問題時，蕭子淵忽然指著脖子上某人送的平安扣問：「我戴好看嗎？」

隨憶一臉怨念地看著蕭子淵，腹黑，你就這麼喜歡逗我嗎？！

蕭子淵沉沉地笑出聲來，聲線溫潤悅耳，邊轉身邊笑著問隨憶：「高興點了吧？快進去吧。」

隨憶回到宿舍的時候，其他三個人都睡了，她輕手輕腳地洗漱好上床時，三寶翻了個身迷迷糊糊地問：「阿憶，妳怎麼回來得這麼晚啊？」

隨憶小聲回答：「明天再說，快睡吧，明天還要早起上課呢。」

三寶哼哼了兩聲很快又睡過去，隨憶拿著手機設鬧鐘的時候收到蕭子淵的訊息。

『別多想，好好休息。』

隨憶看著手機螢幕上的幾個字，愣住，很快回覆：『不好意思，似乎連累到你了。』

幾乎是同時，蕭子淵的回覆就到了，只有四個字：『榮幸之至。』

隨憶的臉一紅，扔了手機倒頭大睡。

一切後果都如預料般一一出現。第二天一早，四個人照例在餐廳吃早餐，平靜祥和的早晨卻一點都不平靜。

不時有人看過來，還指指點點，四個人極默契地恍若未聞。很快有幾個比較熟的同系同學湊過來，指著隨憶對其他三個人說：「喂，妳們別和她一起玩了。聽說她被包養了，為了這件事妳們班的秦銘還和林辰打了起來，蕭子淵也在場，還被人拍下來了。」

邊說邊把手機遞過來給她們看。

三個人看了幾眼後，齊刷刷地擺出一副不可置信的表情，看著隨憶齊聲驚呼：「包養？打架？林辰？蕭子淵？」

其中一個女生點頭：「對啊！」

隨憶神色如常地繼續吃飯，置若罔聞。

三寶頂著一頭起床才剛洗過，依然張牙舞爪著的短髮轉頭問何哥、妖女：「難道我們的演技不夠好嗎？怎麼阿憶一點都不緊張呢？她不怕我們誤會，然後孤立她、冷言冷語攻擊她嗎？」

何哥、妖女翻了個白眼，表示對某人智商及情商的鄙視。

妖女溫和地教育三寶：「妳什麼時候見某人怕過什麼？如果妳現在告訴她，阿憶，地震了！她大概只會回你一個字。」

三寶撓撓腦袋想了半天：「什麼字？」

妖女輕輕吐出一個單音節：「喔。」

三寶聽完後恍然大悟：「有道理。這確實是阿憶的風格。」

何哥極其不屑地看向三寶：「尤其是妳什麼時候看過某人被妳這種二貨加吃貨嚇到過？」

三寶想反駁，卻找不到理由，只能氣呼呼地怒視何哥。

另一個女生看著三個明顯狀況外的人，小聲提醒：「她真的……」

話還沒說完，妖女率先拍桌子打斷她：「什麼意思啊，說她被包養不說我，怎麼了？看不起我的盛世美顏啊！」

何哥一臉彪悍地捏著拳頭：「什麼打架啊？沒打過架嗎？這根本就是秦銘單方面挨揍好不好！要不要我示範給妳們看什麼叫打架啊？」

三寶則笑嘻嘻地開口：「我說個更大的八卦啊，胡歌已經和我在一起了，我們也已經互相見過家長了，打算年底就結婚，妳們快幫我散佈出去吧！謝謝大家的祝福！」

隨憶則淡定地吃著早飯，看向窗外明媚的陽光，一臉滿足，人生真是美好啊！

她們一臉不可思議地看著四人組，然後落荒而逃。

三個人對著幾個人的背影誇張地「呿」了一聲。

隨憶看著她們簡單地解釋了幾句：「我父親昨天來看我，吃完飯送我回來時被秦銘看到了，所以……」

她們在同一個屋簷下一起住了這麼久，從來沒聽過隨憶提起「父親」這個詞，知道她大概是單親家庭，所以三個人很有默契地沒再繼續追問，繼續吃飯。

剛吃了兩口就聽見身後有人用不大不小的音量討論。

「學醫的就是開放，我們學校還沒出過這種事呢，真是新鮮了！」

「這哪有什麼，術業有專攻嘛，人家本來就擅長人體研究啊。」

「也不知道是怎麼考進來的，真是替X大爭光啊！」

很快地另一個熟悉的聲音響起，帶著呵斥：「別說了！」

隨憶一直靜靜地聽著，對於這種是非她一向不理睬、不在意、不回應，但是聽到熟悉的聲音，她眉眼一動。

其中一個聲音明顯不服氣：「她敢恬不知恥地做，我為什麼不能說？」

妖女氣極反笑，轉身去看，嘲諷地笑著說：「喲，這不是那誰和那誰嗎？」

妖女一眼就認出了那兩個人，是喻千夏的兩個室友。大概是因為蕭子淵的關係，以前遇到了也是愛搭不理的模樣。

「可不是嘛！一大早火氣就這麼大，是欲求不滿吧？」何哥也轉身看過去，很不屑地冷哼著。

三寶點點頭下結論：「我看是，大概是被人下了ＦＭ２[24]了。」

妖女笑得更厲害了：「唉！這麼嚴重啊？兩位女孩，要不要開點萬艾可給你們的男人吃啊？」

三寶一臉贊同：「萬艾可[25]，中國好硬度，喔耶！」

何哥忽然瞪妖女：「胡說什麼呢？她們怎麼可能找得到男朋友？」

「沒有男朋友也沒關係啊！」三寶一臉奸笑：「下次解剖課的時候，我們偷根長一點的骨頭出來給妳們啊，頂多那啥的時候只用一隻手抓床單就好了啊！」

妖女和何哥囑咐道：「嗯！那下次記得偷喔！」

三寶點頭微笑：「好的。我會打磨光滑的！」

眾人先是一頭霧水，到處問：「ＦＭ２是什麼？萬艾可是什麼？」

明白後哄堂大笑，紛紛感嘆：「學醫的孩子罵人不帶髒字啊！」

隨憶撫著額頭，聽著三個人唇槍舌戰頗為無奈，最後轉頭看了一眼，那兩個女生氣得渾身發抖，喻千夏的臉色也有些難看，心裡哀號一聲，這下樑子真的結下了。

從食堂出來後，三寶還在憤憤不平地咒罵，何哥和妖女在一旁附和，只有當事人隨憶氣定神閒地走在最後。三個人還時不時回頭對隨憶說：「阿憶，妳放心，我們挺妳！」

三寶忍不住問隨憶：「阿憶，妳為什麼不告訴他們那是妳爸？」

妖女像看白痴一樣看她一眼：「這個時候說出來誰會信？到時候還不是往阿憶身上潑髒水。」

隨憶一臉無所謂，其實她也不希望把這件事說出去。這件事知道的人越少越好，她不想惹麻煩，更何況妖女是對的。這些事已經錯過了最佳的解釋時機，事後再說根本沒人會相信。

四個人進了教學大樓，在教室門口遇見秦銘，看來林辰昨天真的下了重手，經過一夜那張臉腫得更嚴重了，簡直慘不忍睹……

他看到隨憶依舊是一臉鄙視的模樣，冷哼一聲進了教室。

隨憶也不在意，他對她而言，本來就是無關緊要的人。

課上著上著，教學軟體忽然用不了了，老師只能寫板書。隨憶撐著腦袋看著老師在黑板上一個字一個字地寫著，感覺似乎又回到了國高中時代，思緒漸漸飄遠。

等回神的時候講臺上已經換了人，系祕書站在講臺上正說著什麼，旁邊的三寶氣呼呼地盯著祕書，似乎下一秒就會衝上去咬他。

隨憶扭頭問：「什麼事？」

何哥笑：「學校為了學期檢查，要每個人填寫學生檔案。」

三寶咬牙切齒：「我最討厭寫我的名字了！檔案交上去後抽查學生肯定會抽到我！為什麼我要叫這個名字！」

隨憶忽然想起了什麼，看向三寶：「妳不是還有個哥哥嗎？妳叫任申，妳哥哥叫什麼？」

何哥同樣一臉好奇，「對對，妳哥哥叫任什麼？」

三寶冷哼一聲：「我爸媽的心思豈是妳們這些凡夫俗子猜得到的？」

何哥看了一眼臺上的祕書，繼續問：「快說！叫什麼？」

三寶看了看隨憶，又看了看何哥，繃著臉猶豫良久，極不情願地吐出兩個字：「申任。」

何哥瞬間笑到崩潰，趴在桌子上不起，隨憶低著頭不斷抖動雙肩。

片刻之後，大概兩個人都感受到了三寶越來越強烈的怒氣，便努力忍住笑容。

隨憶輕咳一聲，問：「妳確定那是人類的名字嗎？」

何哥拿出手機：「不行了，我要傳訊息給妖女彙報這件事。」

三寶氣鼓鼓地哼了一聲，趴在桌上裝死。

大概三個人鬧的動靜有點大，祕書很快看過來，笑咪咪地提醒道：「那邊的同學小聲點，我馬上就講好了，聽仔細一點，不要填錯了。」

三個人吐了吐舌頭，很快地安靜下來。

課後隨憶要去院裡一趟，在路口遇到班長，他正要把檔案表交到校辦公室，恰好醫學系的辦公室和校辦公室就在隔壁，班長便央求隨憶拿過去，隨憶欣然答應。

隨憶不常到校辦大樓，在樓裡轉了一圈才找到那個辦公室。一推門，裡面有七八個學生模樣的人在整理檔案，一室狼藉。

隨憶敲了敲門，屋裡有人聽到動靜看向門口，整間辦公室瞬間安靜下來，氣氛有些不對。本來還在熱烈討論著的幾個學生都降低了音量竊竊私語，邊說還邊看向隨憶。

隨憶很快明白了這是什麼情況，絲毫不在意，走進去把表格放到一疊同樣資料夾的旁邊。

剛準備離開就聽到負責的女孩叫住她：「啊，同學，妳先等等，我看一下沒問題了妳再走。」

隨憶安安靜靜地站定：「好。」

那個女孩和同伴又看了隨憶幾眼，把表拿出來，一張張翻翻著，似乎在找什麼，看到某一份時突然停下來，抽出來後又開始竊竊私語。

很快，其中一個女孩轉頭看向隨憶：「這是妳的吧？」

隨憶探頭看了一眼，嘴邊夾著一抹不出所料的嘲諷：「是。」

女孩指著某個空白處：「父親這一欄的資料沒填上。」

隨憶垂眸看了一下：「以前我也沒填過。」

「今年改了，一定要填。」女生的聲音讓隨憶覺得反感。

隨憶不想和她們糾纏，沉默片刻後很快微笑著淡淡吐出幾個字：「我沒父親，滿意了嗎？」

每個人都有不能觸碰的底線，隨憶臉上沒什麼表情，心裡卻已經到達了臨界點，如果那個女孩再多說一句，她就會真的翻臉。

有一種人，心裡越是生氣，表面上越是平靜，真的是氣到極點，臉上反而笑得燦爛。

而隨憶恰好就是這種人。

那個女生聽了，似乎抓住了什麼把柄便得意揚揚地吆喝開了，諷刺的意味很明顯：「喲，是單親家庭啊，單親家庭就是是非多啊。」

周圍聽到後又討論了起來。

隨憶挺直腰杆站在那裡，頂著質疑的目光，聽著不斷的猜測和諷刺，一動也不動，似乎置若罔聞，開口問道：「看完了吧，我能走了嗎？」

「走吧走吧。」

隨憶面無表情地轉身，誰知道身後的聲音更大了。

「是單親家庭啊，她爸爸是走了，還是離婚了？」

「單親家庭還好說，是不是私生女就難說嘍。一直聽說蕭子淵挑得很，原來他喜歡的是這種類型的啊。」

隨憶聽到這裡忽然惱了起來，就像心裡紮了一根刺，努力地說服自己卻怎麼都壓不下去，終於轉身看過去，目光尖銳犀利。

隨憶此刻臉上的溫婉褪盡，取而代之的是一種罕見的銳利。她冷冷地掃過一眼，聲音沉重緩慢地又問了一句：「單親家庭怎麼了嗎？」

女孩嚇了一跳，她沒想到這個溫溫柔柔的女孩子身上能有這種氣場，隨憶眼神裡的威懾讓她開始緊張：「沒……沒怎麼。」

隨憶盯著那個女孩：「我父親健在，而且我希望他健康平安一輩子，妳不知道可以問，但是不要詛咒他。」

「還有，妳不要提到蕭子淵。」隨憶眼底的寒意又起，直到剛才得意揚揚的女孩再也不敢看她時才緩了緩語氣，再次開口時臉色平和許多：「我怎麼樣是我自己的事，妳別提他。」

「蕭學長……」女孩旁邊的幾個人視線突然落在隨憶身後，臉上帶著尷尬，期期艾艾地叫了一聲。

隨憶一回頭就看到蕭子淵站在幾步之外，渾身散發著冷冽的氣息。

他瞇著眼睛，剛毅的下巴微揚，原本稜角分明的清俊臉龐此刻線條更加鋒利，眼裡夾著碎冰，嘴角卻又彎起一道極淺的弧度，流露出傲慢玩味的氣勢。

隨憶輕輕地皺了眉，氣場如此迫人，是真的生氣了吧？他從小在那種家庭長大，雖然眾星捧月但身邊充斥著察言觀色的人，大概他上的第一課就是「喜怒不形於色」，深知什麼是韜光養晦，知道怎麼隱藏自己的內心和情緒，所以才會是這樣深沉內斂、少年老成的個性。平日裡那股渾然天成的氣勢總是收在骨子裡，不輕易示人，昨天的疾言厲色已是反常，今天……他是因為那個女孩冒犯了自己還是冒犯了他？

蕭子淵很快地走了過來，輕描淡寫地問那個女生：「妳剛才說什麼？我沒聽清楚，再說一遍。」淡然無波的問話，所有人沒來由地背脊發麻，目光閃爍。

蕭子淵平日裡雖然臉上總帶著淡淡的笑，可目光又帶著疏離，舉手投足間又不怒自威，本就沒人敢招惹他，更何況現在似乎動了怒。

林辰依舊站在原地對著旁邊人冷哼：「他是不是平時笑得太多了？都有人爬到他頭上了，難道她們不知道，就算蕭子淵再愛笑也還是那個殺伐果斷、冷酷狠絕的蕭子淵？」

他們今天是過來領畢業證書學位證書，沒想到會碰上這一幕。

溫少卿想起了過去年少無知的自己被腹黑的蕭子淵欺負的日子，微微笑了一下，頗有幸災樂禍的意味：「難得看到他摘下面具，我得多看一會兒。」

那個女孩往旁邊看了一眼，似乎想要找同盟，可剛才還和她站在統一戰線的人紛紛低下了頭，她只能紅著臉小聲回答：「沒……沒說什麼……」

蕭子淵面無表情地看著那個女生，半晌後才開口，語速放得極慢，卻擲地有聲：「既然沒說什麼，那以後都不要說了。我不想再聽到半句。」

「對不起，蕭學長……」

蕭子淵的聲音突然低了一下去：「妳該說對不起的不是我，妳可以說我閒話，我真的不介意，但是妳不要說她。」

隨憶聽到這句，猛地抬頭去看蕭子淵，他低的不只是聲音，似乎連嘴角都沉了下去。她見不得別人在她面前說他的是非，一句都難以容忍，可他卻對別人說，他無所謂，一心只護著她。

本來她還不確定蕭子淵是為什麼生氣，怕自己想太多了，這樣看起來，自己倒是辜負了他的一番心意。

那個女孩雖然一臉不情願，卻也害怕蕭子淵所帶來的低氣壓，猶豫良久開口道歉：「隨憶，對不起。」

這下蕭子淵像是終於滿意了，牽起隨憶的手轉身走了出去。隨憶掙了掙，結果卻感覺到手上的力道加大。

一室的人冷汗涔涔，直到兩人都出了辦公室才鬆了口氣。

原本和蕭子淵一起進來的喻千夏則愣在原地。

有人不服氣，湊到喻千夏跟前：「本來就是，還不許別人說，喻學姊妳說是不是？就這樣的人還和妳搶蕭學長，太不自量力了！」

喻千夏冷著臉瞥了那個女生一眼：「如果妳想利用我達到某種目的，那妳就找錯人了。我是喜歡蕭子淵，我也確實是輸給隨憶，我心服口服，不會用別的方式中傷她。妳既然叫我一聲學姊，那學姊就大發慈悲奉勸妳一句，別人的家事少管，對妳沒什麼好處。」

說完，留下一臉驚愕的人也走了。

林辰和溫少卿對視一眼，都是摸著下巴一臉佩服。

林辰幽幽地開口：「這種女人還愁沒有男人喜歡？」

溫少卿故意涼颼颼地嗆他：「那你去追吧！」

林辰黑著臉轉頭看著溫少卿，一臉哀怨地嘀咕：「溫毒舌！誰再說你溫潤如玉我肯定敲醒他！」

出了辦公室，在無人的樓梯間，蕭子淵放開隨憶，低頭看著她。剛才他甚至沒有皺一下眉頭，此刻卻滿臉陰霾。

她的呼吸平穩安靜，可就是因為她太安靜了，他才為難。別的女孩子遇到這種事大概早就委屈得哭起來了，可她不哭也不鬧，如果不是他恰好碰到，她肯定提都不會提一句。昨天晚上還知道掉兩滴眼淚，今天好像就已經恢復滿血狀態，堅不可摧了，果真是個打不倒的大魔王嗎？

蕭子淵遲疑很久才開口，聲音安定有力：「妳不要在意他們說什麼。」

隨憶咬唇，語氣依舊平淡：「蕭學長，她們其實沒有說錯，我真的是單親家庭。」

沉寂中，隨憶聽到蕭子淵似乎嘆了口氣，清冽低沉的聲音響起：「我知道。阿憶，但那不是妳的錯。」

隨憶全身僵住，心底似乎有什麼緩緩流過，不由得抬頭去看蕭子淵，他竟然知道！

她今天一直想找個機會跟蕭子淵解釋一下，可總找不到合適的機會，她差點忘了，有林辰那個大嘴巴在，他有什麼事是不知道的？

這麼多年，第一次有人鄭重地對她說，那不是妳的錯。

她曾經想過如果她是個男孩，是不是所有的一切都不會發生？媽媽就不會那麼辛苦了，她也會有爸爸、有爺爺奶奶。今天的一切是不是就會不一樣？

她烏黑明亮的眸子像是浸在明澈的湖水裡，水汪汪地看著他。蕭子淵終究還是沒忍住，抬手將眼前的人擁進懷裡。她那麼瘦，瘦到讓他心疼。她又那麼堅強倔強，堅強倔強到讓他心疼。他忽然感到懊惱，為什麼他沒有早一點認識她，她獨自一人是怎麼經歷這些的？

清冽的男性氣息撲面而來，隨憶本能地掙扎，手裡攥著他腰間的衣料要扯開他。

蕭子淵緊緊地擁著她，把她壓進懷裡，心中所想就那麼不假思索地說了出來：「阿憶，妳可以相信我，我會好好保護妳的，別人再也不會傷害到妳。」

隨憶聽到後僵住，緊緊地捏著手裡的衣料，慢慢地把頭埋進蕭子淵的懷裡。

蕭子淵的聲音再一次在頭頂響起，緩慢而堅定：「阿憶，妳不要怕，我絕對不會是第二個隨景堯。我可以處理好我的事情，以後所有的困難，我也一定可以找到讓妳滿意的解決辦法，絕對不會強迫妳，妳不要擔心，一切都交給我就好。以後妳都不需要做大魔王，一切都有我在。妳可以放下過去的一切，我會對妳好。」

隨憶此刻終於明白一件事，喻千夏說得不對，不是蕭子淵栽在她這個坑裡，而是她栽進了蕭子淵這個坑裡，大概再也爬不出來了。

過沒幾天，隨景堯似乎是知道了什麼，約林辰吃飯，還讓他把蕭子淵也一起叫來。

隨景堯打量著眼前的兩個年輕人，其實按理說林辰該叫他一聲「姑丈」，可這麼多年來，林辰依舊稱呼他為「隨伯伯」，禮貌中帶著疏離，再也不見年幼時隨伯伯長隨伯伯短的親切，大概他也對那件事耿耿於懷吧。至於另一個……

隨景堯知道這是蕭家的太子爺，只是他們的交談似乎並不怎麼愉快。

隨景堯隨口說：「隨憶這孩子性子有些薄涼，難得她有你們這些朋友。」

蕭子淵笑了一下，意有所指地開口：「以薄涼之性，待薄涼之人，她沒做錯什麼。」

隨景堯一怔：「或許是吧，她還有點倔……」

這個女兒對他懷著一種和他劃清界限的執拗和倔強。

蕭子淵不以為意：「這種類型的倔強，我倒是很欣賞。」

隨景堯看向他，目光坦蕩磊落，言辭直白犀利，倒是個少見的年輕人：「你喜歡隨憶？」

蕭子淵好整以暇地回視：「不只是喜歡。」

「那是？」

「欣賞。」

隨景堯沉吟了一下，似乎在斟酌什麼：「在你眼裡或許她很好，但……」

「她當然很好。」蕭子淵難得主動出聲打斷別人：「她很善良，對誰都好。」

隨景堯笑了笑，還未開口便聽到下一句。

「就算您已經決定不要她了。」

蕭子淵看向他的眼睛，神色平和。

在商場摸爬滾打幾十年的隨景堯第一次在一個後輩面前失了神。

飯局結束的時候，隨景堯還是把那句話說了出來：「恕我直言，你們並不是良配。」

即便他少年老成，可喜歡一個人是藏不住的。

離開前蕭子淵留下一句話：「她喜歡誰，誰是她的良配，都該由她來決定。」

他們走後，隨景堯思索良久，吩咐祕書：「我記得那位秦同學家裡和隨氏是有合作的，你明白我的意思。」

祕書略一遲疑：「這樣做會不會影響我們的聲譽？」

隨景堯闔上眼睛，語氣低沉：「阿憶是我的女兒，她被人欺負，本來應該就是我要挺身而出，不能讓別人以為她家裡沒人。我隨景堯的女兒不是誰都能踩一腳的，我能為她做的也就這麼多了。」

祕書連忙稱是。

隨景堯上了車又開口：「還有，你去跟大小姐的學校聯繫一下，我想設立個獎學金。」

祕書點頭應下來。

祕書的動作很迅速，一天之後的晚間，隨景堯便坐在了學校演說廳的臺上，親切地和X大的學生聊起了天。

這些年隨景堯鮮少出席公眾活動，在X大設立獎學金也不是多重要的大事，他卻親自參加，搞得學校高層有些受寵若驚。

隨氏的名頭還是很響亮的，先不說能不能拿到獎學金，就是去看一看隨氏老大的真面目也是很吸引人的，結果就是X大的演說廳……不夠大。

到了和主持人一問一答的環節，臺下學生們的熱情更是空前高漲。

「請問隨先生為什麼用『憶』這個字作為獎學金的名字？是為了紀念什麼人嗎？」

隨景堯笑了笑：「是為了紀念沒錯，也是因為『憶』是我女兒的名字。」

主持人大膽猜測：「您女兒叫……隨憶？」

「是的，隨憶是我女兒，她也是X大的學生。」

「之前沒聽說過隨氏的大小姐在X大讀書呢。」

「她比較低調一些。我和她母親早年離異，她一直跟著她母親生活，可無論過去怎麼樣，她都是我的女兒。」

因為隨氏設立的獎學金金額可觀，所以今天來聽這場訪談的學生很多，幾輪問答之後，坐在下面的學生們越發不淡定了。

「天哪，不會是醫學系那個隨憶吧？」

「你覺得這個名字重名的概率有多大？」

「……這下烏龍了。」

「之前是誰說她被包養的？人家是千金大小姐還需要嗎？她包養別人還綽綽有餘呢！」

坐在臺下的秦銘現在的心情也很複雜，後悔自己當初怎麼就中了邪，她這樣的人怎麼會去傍大款嘛，豬都知道不可能啊，他當時是腦子進水了嗎？又想起這幾次見面被她避之唯恐不及的情景，後悔、煩躁一齊襲上心頭，立刻臉色難看地起身往外走。

當天晚上這個消息就傳開了，隨氏的資訊論壇上到處都是，而且這個姓氏並不常見，一切終於真相大白。

「你聽說了嗎，醫學系那個叫隨憶的人竟然是隨景堯的女兒！隨景堯啊！」

「誰？別開玩笑了！」

「誰跟你們開玩笑了！那天隨景堯親口承認的！人家才是真正的千金大小姐！你知道隨氏身價多少嗎？」

有不知情的人一頭霧水：「隨氏？哪個隨氏？」

有些見識的則一臉不可置信：「不會吧？隨氏啊！平時也沒看出來啊……」

隨景堯從學校離開的時候，司機試探地問：「隨總，現在就走嗎？您不再見見大小姐了？」

隨景堯嘆了口氣，「不了，我能補救的也只有這些了，不再打擾她了。」

隨憶寧願被潑髒水都不願承認他是她的父親，他這個父親到底做得有多失敗？他還有什麼臉面再去見她？

前幾天還目中無人或冷嘲熱諷的人再見到隨憶，恢復了之前的親暱熱絡，她一開始還覺得奇怪，後來知道發生了什麼，對她們的態度依舊不冷不熱，倒是其餘三個人看到特意討好的笑容便目不斜視地走開，大呼世態炎涼。

等日子再次歸於平靜，隨憶才想起來她似乎已經好幾天沒見到蕭子淵了。她想起那天晚上，蕭子淵送她回來時站在宿舍樓下說的話。

我知道妳現在不一定能接受我，我可以等，我不會逼妳，我們來日方長。

他就站在路燈下，眼睛裡夾雜著細碎的橙色光芒，目光篤定，嘴角含著笑，聲音輕緩又恬靜沉穩，看著她，只看著她，似乎眼裡心裡都只有她一個人。

這一切讓隨憶再一次怦然心動。

✓

天氣越來越熱，畢業典禮如期而至。

當天課後，隨憶她們經過露天禮堂的時候，裡面熱鬧非凡。蕭子淵站在講臺上代表畢業生講話，沉穩從容，聲音低沉悅耳。

三寶探頭探腦地往裡看，嘴裡還唸著：「還不結束，我還要找親學長合照呢，不知道這輩子還有沒有機會再見到親學長……光想想就好傷感……」

隨憶本來沒什麼感覺，只是遠遠地看著，聽三寶一唸，心裡忽然一空，這就要畢業了嗎？

何哥則一臉豔羨：「這就要放出去了？好羨慕，我還要被關在這裡受苦……」

妖女情緒有些低落：「妳們玩吧，我有點累了，先回去了。」說完便毫不留戀地轉身走了。

三個人都知道了她和喬裕的事情，面面相覷。隨憶想要叫住妖女和她一起走，還沒出聲，典禮就結束了，很快湧出大批穿著學士服的畢業生，妖女低著頭消失在人群中。

隨憶看著妖女離開的方向也有些沮喪，在她心裡的妖女不該這樣，她應該永遠張牙舞爪、精力充沛地調戲人。

愛情真是可怕，硬生生地讓她變成了另外一個人。

隨憶正在出神，就聽到身後有人叫她：「隨憶！」

隨憶一回頭，就看見穿著學士服的喻千夏拿著相機朝她笑，一臉的爽朗，一掃之前的陰霾。

隨憶的臉上很快揚起笑容：「喻學姊。」

喻千夏走過來，朝她揮了揮相機：「我畢業了，我們合照留念吧。」

隨憶笑著點頭：「好。」

「我來拍！」三寶自告奮勇地拿過相機。

鏡頭裡兩個年輕的女孩笑靨如花，喻千夏大方地攬著隨憶的肩膀，就像她們之間什麼都沒有發生過，她只是和隨憶關係很好的學姊。

三寶大聲喊了一聲OK後，喻千夏的手從隨憶肩上拿下來，似乎猶豫了一下才開口：「那一次在食堂……我室友她們那麼說不是我的意思。」

隨憶溫婉地笑著：「我知道。」

喻千夏一臉疑惑：「妳知道？」

隨憶挽著喻千夏的手臂往前走，「我說過，學姊是我見過最灑脫大氣的女孩子，這種事情是不屑做的。我還是相信，學生時期是最乾淨的地方，我們在學生時期裡遇到的人，是最真實可愛的人。我們的感情是最純粹不含任何雜質的感情，無論我們是否有過誤會或者衝突，我會防人，但不會去把任何一個人想像得不堪。」

喻千夏忍不住停下來，轉頭看著隨憶。

眼前的女孩子一臉溫婉，眼睛裡都是真誠，卻又有些讓自己看不懂。她看上去溫柔乖巧，可內心又那麼強大，每一次接觸都會被她身上散發出來的氣質吸引。

喻千夏不由得搖頭笑了出來：「我一直以為妳只是個涉世未深的小女孩，可蕭子淵跟我說，妳是知世而不世故。我一直不服氣，可現在我服氣了，心服口服。」

隨憶笑笑沒再說什麼，三寶舉著相機過來邀功，然後拋下兩個人去找溫少卿拍照了。

喻千夏看到相片很滿意，忽然抬頭看向隨憶，飛快地問了一句：「妳為什麼不喜歡蕭子淵？」

隨憶臉上的笑容沒變，看著喻千夏，笑容漸漸加深，只是沉默不語。

喻千夏也低下頭笑了一聲，又抬頭舉起雙手：「好了好了，我不問妳了，終於知道他們為什麼這麼怕妳笑了，連我都招架不住。」

隨憶波瀾不驚：「學姊，妳有沒有想過，其實他不一定是真的非我不可，只是妳越強求，他就會越遠離妳。」

喻千夏再次苦笑著搖頭：「只有妳才會這麼想。隨憶，妳一向淡定大氣，為什麼唯獨在蕭子淵這件事情上畏首畏尾的呢？我一直以為妳是不想和我爭，後來我才發現無論對手是誰，妳都不會去爭，到底是為什麼？」

隨憶又沉默。

喻千夏看了隨憶半天，一臉釋然：「唉，不想了，反正我也打算開始新的生活了，就讓蕭子淵從我的世界裡消失吧！」

隨憶微笑，喻千夏還是那個爽朗幹練的喻千夏，真好。

喻千夏跟隨憶揮手道別，走的時候表情有些奇怪。

隨憶一轉身，看到身後站著的人才明白喻千夏的表情為什麼奇怪，連忙咳了一聲掩飾：「蕭學長。」

蕭子淵看著她許久，緩緩開口：「我知道我自己在幹什麼，我不是叛逆。」

隨憶不知所措，她有那麼多不確定，對蕭子淵的感情不確定，對她自己不確定，對他們之間的距離不確定。她盲目地試圖尋找一個合理的答案來說服自己，卻每每都被蕭子淵戳破。

「叫了那麼久的蕭學長，學長畢業前給妳幾個中肯的人生建議。」

「什麼？」

「一是早點喜歡上我，二，等我回來。」

蕭子淵說完沒等她的反應就要她看鏡頭：「我要走了，合照留念吧。我們好像還沒有合照過。」

林辰拿著相機，站在幾公尺外的地方吆喝道：「站好了啊，笑一笑，我數一二三。」

閃光燈亮起的前一秒，蕭子淵忽然轉頭趴在隨憶耳邊，唇角勾著一抹意味深長的笑，「記住我的話，就算我走了，我們之間還沒完，一定要等我回來。」

清冽的氣息撲面而來，隨憶一驚轉頭去看，額頭正好蹭在他唇邊。

閃光燈亮起，畫面停留在照片上。又是一年盛夏，藍天白雲下，樹影斑駁，女孩的長髮被風吹起，溫婉乖巧，有著完美側臉的男孩一臉溫柔地笑著吻上女孩的額頭。

離校的前一晚，四個男生坐在宿舍的頂樓喝啤酒，看著畢業生們在底下笑著鬧著，在最後一刻瘋狂著，然後又抱頭痛哭。

畢業的興奮很快就被離別的傷感取代，一時間四個人誰都沒有說話。

林辰突然一臉正經地問：「你還是按照計畫出國，不會有變化是嗎？」

蕭子淵沉吟片刻，點頭：「是。」

林辰聽完後沒再說話，拿出手機找到當時他覺得兩人曖昧的那張合照，遞到他面前，過了半晌才再次開口：「我不知道你是怎麼想的。可那天我第一次見到阿憶……怎麼說呢，她從小對人就不冷不熱的，從來不會和別人起衝突，更不會為了某個人著急。我和她認識這麼多年，別人在她面前損我，她也只是笑著聽著，沒替我說過一句話。可那天她當著那麼多人護著你，我從來沒見過她那個樣子，你知道這意味著什麼嗎？」

蕭子淵低頭把玩著手機，微弱發白的燈光照在他的臉上，讓他的神色更顯晦暗難明，他修長的手指輕輕摩挲著螢幕上的合照，聲色如常：「我知道。」

林辰有些急了：「我真不懂你們，她不留你，你也不為她留下，你們難道就選擇這樣了？你是不是放棄了？你……不愛她了？」

蕭子淵一口氣喝光了一罐啤酒才開口：「不是。」

只有簡單的答案，沒有解釋。

一時間四個人都有些傷感，特別是喬裕，或許是想起紀思璿，眼眶都紅了，一句話也不說猛灌著酒。

林辰嘆了口氣：「作為兄弟，其實我倒更願意看到你和喻千夏走在一起，可你偏偏選了最艱難的一條路。」

蕭子淵抬頭看著漆黑天幕下的繁星許下諾言，鄭重而莊嚴：「於我而言，這世上有無數的喻千夏，而隨憶，只有她這麼一個。我不貪心，我只想要這一個。或許這條路我不能走到最後，但我會盡力往前走。如果真的有那一天，我妥協了，和別人在一起了，你們就都別理我了。」

無堅不摧、睿智淡定的蕭子淵終於承認他也有不確定，他也不是無所不能，他也有恐慌和落寞。

半晌後，林辰又問了一句：「你們到哪一步了？」

蕭子淵轉頭認真地看他：「我有分寸。」

林辰笑得無奈：「我就是怕你太有分寸了。蕭子淵，你是不是忘記向某人告白了？這麼重要的一步你為什麼跳過了？」

蕭子淵閉上疲澀的眼睛：「告白，我會做，但不是現在，現在我不得不離開，我的離開是為了將來能更好地守護她，等我能真正陪在她身邊的時候，我會去做。我不能給了她希望，讓她靠著這點希望慢慢熬成絕望。」

溫少卿聽完之後也有些動容，不經意地一轉頭，看到了一直沉默的喬裕。

在昏暗的燈光下，喬裕使勁仰著頭，溫少卿分明看到一滴清淚從喬裕的眼角滑落，淚水滑入髮鬢消失不見。

如隨憶所說，蕭子淵的人緣很好。他走的時候，有很多人去送，唯獨隨憶沒有去。

她最怕這種離別的場面，傷心傷情。而蕭子淵也沒有強迫她，只是打了通電話給她，而隨憶也極客氣地祝他一路平安。

當隨憶再回到學校開始新的學期時，某日走在校園的小路上才猛然發現，蕭子淵已經畢業了，她再也不會在這裡遇到那個清淡溫潤的男人了，再也不會。

她竟然後知後覺地心裡發堵，說不出的悵然若失。

日子依舊一天天過去，上課下課，吃飯睡覺，而隨憶似沒再想起過那個男人。

妖女似乎已經忘記了喬裕，依舊猥瑣，三寶依舊齷齪、何哥依舊爺們，隨憶依舊……表面淡定。

某天晚上下了課，一群人往外走，三寶上躥下跳地要去學校後門吃宵夜，幾個男生聽到了便嚇唬她。

「任爺啊，今天中元節，別到處亂跑了，快回宿舍窩著吧。」

三寶一臉鄙視地看著幾個男生：「你們也不看看我是誰，任爺我是清明節生的！」

「……」眾人默然。

隨憶不忍心看著一群花樣少年集體崩潰，試圖解釋道：「她真的是清明節出生的，我看過她的身分證。」

半晌，角落裡傳來一個聲音：「怪不得上天一直收不了妳……」

眾人哄笑。

等到快入冬的時候，何哥的紅鸞星終於動了，一個男生瘋狂地追求她，可惜是朵爛桃花。何哥秉著團結友愛同學的宗旨和他見過幾次後，就直接把那人從她的交往名單裡拉黑，時不時地能聽到何哥在宿舍裡吐槽。

「妳們都見過他那個大包包吧？裡面真的是什麼都有，衛生紙、水杯、護手霜，連梳子都有！他當自己是哆啦A夢啊？對了，今天下午一起上自習，妳們猜他坐我旁邊在幹嘛？在繡十字繡啊！老娘都不會的東西啊！知道他繡什麼嗎？哆啦A夢啊！他一百八十六公分啊！快一百公斤的大漢啊！竟然喜歡哆啦A夢！」

隨憶、妖女和三寶早已笑翻。

「妳們說我該怎麼辦！」吐完槽，何哥一臉苦惱地問。

妖女幸災樂禍：「我倒覺得你們兩個挺配的，男柔女強，天造地設的一對啊。」

三寶苦著臉思考了半天，冒出來一句：「連何哥都有人追了，為什麼沒人來追我？」

何哥瞇著眼睛問：「妳什麼意思？」

三寶低頭看看自己的胸，又看看何哥的胸：「憑胸而論，我覺得我比妳更女人。為什麼我沒有人追？」

何哥忙不迭地開口：「不然這個讓給妳吧！」

三寶斷然拒絕：「我才不要，我喜歡高大英俊皮膚白的！」

隨憶才是最可靠的那一個：「我覺得妳該帶他去聽藥膳食療李大廚的課。」

「為什麼？」

「聽學長說起過李教授的授課思路，李教授上堂課講的是怎麼吃可以有春藥的效果，讓妳喜歡的人熱情如火。按照正常情況，下節課的主要內容就是如何吃會讓妳不喜歡的人生不如死。」

第二天，何哥果斷聽信了「可靠隨」的建議，帶著某偽娘一起去上課。李教授果然不負眾望，在黑板上羅列了各種食物相剋的清單、食譜明細和服用方法，有植物人的吃法，有癱瘓的吃法，還有不定時骨頭痛的吃法。何哥一副很認真的樣子做著筆記，某偽娘在一旁本來聚精會神地繡著哆啦A夢，後來便一臉驚悚地盯著講臺上口沫橫飛的教授，連被針刺到了手也沒感覺。中途下課休息的時候，他就以跑路的速度收拾東西，像陣龍捲風一樣捲出了教室。

隔天，某偽娘大概也想通了，難得硬起來一次，在教室門口堵住何哥：「妳說，我有什麼不好？」

一群唯恐天下不亂的人圍成一堆起鬨看熱鬧。

何哥一臉不屑，嘟囔著：「不好的地方太多了。」

某偽娘一副受傷的表情，還不死心：「妳舉個例子嘛！」

何哥惡寒，鄙夷的眼神上上下下地打量著某偽娘，最後視線猥瑣地停在某處，緩緩吐出兩個字：「不舉……」

某男剛開始沒聽明白，還在不依不饒，「不行！妳必須舉！」

何哥盯著他，惡狠狠地回答：「我說了，不、舉！」

某男終於聽明白了，一臉愕然地指著何哥：「妳……妳……」

又以跑路的速度卷走了。

從此……杳無音信。

何哥身後都是相熟的同學，幾個愛熱鬧的男生起鬨學著某偽娘的語氣問何哥：「妳說，我有什麼好？」

何哥臨危不亂，再次緩緩吐出兩個字：「善舉。」

眾人又笑瘋。

✓

週末，隨憶和母上大人通電話，隨母吩咐有個朋友的孩子今年剛考進X大，讓隨憶抽時間去關心一下，順便把電話號碼給她。

隨憶敏感地聞到不正常的氣息：「母座，請問這是變相的相親嗎？」

誰知道隨母在電話那邊很不屑地諷刺她：『妳倒是想想，他還比妳小三四歲呢！妳想老牛吃嫩草，人家還不答應呢！』

隨憶承認自己敏感了：「好吧，媽媽，我明天就去。」

需要慰問的對象恰好是機械系的新生，隨憶便和他約在機械系教學大樓門口見。早到了幾分鐘，風有點大，氣溫又低，隨憶便進到樓裡等。

教學大樓的大廳陳列著歷年來學生的優秀作品，隨憶閒著無聊便一個個看過去。

她走到一個陳列櫃前停住，是他們一起做過的那個科技創新作品。似乎就是從那次科技創新大賽開始，他們之間開始糾纏不清。蕭子淵以強勢的態度進入了她的生活，點點滴滴地滲透。

她看到了自己的名字，緊鄰著的便是那三個字，往事毫無預兆地撲面而來，絲毫不給人任何喘息的機會。

不知是不是因為天氣寒冷的關係，隨憶顫抖著吐出一口氣。不知道為什麼，明明是普普通通的三個字，組合在一起竟然讓她心跳加速，喘不上氣來。

正出神，就聽到旁邊有人叫她：「隨姊姊？」

隨憶一驚，轉頭看過去，是一張青澀的笑臉。

隨憶一愣，很快回神，笑著回應。

24 FM2：一種麻醉藥、安眠藥。
25 萬艾可：治療男性勃起功能障礙的藥物。

第九章　積木的祕密，我愛你

身材高大的男孩子抓著頭，有些羞澀地說：「小的時候我們見過的，隨姊姊可能不記得我了。」

「呃……」隨憶勉強笑著，大腦高速運轉之後得出結論，真的是一點印象都沒有，但礙於母親的威嚴，她還是假裝熱絡地回答：「記得，怎麼會不記得呢。」

那個男孩子聽了之後似乎很高興，往隨憶旁邊一看，立刻睜大了眼睛：「是蕭神的作品呢！姊姊認識蕭神？」

不知道為什麼，隨憶的第一個反應竟然是否認，那三個字似乎沒經過大腦就跳了出來：「不認識。」

邊說邊心虛地拿手遮擋住標著她名字的地方。

好在男孩正一臉崇拜地看著作品實物，沒注意她的動作。

「蕭子淵是我們系上的大神！他簡直就是個傳說！現在老師講課時還是會提起他。不過聽說他出國留學去了，我沒機會見到了。」

隨憶敷衍地笑著：「是嗎？」

男孩似乎真的覺得可惜：「是啊，蕭學長真的很優秀。」

隨憶的心被那三個字撩撥得疼癢難耐，便不動聲色地轉移話題：「你在學校裡有沒有什麼不習慣的地方？」

男孩搖頭：「沒有。」

隨憶如釋重負，很快又說：「那就好，我今天還有事，改天請你吃飯，有什麼事情打電話給我也行，我先走了。」

隨憶說完這一大串之後，就離開。

她奉了懿旨，本來是打算請這個「弟弟」吃飯的，可現在卻沒了心情。

從教學大樓出來，隨憶才發現天上飄起了雪花，紛紛揚揚，綿延不絕。

這是今年的第一場雪，耳邊都是路人驚喜興奮的歡呼聲，而隨憶卻沉浸在自己的世界裡。

蕭子淵自從出國後便音訊全無，林辰讀了研究所後也越來越忙，每次見到總是行色匆匆，也從來沒提起過蕭子淵，她更不會問。

她以為再也不會有人跟她提起那個人，她也會慢慢忘記他。可當那個名字被人再次提起時，她才發現原來這個人早就走進了自己的心裡，不提起並不代表不記得。

他們明明很久沒有聯絡了，為什麼她還對他耿耿於懷呢？

隨憶微微抬頭看著漫天的大雪，忽然有些動容。

不知道為什麼，這一刻她忽然想起了那個除夕夜，現在她終於能理解蕭子淵傳那封訊息給她時的心情了，那是一種孤獨。在這個銀裝素裹的寂靜世界裡似乎只剩自己一個人存在的孤獨，是一種思念，一種不知從何說起的思念，萬千的情緒都只化作了那一句話。

『下雪了。』

隨憶拿出手機，按了幾下，然後愣住，最終還是放棄並刪除了。

其實他們早已錯過了最美好的時光，不是嗎？也是她一次又一次地推開他，而她卻在他們的關係似乎已近尾聲的時候突然動心。

是不是已經晚了？

這麼久都不聯絡不是已經說明了一切嗎？蕭子淵放棄了。

她不該動心的，她一定可以控制的。

隨憶抬起頭看著前方，努力彎起嘴角笑了一下。

✓

蕭子淵打完工回到住處，他在學校附近和一個歐洲帥哥合租了套公寓，屋前有漂亮的花園。他踏進門的時候正是日落時分，血色的殘陽依依不捨地緩緩下沉，庭院的燈剛剛亮起，附近的鄰居也一個兩個慢慢點亮燈，橘黃色的燈光照滿小院又籠罩著他，溫暖且窩心。

那天天氣很冷，蕭子淵就站在庭院中間，心裡卻是暖的，冷暖之間，他在橘黃色的燈光暈影裡似乎看到了某張笑臉。

不是不和她聯繫，而是知道欲擒故縱。

想到這裡蕭子淵不由得笑出來，其實他就是故意冷落她一下，這似乎有些……腹黑。

第二天，蕭子淵踏著厚厚的積雪去學校，天氣很冷，腳下的碎冰不斷傳來吱嘎吱嘎的聲音，街道銀裝素裹看上去很美，還有空地上不知誰堆起的雪人。太陽漸漸出來了，暖洋洋的。

剛出家門口便看到田哲站在馬路邊上似乎在等什麼人，看到蕭子淵一臉不好意思欲言又止，最後還是走了過來。

蕭子淵看著他淡淡地笑著，也不主動開口。

田哲從包包裡掏出個紮著粉紅色蝴蝶結的袋子，一看就知道是女孩子的東西，抓著頭遞給了他：「上次聚餐時遇到的那個金髮的俄羅斯女孩，你還記得嗎？她讓我給你的。」

蕭子淵不接也不看，而是看著田哲漫不經心地回答：「不記得了。」

田哲有點著急：「就是那個……」

蕭子淵打斷他，看著田哲的眼睛重複了一遍，聲音漸漸清冷下來：「我說，我不記得了。」

田哲反應過來，搖著頭苦笑：「蕭子淵就是蕭子淵，我就說不行，她一定要讓我來。」

蕭子淵神色如常：「你趕了半天的路來找我，就是這件事？」

田哲猶豫了一下：「也不全是，我是來謝謝你的。」

蕭子淵挑眉疑惑：「謝我？」

田哲深吸了口氣，終於鼓起勇氣開口：「那天……你走回來替我蓋衣服的時候我沒睡著，你說的話我聽到了。」

蕭子淵並不驚訝：「我知道，所以才會說給你聽。我從不做無用功的事。」

兩個人並肩往前走著：「那天我其實是打算喝了那幾瓶酒就從樓上跳下去的，沒想到碰到你。

我本來以為是天塌下來的事，誰知道跟你說完之後似乎也覺得沒什麼大不了的了。再加上聽了你說的話，越來越覺得自己真是沒必要。幸好那天遇到你了，不然我今天還不知道會在哪裡。一直想向你道謝的，可沒有合適的機會，最近又忽然想起來，幾天都睡不安穩，想著還是來和你說聲謝謝。」

蕭子淵依舊掛著清淺的笑：「不要放在心上，那是你自己想得開，和我無關。」

田哲笑了笑，知道蕭子淵不是施恩圖報的人，便轉了話題：「對了，我過年的時候要回國一趟，有什麼東西需要我帶回去的嗎？」

蕭子淵沒接話茬，反而笑著說起別的事：「或許……這次你可以努努力，帶個兒媳婦回去給你母親。」

田哲臉一紅，蕭子淵繼續說道：「你喜歡那個俄羅斯女孩吧？」

田哲不知所措地皺眉，似乎在掙扎什麼，蕭子淵拍拍他的肩：「多努力！」

說完就走了，走了幾步之後又想起什麼，回頭對田哲說：「我確實有東西需要你幫我帶回去，這週末我再去你學校找你，到時候希望聽到你的好消息。」

說完蕭子淵便走了，留下一臉糾結的田哲。

寒假前夕，林辰來找隨憶，交給了她一個方盒和一把鑰匙後說：「蕭子淵今年過年不會回來了，請人拿了樣東西回來，要我親自交給妳。」

隨憶遲疑著沒接過來，林辰便不管不顧地一股腦塞到她懷裡。

隨憶無奈，拿著手裡的鑰匙問：「這是什麼？」

林辰一臉賊賊的表情：「他說，妳知道。」

「我……」隨憶本來想反駁說她怎麼會知道，正說到一半就忽然想起了什麼，看著林辰不自然地咬著唇。

林辰一副果然的樣子，壞笑看著隨憶不說話。

隨憶低下頭擺弄著手裡的方盒，剛想打開看看就注意到林辰探著腦袋一臉八卦的表情，她瞪他，「你幹嘛？」

林辰討好地笑著：「我也想知道裡面是什麼。」

「那你怎麼不打開看看？」

林辰一臉深明大義：「我是有教養的人好嗎，不會偷窺別人祕密的！」

隨憶微微一笑，把打開了一半的方盒又啪一聲地闔上，笑容漸漸加深，慢條斯理地開口：「那為了不影響你的教養，我決定回去看。」

說完轉身走了，林辰在她身後氣急敗壞：「妳這個臭丫頭！放假等我一起回家！」

隨憶回到宿舍，坐在桌前慢慢打開，打開後看了一眼便慌張地闔上了，拿出手機打電話給林辰，一接通便問：「他說什麼了沒有？」

林辰反應半天才知道隨憶在說什麼：『沒說什麼，只說妳一定明白。』

隨憶心裡一驚，便掛了電話。那個方盒從此壓在箱底，再不敢去看一眼。

至於那把鑰匙，則被隨憶掛在鑰匙扣上，無視了。

幾天後，隨憶的一個學妹向她借以前的課堂筆記，隨憶轉身去櫃子裡找，筆記還沒找到，倒是先找到了很久都沒想起來的那套積木。

她也沒心思再找什麼筆記了，打開盒子坐在地上開始玩了起來。等學妹來敲門她才手忙腳亂地繼續翻找筆記。

「咦，學姊，這個木塊側面有數字啊？底部還刻了線。」借筆記的學妹好奇地翻了幾塊之後又補充：「咦？也不是每塊都有。」

隨憶之前也沒注意到，邊找筆記邊隨口回答：「是嗎？」

沒過一會兒學妹驚喜的聲音又響起：「這裡可以拆開啊！學姊，這是不是就是那個傳說中的榫卯結構[26]！妳從哪裡買的，真好玩！」

這套積木在隨憶手裡放了那麼久，她都沒發現，現在忽然被別人點破，她有點呆滯：「一個學長畢業的時候送的，他自己做的。」

學妹從隨憶手裡拿過筆記本，俏皮地開著玩笑：「學姊，那個學長是不是喜歡妳啊？」

說完也沒等隨憶回答便蹦了出去：「我走嘍！謝謝學姊！」

隨憶對著已經關上的門笑了笑，輕聲回答：「應該是吧。」

學妹離開之後，隨憶把能拆的都拆開，又按照數字拼在一起。

那是一個心形，心形的中央刻著兩個字。

隨憶。

分開來的時候確實是看不出來什麼，正常人都會當成是普通的劃痕。

不知道過了多久，隨憶才回神，低頭笑了笑，沒想到那個高坐神壇的蕭子淵竟然會做這麼肉麻的事情。

妖女、何哥、三寶推門進來的時候，看到隨憶坐在一堆淩亂的積木裡笑得詭異。她玩著玩著忽然站起來，拿了外套便往外走。

隨憶出學校後門站在某個社區門口出神，蕭子淵給她的那把鑰匙應該就是這裡的。她徘徊了半天還是進了社區。這裡她只來過兩次，而且是在很久之前，可似乎有什麼預感指引著她，一路走到了那套房子門前。

隨憶站在門口又開始猶豫，直到電梯門打開，隔壁的鄰居邊開門邊奇怪地看著她。隨憶怕被當成壞人，這才拿出鑰匙很快開門走了進去。

蕭子淵走了半年，傢俱上落了一層厚厚的灰塵。這裡的擺設還和她第一次來的時候一樣，只是少了個人。

隨憶繞著房間轉了一圈，走到臥室的時候看到床上的床單、棉被疊得十分整齊，靠近床頭左邊的那一角被子被折起。她上次來的時候就發現蕭子淵有這個小習慣，現在看來竟然有種親切的感覺。

打開衣櫃，裡面還留了幾件衣服，他的衣服顏色都偏冷色調。有一兩件她見過，但大部分並沒見過。隨憶想了想，其實自從她和蕭子淵相識以來，似乎並沒有特別熟絡的時候，一直保持著不遠不近的距離，除了幾次蕭子淵出人意料地越過界限，做些讓她想不明白的舉動。就像現在，她不明白，她連他的衣服都沒看過幾件，到底是怎麼對這個男人動心的？

還有蕭子淵，他又為什麼會喜歡她？

隨憶試圖理智地分析這件事，腦中卻越理越亂，轉了一圈之後便坐在沙發上出神，慌張、懊惱、不平靜的感情淹沒了她。最後，她煩躁地站起身開始收拾房間。

掃地拖地，清洗窗簾、床單、被套、擦桌子，當整套房子變得乾乾淨淨的時候，隨憶的心情似乎並沒有好多少。

她忽然開始討厭蕭子淵，她的生活明明已經恢復平靜了，為什麼他又突然冒出來打破這得來不易的安穩？

隨憶忙了半天，累出了一身汗，想著想著就迷迷糊糊地躺在沙發上睡著了。

不知道睡了多久，她被手機鈴聲吵醒了。隨憶一臉迷茫地坐起來，看也沒看便接了：「喂。」

那邊的聲音一傳過來，隨憶立刻就清醒了。

『隨憶。』

熟悉又低沉清冽的聲線，似乎還帶著笑意。

那邊許久等不到回答，又叫了一聲：「隨憶？」

隨憶很快回神：「我在聽。」

『妳在哪裡？』

「我在……」隨憶還沒反應過來自己在哪裡，環視了一圈後震驚得猛吸了口氣，然後鎮定地開始胡說八道：「我在宿舍。」

話音剛落，時鐘零點的報時聲響了起來，那邊的笑意似乎更濃了：『那真是巧啊，妳們宿舍的時鐘整點報時的聲音和我家裡的是一樣的。』

隨憶盯著正指向「12」的長指針恨得咬牙切齒，你就是故意這個時候打來的吧！剛才的怒氣似乎又湧了上來，隨憶冷哼著回答：「是很巧啊！這種時鐘又不是只有你會買！而且這種聲音又不是你自己錄的，憑什麼就不能有第二個地方有這種聲音？」

蕭子淵心情極好地聽完隨憶發飆，小貓終於惱羞成怒，開始炸毛了。

蕭子淵突然轉了話題，語氣溫柔地請她幫忙：『鑰匙妳收到了吧？那房子的陽臺上有幾株花草植栽，我走得太趕，忘記請人打理了，妳有時間可以去幫我看看嗎？』

他語氣懇切，似乎並不在意剛才隨憶的放肆，隨憶突然有些內疚於自己剛才的敏感，很快地站起來，邊往陽臺上走邊問：「你放到哪裡了，我……」

推開陽臺的門，只有兩盆仙人掌孤零零地站在那裡。

隨憶再次發飆：「你那兩盆仙人掌需要人打理嗎？等你回來它們都死不了！」

那邊的笑意再次隨著話音傳來，『妳怎麼這麼快就知道是仙人掌？』

「我……」隨憶詞窮，懊惱自己怎麼會這麼輕易就上了當。

蕭子淵輕咳了一聲，似乎在努力壓下笑意：『對了，客廳的鐘是我自己改造過的，妳仔細聽，它的機械聲和一般的鐘不一樣。還有整點報時的聲音是我妹妹小時候剛學小提琴的時候錄的，指法生疏，曲子裡有走音的地方。』

說完又安靜了下來，他的話是在告訴隨憶，這種時鐘只有蕭子淵家裡有，這種聲音真的是他自己錄的，絕對不會在第二個地方出現。

謊言被戳破再加上剛才無緣無故的惱羞成怒，隨憶很快做出了明智的決定。

蕭子淵等了半天就聽到「啪」地一聲，電話被掛斷，想到電話那頭某人臉紅窘迫、惱羞成怒的樣子，情不自禁地笑了出來。

那天之後，蕭子淵似乎又重新霸佔了隨憶的生活，明明是在千里之外，卻似乎無處不在。閒來沒事就調戲她似乎成了他最大的樂趣。

某天，隨憶在課上正昏昏欲睡的時候又收到蕭子淵的訊息：

『今天天氣好冷啊，我出門的時候找了半天才想起來圍巾在妳那裡。』

語氣平淡，似乎只是閒聊。

隨憶忍住翻白眼的衝動，蕭大學長，不過是條圍巾，你到底要說多少次才肯甘休！

某天早晨，隨憶起床時發現手機裡有封訊息，是半小時之前收到的。

『阿憶，我很想妳。』

算了算時間，那邊應該是半夜，隨憶有些不忍，便打了通電話給他。

蕭子淵接起電話的聲音有些憔悴，時不時伴隨著咳嗽，聊了幾句才知道他還在實驗室，不知道是第幾個通宵了，聲音嘶啞著，應該是感冒了。一個人在異國他鄉，學業繁重，又生病了，就算強大如蕭子淵也會脆弱吧，所以才會傳了那封訊息。

那個國家的冬天應該挺冷的吧？

隨憶挑來挑去都覺得外面賣的圍巾都不夠厚，就買了毛線回來自己織。

三寶晚上回來看到後就撲了過去，眨著眼睛裝可愛：「阿憶，妳是要織給我的嗎？我早上才說冷，妳晚上就織圍巾給我，我好感動！」

妖女拎起某隻自戀的生物教訓著：「妳看看那顏色，會是織給妳的嗎？就算別人不把妳當女人，妳也該把自己當女人吧？」

三寶看了幾眼，突然笑著看向何哥：「何哥，那一定是給妳的！」

何哥躺著也中槍，吼了一聲劃清界限：「才不是給我的！老娘一直都當自己是女人！」

隨憶清咳一聲，微笑著看著眾人，輕描淡寫地解釋道：「不是給妳們的。」

三寶哀號一聲再次撲上去：「阿憶，妳不要拋棄蕭學長啊！我們學校沒有比蕭學長更好的男人了啊！妳要懸崖勒馬，回頭是岸，放下屠刀，立地成佛啊！」

妖女何哥齊齊感嘆：「真是那句『始皇既沒，餘威震於殊俗』啊！」

隨憶總結：「……這是一條圍巾引發的成語運用和古文背誦。」

一週後，遠在異國的蕭子淵打開包裹看到裡面的圍巾時，有一剎那失了神，然後慢慢笑出來。他當天的效率特別高，下午的報告還得到了導師的讚揚。

安凱德教授是個典型的德國人，嚴謹勤奮，一絲不苟，對學生要求也極高，讚美學生的次數簡直是屈指可數。不少同實驗室的同學暗暗朝他豎起大拇指，蕭子淵只是謙遜地笑了笑。

蕭子淵的好心情還沒維持多久，晚上回到家，他打開盒子拿出上面的圍巾，然後就盯著盒子底部的另一條圍巾愣住了。

原來她寄了兩條，下面的圍巾就是之前給隨憶的那一條，她還特意壓在下面。

她竟然真的還回來了！蕭子淵恨得咬牙切齒，恨不得直接飛回去蹂躪她一番。

唯一值得欣慰的是盒子的角落裡還有一盒薄荷茶，一小盒冰糖。

又過了幾天，隨憶一直沒再收到蕭子淵的訊息，便主動傳訊息問他：

『東西收到了嗎？』

蕭子淵盯著手機氣定神閒，回：『什麼東西？』

隨憶算了算時間也該到了，回答：『我寄給你的圍巾啊。』

『喔。』

隨憶盯著螢幕上那個字皺眉，這是收到了還是沒收到？為了確定又問了一句：『收到了？』

蕭子淵打開盒子，拿幾片薄荷葉丟進茶杯裡，又放了塊冰糖，悠閒地回覆：『沒有。』

碧綠色的葉子在茶杯裡沉浮，氣味清涼醇厚，蕭子淵抿了一口，茶的苦澀被冰糖的甜蜜掩蓋，絲滑潤喉。

過了一會兒，訊息聲又響起：『我剛查了，簽收了啊。』

蕭子淵打算要賴要到底：『妳確定是我簽的？』

那邊又隔了很久才回覆：『不確定。』

隨憶忍不住直接打了電話過去，蕭子淵很快接起來。

「你真的沒收到嗎？」

『沒有。』蕭子淵看著床頭的圍巾，睜著眼睛說瞎話。

隨憶嘆了口氣，有些沮喪：「那是不是寄丟了？」

蕭子淵的聲音裡帶著無辜，一本正經地回答：『大概是的。』

回答完之後又低頭笑出來，蕭子淵啊蕭子淵，你到底是有多無聊，多小心眼啊。

蕭子淵勾著唇角喝了口水，絲毫不知悔改地在心裡聲討自己。

隨憶突然著急起來：「那怎麼辦？我本來還想告訴你，那罐薄荷茶你千萬不能喝，剛剛我接到我媽媽的電話，她說她曬薄荷葉的時候，隔壁家的小狗在上面撒了尿，後來她搞混了就帶來給我了。她剛剛想起來，要我千萬別喝。現在不知道被誰收下了，萬一他喝了……」

隨憶留了半句，讓當事人留下遐想的空間。

『咳咳……』蕭子淵猝不及防地嗆到了。

隨憶像模像樣地關心：「蕭學長，你怎麼了？」

蕭子淵把杯子放到桌子上，輕咳了一聲，有些不自然地問：『妳說的是真的？』

這下換隨憶優哉遊哉地回答：「假的。」

蕭子淵做了個深呼吸，搖著頭笑出來，小貓又開始炸毛反擊了。

隨憶的聲音低了一下去，自言自語地嘀咕：「誰叫你說沒收到的……」

蕭子淵站在窗前，看著庭院裡的夜燈閃爍，眼前浮現出隨憶的影子，此刻的她應該是帶點小得意地笑吧？

蕭子淵沉默片刻，臉上的表情越發嚴肅認真，隨即緩緩開口：『隨憶，妳現在是在關心學長還是關心我？』

又是這個問題，隨憶突然斂了神色，沉默。

蕭子淵這次沒有那麼輕易地放過她，收起了剛才的玩笑：『妳為什麼總是不承認妳關心我呢？』有句話蕭子淵本來打算等回去以後再慢慢說的，可現在他忽然等不及了：『隨憶？』

隨憶悶聲答了一句：「嗯？」

蕭子淵本覺得矯情又幼稚的三個字，本來以為這輩子都不可能會對誰說的那三個字就那麼自然而然地從嘴裡滑了出來。

『我愛妳。』

電話那邊明顯傳來一陣抽氣聲，然後電話再次被掛斷。

蕭子淵忍不住低著頭苦笑，一臉的無奈。

他的房門大開，合租的小夥子聽到他的笑聲走過來敲門，用生硬的中文問：「蕭，你怎麼了？」

蕭子淵轉頭，瞇著眼睛，半晌才回答：「我長這麼大第一次告白，竟然被對方掛電話了。」

他的語速放得極慢，似乎在消化著這個難以置信的消息，也或許是為了遷就對方蹩腳的漢語。

對方睜大眼睛，捂住因為震驚而張大的嘴巴：「不會吧！」

然後便嘰哩呱啦地說著自己國家的語言，大意是說，怎麼可能會有女孩子拒絕你！後來又熱心地安慰蕭子淵不要難過，他可以把他的妹妹介紹給蕭子淵。

蕭子淵伸出手指揉著眉心，哭笑不得。

還是太著急了嗎？嚇到她了？

那天表白之後，蕭子淵再跟她聯繫，隨憶就裝死。

但她記得蕭子淵的託付，時不時會去那套房子打掃一下，還順便帶了幾盆花草去給兩盆仙人掌做伴。她總覺得房子裡不住人，要養點花花草草才顯得有生氣。

等過完年再開學，隨憶她們就要被分到不同的醫院實習了。

醫院裡人來人往的，總會遇到不想看到的人。

隨憶她們不過是幫主治醫師打雜，積累些臨床經驗，本來是沒什麼，可是最近總有個男人在隨憶值班的時候來找她看病。隨憶跟他解釋了幾次，自己只是實習的，看病要找正式醫生，可那個男人總聽不進去，還都是一些雞毛蒜皮的小毛病，明眼人一看就知道醉翁之意不在酒，可他總是裝著一臉痛苦的表情，當著那麼多人的面，隨憶又不能拒絕。

那天那個男人來看病的時候，湊巧三寶來找隨憶，正好碰上。

貌似精英的某男揉著眼睛，一副虛弱的樣子問：「醫生，我最近眼皮老是跳，是怎麼回事啊？」

三寶雖然穿著白袍，卻絲毫沒有救死扶傷的精神，在一旁東摸西摸，冷不防地來了一句：「眼睛痛？建議把眼睛截肢啊！」

隨憶和某男同時黑線。

隨憶看著三寶，小聲問：「妳怎麼什麼都說眼睛截肢？」

三寶笑咪咪的：「這是我和何醫師共同探討得出的結論，放諸四海而皆准。」

隨憶扶額，秉著當一天和尚敲一天鐘的宗旨對某男說：「眼皮跳？坐下來我幫你看看，哪隻眼睛一直在跳啊？」

某男立刻眉開眼笑：「右眼。」

「喔，右眼啊！那你得小心了！有句話不是說了嗎，左眼一跳桃花開，右眼一跳菊花開。」三寶眼前一亮，一臉猥瑣：「你好事將近喔，恭喜恭喜！記得把男朋友帶來發喜糖喔！」

隨憶看到某男渾身一抖，很快站起來，結結巴巴地開口：「那個……醫生，我好了……」然後逃也似的離去。

三寶很滿意地對著落荒而逃的背影擺手道別，然後扭頭對著隨憶笑：「妳說，等蕭學長回來了，會不會給我發個臭蒼蠅殺手獎？」

隨憶看著這個整天沒心沒肺的女孩，心裡嘆氣。怎麼又提蕭子淵，怎麼總是有人不時地跳出來跟她提蕭子淵！蕭子淵都走了多久，妳們都中了蕭子淵的毒嗎？

隨憶又想起那天講電話的時候，蕭子淵竟然毫無徵兆地說……他愛她？

他是病糊塗了嗎？

這三個字怎麼是那個人會說出口的？

隨憶搖搖頭，這個世界太混亂了。

隔了幾天某男再次到訪，進門前還特意探頭環視了周遭一下，大概是怕碰到上次那個無厘頭的女孩。當他看到只有隨憶在的時候，鬆了口氣，抬腿走進來。

隨憶照例面無表情地問：「哪裡不舒服？」

某男眼睛都沒離開隨憶的臉：「醫生，我最近總是流鼻血。」

恰好那天隨憶心情不大好，隨口囑咐道：「已經很久沒下雨了，天乾人燥，多喝水，多吃水果，少看片。」

「……」某男一臉艱難地想解釋：「我……」

隨憶拿著筆在開藥：「我給你開點清熱降火氣的藥。沒關係，如果到了你這個年紀還不知道要節制，那真是你未來老婆的悲哀。」

某男有些尷尬，試圖把話題拉回來：「不是的，醫生，真的老是流血，我一點感覺都沒有就流出來了……」

某男說這句話的時候，正巧何哥扶著捂著肚子、一臉虛弱的三寶撞門進來，三寶嘴裡還嚷嚷著：「阿憶，有沒有紅糖？」

她們兩個進來的時候剛好聽到最後那句話，三寶立刻火大，朝著某男怒吼：「一點感覺都沒有？怎麼樣，你還想痛經啊？」

某男看到三寶後瞳孔突然放大，一臉害怕，再次很快起立轉身跑了出去。

隨憶趴在桌上笑，三寶苦著臉湊過來：「別笑了，阿憶，有沒有紅糖？我要沖一杯，老子疼得要駕鶴西歸去了。」

隨憶邊笑邊點頭，站起來去沖紅糖水。

自此之後，某男再也沒有出現過，隨憶的生活一下子清靜了。

而蕭子淵也開始忙碌起來。

他似乎察覺到了她的抵觸，於是那個話題也沒再提起過，隨憶暗地裡鬆了口氣。

等隨憶再次見到蕭子淵，已經是放暑假的時候了。

隨憶是在前一天晚上接到林辰的電話，聽到蕭子淵回國的消息，她還有些反應不過來，舉著手機愣在那裡。

林辰沒發覺她的異常，繼續說：『他明天下午會來學校，和以前要好、留在本地發展的幾個人約，一起吃個飯，妳也來吧。』

說到這裡頓了一下，試探著開口：『喬裕也會過來，妳問問紀思璿願不願意來。』

隨憶看了眼正專心畫圖的妖女，這一年雖然她和喬裕在同一座城市卻沒有再聯繫，一心沉浸在學業上，比以前安靜了不少。

隨憶起身去了陽臺，聲音壓低：「我一會兒問問吧，多半怕是不會去。」

林辰在那邊嘆了口氣，似乎有些為難。

隨憶想到了什麼，問：「喬裕要你找她去的？」

『喬裕嘴上是什麼也沒說，可臉上都寫著呢！』林辰又嘆了口氣：『唉，不來也好，妖女那張嘴太毒，畢業之前喬裕去找了她一次，一個大男人，回來的時候眼睛都是紅的。不見也好，見了怕是會更傷心。那明天下午我再通知吧！』

本來不是對她說的，可隨憶卻把那句話聽了進去。

不見也好，見了怕是會更傷心。

這話對她和蕭子淵來說，也是適用的吧。

隨憶很快回神，委婉拒絕：「我訂了明天下午的票回家。」

林辰皺眉：『改簽呢？晚一天走不行嗎？』

蕭子淵回來主要還不是想見她，她走了他該怎麼跟蕭子淵交代？

隨憶態度堅定：「我都和我媽媽說好了。」

林辰知道她在躲什麼：『阿憶……』

隨憶沒讓他往下說，聲音裡帶著笑意打斷：「下次再說吧！你們好好玩。」

『他回來就是為了……』，「見妳」兩個字還沒說出口，隨憶就掛了電話。

林辰聽著電話掛斷的嘟嘟聲愣住，怎麼躲得這麼快，難道蕭子淵又幹了什麼他不知道的事情？

掛了電話後，隨憶站在陽臺上看著遠處的天空，湛藍的天幕上，幾隻鴿子飛過，不留一絲痕跡。

隨憶努力彎起嘴角笑了一下，然後轉身回屋，坐到妖女身邊不出聲。

妖女翻著手裡的書，轉頭問：「有事？」

雖然知道結果，但隨憶還是覺得應該讓妖女自己決定：「明天……」

「我不去。」妖女很快低下頭去，看似很忙碌：「中午碰上幾個留校讀研究所的學長，他們有跟我說了，我不去。」

「好。」隨憶應了一聲，她和妖女都不是拖泥帶水的人。

第二天傍晚，隨憶拖著箱子走到校門口附近時，正好看到樹下站了一群人正左顧右盼，似乎在等著什麼人，有不少還是熟悉的面孔。

林辰一轉頭看到她，便叫她：「隨憶！」

隨憶本打算悄悄走過去的，誰知道還是被發現了。她只能僵硬轉身，掛起微笑抬頭，硬著頭皮走過去打招呼：「各位學長好。」

眾人紛紛笑著回應，林辰又問了一句：「真的不留下來一起吃飯了？」

隨憶風輕雲淡地搖頭，跟他告別：「再不走就趕不上車了。」

旁邊一個男生恰好從她身邊講著電話經過，他半低著頭，眉宇間不乏溫情，大概是在和女朋友講電話，輕聲交代道：「我還在路上，你先吃飯，等我回去找你……」

隨憶一下子愣住，她突然想起很久之前，在那家飯店閃耀的燈光下，某個男人也曾如此溫柔卻又強勢地對她說過類似的話。

吃完飯早點回去，別太早睡，等我回去找妳。

等我回去找妳……

這句話似乎就在耳邊響起，眼前還是蕭子淵清俊優雅的臉龐，狹長漂亮的眼睛微微瞇著，柔情似水，正歪著頭對她笑，眼睛裡的光彩和寵溺讓她沉溺。

隨憶出了神，站在公車站牌旁看著公車一輛一輛地開走，她知道她該走了，再不上車就真的來不及了，可雙腳卻像是被釘在了地上，一步都移不動，往事不斷浮現出來。

怕不怕？

妳不是別人。

阿憶，那不是妳的錯。

隨憶，我愛妳。

隨憶幡然醒悟，不是別人中了蕭子淵的毒，中毒的正是她自己。

「隨憶。」

那個聲音越來越真實，好像真的就在身邊。她下意識地抬頭去尋找。

隨憶一抬頭便愣在那裡。

蕭子淵背對著夕陽站在那裡笑著叫她，往事一幕幕地湧上來。隨憶看著眼前的蕭子淵，他就像是穿越時光走到她面前，虛幻卻又真實。

火熱的太陽快要下山了，空氣中沒有燒焦般的灼熱，從地上看她的影子能看到垂下來的馬尾，亦能看到幾步之外他的影子，眼前還晃動著那雙清涼的眸子。

他就站在離她不遠的地方，帶笑的目光落在她的臉上。

真好，空氣中的薄荷味若有似無，似乎他從未離開過。就像初見那年夏天，她站在樹下等三寶，聽到有人叫她，一回頭就看到他和林辰、喬裕、溫少卿站在一起，看著她笑。

那一刻隨憶的心裡突然間變得癢癢的，有個想法慢慢破土而出。

這是她想要的。

很多人說她清心寡欲與世無爭，其實她只是不知道自己到底想要什麼。既然那是別人想要的，而對她來說又是可有可無，那她不如成人之美。可現在，眼前這個男人卻讓她想占為己有。

林辰抬手看了眼腕上的錶：「還沒走？已經來不及了吧。」

隨憶很快回神，淡定地撒謊：「我……我沒擠上公車。」

蕭子淵轉頭看了一眼，到火車站的那輛車剛開走，還能清楚地看到車牌號碼，然後轉回來若有所思地看著隨憶。

林辰似乎很高興：「那就別走了，反正也趕不上了。」

隨憶沉默，沒說行也沒說不行，似乎在掙扎。

蕭子淵靜靜地看了隨憶幾秒鐘，笑著轉頭對其他人說：「你們先過去吧！那個地方我知道，我馬上就到。」

眾人很快離開了，留下蕭子淵和隨憶相視而立。

隨憶終於鼓起勇氣抬頭去看蕭子淵，目光閃爍。他似乎瘦了，五官越發明晰清俊，大概是坐了太久的飛機，仔細看就會發現眉宇間掩飾不住的疲憊，他也不說話，只是這麼靜靜地看著她，唇角微彎。

良久之後，蕭子淵才開口打破沉寂：「留下吧。」

這三個字在她的心裡激起千層浪，隨憶只是張張嘴，之前對林辰說的那些話卻怎麼都說不出來，只垂著眼簾：「我……」

其實她根本沒打算那麼早回去，連票都是昨天接完電話才訂的。

蕭子淵走過去把她的行李箱拿到自己手裡，低頭看著她緩緩開口：「明天我再親自送妳回去也不行嗎？」

隨憶一愣，抬眼看他，難得見到蕭子淵有些孩子氣地撒嬌向人商量，她只能像是受了蠱惑似的傻傻地點頭。

每一次的猶豫或掙扎、留戀或遺憾、渴望或心痛，都在發生後的下一秒內無形地融入體內，侵入骨髓，從此揮之不去。這些情緒它們會在某一個時刻突然積聚成團向妳襲來，讓妳無力招架，只能本能地聽從自己心底最深處的想法，心甘情願地成了奴隸。

當晚蕭子淵似乎特別高興，平時不怎麼喝酒的他竟然來者不拒，連隨憶的那份都替她擋了。

隨憶坐在他旁邊，小口地喝著果汁，不時轉頭看他一眼，每次回頭總能被眉眼染著笑意的蕭子淵逮個正著。他的手一直放在桌下牽著她的手，溫暖乾燥。

或許是沾了酒，他的眉梢眼角帶著春意泛紅，看得隨憶的心怦怦直跳，表面上卻鎮定自若地掉轉了視線，假裝什麼都沒看到。

喬裕是中途才出現的，西裝革履，看樣子應該是才從會議上解脫出來，連衣服都來不及換好。進了門不動聲色地環視了一圈後，眼裡零星的光亮很快消失，繼而被一片陰霾替代。

看到蕭子淵回來，他還是很高興的，很快就坐到蕭子淵身邊笑著打招呼，兩個人隨便聊著。

後來等沒人注意這邊的時候，兩個人的話題就變了，聲音也明顯低了下去。升遷、外調、落馬、佈局，類似的詞不絕於耳，隨憶聽了幾句後便站了起來。

這些話不是她該聽的，儘管蕭子淵並不避開她。

蕭子淵抬頭去看她，隨憶笑著開口：「我去一下洗手間。」

隨憶垂著眼睛站在洗手間的鏡子前許久，良久之後回神，洗了洗手便走了出去。

沒走幾步就看到喬裕站在走廊轉角的窗前抽菸，正仰頭看向窗外，背影寂寥落寞，似乎並沒有注意到她。

隨憶看了幾眼便悄悄從他身後走過去，眼前卻閃過妖女時常對著書本出神的樣子。

這兩個人真像。

最後散場的時候已經接近淩晨，蕭子淵明顯喝多有些醉了，眾人提出要送他回去，被蕭子淵拒絕，拉著隨憶的手腕不放：「不用了，好久沒回來了，我想去逛逛學校，你們先回去吧。」

眾人很懂事地離開，留下隨憶獨自一人扶著有意無意壓在她身上的蕭子淵。

眾人一走，蕭子淵便站直了，隨憶睜大眼睛看他：「你沒喝醉啊？」

她剛剛還在擔心他，可現在看他眼底一片清明，哪裡還有剛才喝醉了的樣子？

蕭子淵揉著眉心，似乎有點累了：「是喝有點多了，但還不至於醉。他們那群人如果鬧起來沒完沒了的，不把你灌醉不甘休，那你不如就裝醉吧。」

隨憶低眉順眼地點頭，暗自腹誹，真是腹黑。

蕭子淵歪頭看她，似乎已經洞悉了她的想法，帶著戲謔的笑：「妳在想什麼？」

隨憶立刻搖頭，一臉無辜。

蕭子淵不知是不是喝多了，又笑了起來，抬手摸了摸她的腦袋，日光越發溫柔：「走吧，陪我逛逛，散散酒氣。」

校園裡靜悄悄的，只有路邊的路燈散發出昏黃的燈光，兩個人的影子交疊糾纏，一路向前走。

夏日的夜晚，早已退去了白日的燥熱，微風吹過，涼爽舒適。兩個人沉默無言，卻並不尷尬，反倒覺得靜謐溫馨。

經過露天禮堂的時候，兩個人都默契地停住。

隨憶看著陷入一片黑暗的主席臺出神。記得去年這個時候，蕭子淵從這裡畢業，他穿著學士服站在臺上代表畢業生致辭，自信從容，後來他們在這裡合照，他在她耳邊說，就算他走了，他們之間也沒完，要她等他回來。

原來這麼快就一年了，他也如當時所說，真的回來找她了，儘管只是暫時回來。

隨憶還在回憶著，蕭子淵的聲音緩緩響起，大概是喝了酒，一向低沉清冷的聲音此刻帶著懶洋洋的暖意。

「那天畢業典禮我站在那裡唸著無聊的致辭，心不在焉的，看到很多人站在週邊看，正想著妳會不會出現，誰知道下一秒妳就真的出現了，就站在我們現在站著的這個位置。我當時真的嚇了一跳，差點唸錯講稿。」

蕭子淵大概是想起了當時的情景，低下頭笑起來。

隨憶眨眨眼睛，無聊的……致辭？心不在焉？天哪，如果老師們知道他們眼裡的好學生蕭子淵心裡的真實想法，會不會想要一頭撞死？

蕭子淵很快抬頭，笑著看向隨憶：「我記得那天妳穿了件白色雪紡的裙子，我有沒有跟妳說過，妳穿裙子很好看？可我不在的時候妳不能穿……」

蕭子淵反常地話多，隨憶微紅著臉頰上前，下意識地扶了一下他的手臂：「你是不是真的醉了？」

誰知道下一秒就被蕭子淵拉進懷裡，她剛要掙扎，他的呢喃便在頭頂響起：「阿憶，妳發現積木的祕密了嗎？很久之前，我就把我的心給妳了，只要妳的一顆心，妳怎麼能再推開我？」

他懷裡薄荷的清香夾雜著清冽的男性氣息撲面而來，縈繞在鼻間不散，隨憶嚇了一跳，從心底冒出來的悸動讓她不自覺地顫抖。

那顆積木組裝起來的心乾乾淨淨的，只有她的名字，原來是這個意思。

她眼中的蕭子淵睿智淡定，淡漠內斂，哪裡會說得出這種話來？

她的理智提醒著她，他們不應該再這麼下去了。她抬手使勁推開蕭子淵，誰知道所有的掙扎都被他的下一句話擊碎，連同早已所剩無幾的淡定、防備，全部碎成粉末，隨風飄散。

「阿憶，我很想妳……」

也許是夜太美，也許是情已深，兩個人把所有的偽裝和戒備都拋開了，只留下兩顆為對方而跳動的心。

蕭子淵緊緊地擁著隨憶，她則軟軟地趴在他懷裡，馨香滿懷，讓他無限滿足，恨不得就這麼把她抱在懷裡好好養一輩子。

隨憶的眼睛有點紅，雙手垂在身體兩側，似乎還在做無謂的掙扎：「蕭學長，你喝醉了……」

這樣一個男人，她怎麼忍心推開？

蕭子淵很快開口打斷她：「我很清醒，我知道自己在做什麼。下飛機的時候收到林辰的訊息時，說我可能見不到妳了，那一刻我的心突然間跌到了谷底。那種失落感是我從來沒體會過的……從來沒有體會過的無能為力。」

「可是等我回到了這裡，卻看到妳站在那裡低著頭不知道在想什麼，看著妳目送著該上的車一輛輛離開。那個時候我就對自己說，只要妳再靠近我一點點，我根本就不會再放妳走，永遠也不會放妳走。」

大概是因為喝了酒，他的聲音有些啞，在夜裡聽上去格外地蠱惑人心。

隨憶閉上雙眸，一種認命的無力感襲上心頭，她慢慢抬起雙手擁上蕭子淵的腰。

她不知道這樣做到底對不對，可她現在只想這麼做。

最後，蕭子淵牽著隨憶去了學校後門的屋子。

一進門，蕭子淵環視了一圈後就轉頭看隨憶，這裡乾淨得就像他從沒有離開過。

隨憶低著頭，掩飾地輕咳一聲，默默換鞋，蕭子淵的嘴角不自覺地彎起一道弧度。

隨憶去洗澡的時候，蕭子淵重新打量著一年多沒住過的房子。臥室裡的床單被套應該是新換的，一塵不染，蕭子淵盯著被子左上方折起來的一角看了很久。

今天隨憶帶給他的第一次太多了，他從來不知道這個世界上會有一個女孩能為他帶來這麼多欣喜，甚至心細到連他的小習慣都記得住。

後來蕭子淵去看了看陽臺，陽臺上擺滿了花草，生機勃勃，只有那兩盆仙人掌還是老樣子，大剌剌地蹲在一堆花草間卻難得地和諧。

蕭子淵站在陽臺上遠眺，時間已經很晚了，整個早已城市陷入黑暗，只有零星點點的燈火。他突然有些嚮往以後的生活。

生活漸漸有了他想要的樣子，真好。

一轉頭，隨憶穿得整整齊齊，俏生生地站在他身後，白皙的肌膚此刻看起來粉嫩嫩的，一張小臉精緻動人。

隨憶似乎沒想到蕭子淵會突然回頭，嚇了一跳，烏黑清澈的眼睛睜得大大地看著他。

蕭子淵笑了一下，隨憶被他看得手足無措：「蕭學長，我洗好了，你去洗吧。」

蕭子淵笑著點頭：「好。」

當晚，隨憶睡了主臥，蕭子淵去睡了客房。

這個晚上對隨憶而言，簡直是驚心動魄，現在想起來還有些不敢相信。她原本應該要在回家的火車上的，而現在卻睡在蕭子淵房間的隔壁，真是不可思議。

想著想著便睡著了。

26 榫卯結構：由兩個構件組成，其中一個的榫頭插入另一個的卯眼中，使兩個構件連接並固定，為傳統木工技藝。

第十章　君子一諾傾城

第二天，隨憶一打開房門便看到了餐桌前的蕭子淵。

他聽到聲音回頭，隨憶還來不及反應，一下子撞進了他的眼睛裡。漆黑深邃的目光像是要看到她心裡去，隨憶愣在那裡，心跳如雷。

昨晚就像一場夢，此刻她看著面前的人才覺得真實，他是真的回來了。

蕭子淵很快笑起來：「醒了？」

隨憶剛睡醒，臉上帶著懵懂的孩子氣，聽到他問便乖巧地點頭：「嗯。」

他把手裡的碗筷放下：「快來吃早飯吧，我找了家裡的司機，一會兒他過來，我送妳回家。」

「謝謝蕭學長。」隨憶故作鎮定地道謝，然後抬手使勁壓了壓頭頂翹起來的一撮毛。

還好主臥有獨立的浴室，她開門前已經洗漱完畢，沒讓蕭子淵看到她睡眼惺忪的樣子，只是這撮毛她努力鎮壓了很久都沒有壓下去，都怪昨晚頭髮沒吹乾就睡著了。

隨憶坐下後便一直捂著頭頂，直到蕭子淵戲謔的聲音傳過來：「妳確定要這樣壓一輩子嗎？早飯要涼了！」

隨憶紅了臉，慢慢把手拿開。

蕭子淵坐在她對面，掃了眼她的頭頂，忽然笑得有些奇怪。

隨憶不自覺地又抬手壓了壓：「你笑什麼？」

蕭子淵搖搖頭：「沒什麼，就是心情特別好。」

隨憶有些惱羞成怒，低下頭恨恨地吃飯。

她越是這樣，蕭子淵笑得越是倡狂，剛開始還只是抿著唇很收斂，後來竟然大笑出聲來，不斷抖動著雙肩。

隨憶終於抬頭瞪他：「你笑夠了沒有？」

蕭子淵輕咳了一聲，臉上的笑容立刻收起來，誰知道下一秒笑聲又忍不住冒了出來，比剛才有過之而無不及。

他是真的覺得頭頂翹著呆毛的隨憶可愛到不行。

隨憶臉都憋紅了，狠狠地瞪著他，威懾力可想而知。

蕭子淵再次掩飾性地咳了一聲：「起床氣我可以理解。妳放心，我懂，這時候妳的攻擊性很強，我不會招惹妳的。」

隨憶在心裡默默地碎唸著：你這還叫不招惹我？

吃早飯的時候，蕭子淵果然沒再戲弄她，表情一直很自然，但隨憶卻覺得他心裡還是在笑自己。

隨憶再一次抬頭看向蕭子淵時，蕭子淵對她微微笑了一下，似乎在表達自己真的很無辜。

他有著千年道行，隨憶只好作罷。

吃完飯，蕭子淵主動去廚房洗碗，隨憶去臥室把行李箱拿出來準備出門，剛走到客廳就聽見桌子上的手機在震動。

隨憶走過去看了一眼，眨了眨眼睛，然後大聲喊了句：「蕭學長，你手機響了！」

蕭子淵回了句：「妳看看是誰。」

隨憶這次沒回答，蕭子淵很快又開口：「妳幫我接吧！」

兩個人一個在廚房，一個在客廳，喊著對話。

「我才不幫你接！」隨憶的聲音忽然低了下去，帶著嫌棄。

蕭子淵一愣，這丫頭不是語出驚人地一招制敵就是笑而不語，還是第一次聽見她這麼不情願，像是鬧彆扭的小孩子，他只好妥協：「那妳幫我拿過來吧。」

隨憶看了眼還在不屈不撓震動的手機，聽話地拿著手機走進廚房。蕭子淵正在洗碗，手上都是洗潔精的泡沫，廚房裡彌漫著檸檬的清香。

隨憶把手機舉到蕭子淵面前，蕭子淵心不在焉地看了一眼，神色如常地繼續洗碗。

隨憶看他一點反應都沒有，催了一下：「快接啊。」

蕭子淵笑了起來：「我手上沒空，妳幫我拿著我接。」

隨憶看看蕭子淵，又看看他滿是泡沫的手，接通了電話舉到蕭子淵耳邊，一個清脆的女聲從手機裡傳了出來。

『聽說你回來了？』喻千夏開門見山地問。

蕭子淵似乎並沒有被電話那頭的興奮感染，連聲音都冷了幾分，淡淡地回答：「嗯。」

隨憶站在那個位置聽得很清楚，她覺得這樣聽別人講電話很不禮貌，便保持著手上的動作，不動聲色地小步往外移。

『什麼時候回來的？』

蕭子淵看著東摸摸西碰碰，假裝什麼都沒聽到的某人，心不在焉地應付道：「昨天剛到。」

『你回來了竟然都不通知我，怎麼說我們也是多年的同學，你……』

隨憶皺了一下眉，似乎還是可以聽到手機裡的聲音，便準備再往外移一小步，誰知道蕭子淵突然開口：「妳要去哪？過來點。」

電話那邊的聲音戛然而止，隨憶也愣住了，有些不可置信地回眸，一轉頭才發覺，蕭子淵的這句話似乎真的是對她說的。

蕭子淵看著愣在那裡的隨憶又開了口，泰然自若，絲毫不關心電話那邊的人會怎麼想。

「過來啊，我都拿不到了。」

隨憶看著蕭子淵瞪大眼睛，自己的手臂連動都沒動，他怎麼可能拿不到！手機明明還貼在他的耳邊！他這麼一個在別人看來前途無限的青年才俊，怎麼能張口就胡扯呢？最氣的是他還一臉的氣定神閒！

隨憶不知道他下一秒還會再說出什麼出人意料的話來，只能妥協，迅速回歸原位。

電話那邊的聲音過了很久才再次響起，帶著遲疑：『你……在做什麼？』

蕭子淵這次很認真地解釋著：「我在洗碗，手濕著不能接電話，讓隨憶幫我拿著手機呢，妳要不要和她說話？」

話說得曖昧，蕭子淵還沒抬頭就感覺到一道視線停在自己臉上，帶著戾氣。

一抬眸果然看到某人氣鼓鼓地瞪著自己，頗有要撲過來咬他的跡象。

蕭子淵忍不住笑出來。

喻千夏有些錯愕：『呃……不用了。我剛才說到哪了，喔，對，你們昨天聚會為什麼沒叫上我？我早就不喜歡你了，你怕什麼？我還想帶我男朋友去給你們看看呢。』

蕭子淵漫不經心地聽著，他的心思全都放在旁邊的人身上，看到隨憶還在瞪他，他無聲地和她對口型：「再過來點。」

隨憶皺眉，搖搖頭。

蕭子淵再次打斷電話那邊的人：「對不起，妳先等一下啊。」

話音剛落，喻千夏只聽到電話另一頭傳出零碎的腳步聲和扭打的聲音，似乎還有女孩的驚呼聲，但很快便被壓制住，幾乎同時蕭子淵帶著笑意的聲音又傳了過來：「妳繼續說。」

而電話這頭，蕭子淵一臉的心滿意足，隨憶的臉皺成一團，欲哭無淚，她不甘心地掙扎了幾下，似乎絲毫沒有對蕭子淵造成威脅，他輕輕鬆鬆地把她箍在懷裡。

蕭子淵站在她身後，下巴擱在她的肩膀上，滿是泡沫的雙手從她腰側伸出來繼續洗碗，修長的手指在清澈的流水裡不斷翻轉，她的手臂依舊舉著手機擱在蕭子淵的耳旁。

喻千夏忽然覺得沒話說了：『嗯……沒事了。』

「那就這樣吧。」蕭子淵似乎等這句話很久了，說完又囑咐隨憶：「掛了吧。」

隨憶收回手臂，忍氣吞聲地看著他把最後一個碗洗好，努力讓自己的聲音平靜：「蕭學長，我可以走了嗎？」

蕭子淵很快站直，側臉還有意無意地貼著她的臉頰：「等一下，我洗洗手，妳幫我拿毛巾擦一下手。」

隨憶機械般地把掛在旁邊的毛巾拿過來蓋在蕭子淵的手上，便沒了動作。

蕭子淵的手臂放在她的腰側，她的兩隻手現在除了放在他的手臂上之外似乎已經別無選擇。

蕭子淵也不動，看著被毛巾遮蓋住的雙手，無辜地主動開口：「擦啊。」

隨憶有些咬牙切齒：「你自己不會擦嗎？」

蕭子淵一副民主的樣子，講起了道理：「剛才是我洗碗，現在該妳幫我擦手了，分工合作。」

「……」隨憶再次無語。

她的手隔著毛巾搭在他的手上，能清楚地感覺到他的體溫，隨憶的臉漸漸升溫。

蕭子淵故意湊過去貼了貼：「怎麼這麼熱？病了？」

他臉頰的溫度比她低了許多，貼上去軟軟的，涼涼的，隨憶覺得現在熱得不只是臉，連心都快冒煙了。

就在隨憶被撩撥到崩潰邊緣的時候，電話再次響了起來，隨憶馬上把手機扔給蕭子淵後便轉身跑了。這次蕭子淵沒再逗她，接起來聽了幾句後開口：「好的，我馬上下去。」

蕭子淵擦了手回到客廳，就看到隨憶正坐立難安著，他又忍不住笑出來。和她在一起似乎特別開心。

隨憶咬著唇瞪他：「再笑！」

蕭子淵幫她拿起箱子，笑著招手：「好了，別氣了，這次真的不逗妳了，我們該走了。」

下了樓就看到一輛黑色的轎車停在那裡，一個三十多歲的男人站在車旁，看到他們下來，主動上前打過招呼，便拿過箱子放到車子後車廂裡。

上車之後也不多說話，問了隨憶大概位置後便噤了聲，主動升起朝向後座的擋板，動作乾淨俐落，一看便知訓練有素。

隨憶本來是歪著頭看著窗外，不一會兒感覺到肩膀上一沉，是蕭子淵把腦袋靠在了她的肩上，她不安分地動了動。

蕭子淵伸手按住她，繼續閉目養神，聲音懶洋洋的：「別動，我坐了那麼久的飛機，昨晚喝多了又沒睡好，頭疼。」

隨憶歪著頭看了一眼，他的臉色確實不好，早飯也沒吃幾口，大概是真的身體不舒服，她心底一軟果然不再亂動。

蕭子淵感覺到她慢慢放鬆了肩膀，還往他這邊靠了靠，似乎想讓他靠得舒服點，於是心安理得地閉上了眼睛，彎起了嘴角。

他瞇了一會兒養了養神，一方面也怕隨憶撐著累了，便準備起來，誰知道睜開眼睛時發現隨憶竟然睡著了。

他無聲地笑起來，慢慢坐直，把隨憶扶到自己懷裡，又輕聲交代著：「冷氣關小點。」

司機同樣小聲地應了一下來。

隨憶在他懷裡動了動，似乎找到了舒服的姿勢又睡了過去。

蕭子淵伸手撫上她的臉，她的臉那麼小，他一隻手就可以遮住大半，她軟軟的呼吸噴在他的手心裡，癢癢的。

其實，癢的何止是他的手心，更是他的心。

其實她稱不上絕色，五官裡沒有哪一樣特別突出，可湊在一起卻沒來由地讓人覺得舒服，氣質出眾，讓人覺得美女就應該是這個樣子。

她的相貌看上去乖巧溫順，而骨子裡又那麼堅定，這大概就是所謂的溫柔且決絕吧！

蕭子淵又輕聲問：「我要的東西準備好了嗎？」

「在您左手邊的儲物箱裡。」

蕭子淵打開儲物箱，果然看到一個檔案夾，他轉頭看了眼隨憶，看到她睡得正香，這才打開資料看了起來。

良久之後又收起來，蕭子淵把資料放回原處，慢慢闔上了眼睛。

隨憶安心地睡了一路，蕭子淵沉思了一路。

快到的時候司機漸漸放慢車速，輕咳一聲，又過了一分鐘才放下擋板開口：「前面是交叉路口，該往哪邊走？」

蕭子淵看了眼前方的路況，又低頭看了眼還在熟睡的隨憶，小聲回答：「不然先靠邊停下吧，等等再說。」

車子靠邊停穩後，司機很懂事地開口：「我下車抽根菸，一會兒要走的時候您再叫我。」

蕭子淵笑著點頭：「好，辛苦了。」

司機恭敬地點點頭下了車，特意走遠了一段距離。

車內便只剩下蕭子淵和隨憶兩個人。

蕭子淵也不著急，靜靜地等著。

半小時後隨憶終於醒來，一臉迷糊地看看窗外又看看蕭子淵：「到了？」

蕭子淵搖頭：「沒有。」

隨憶又問：「車壞了？」

蕭子淵再次搖頭：「沒有。」

隨憶邊往前面看邊問：「塞車啊？」

蕭子淵繼續搖頭：「沒有。」

隨憶皺眉：「那為什麼不動了？」

蕭子淵微微一笑，緩緩吐出幾個字：「在等指路的人睡醒。」

隨憶眨眨眼睛，表面上鎮定，心裡卻恨不得找個殼縮進去。

「那個……前面右轉直走就行了……」

車子越往前走，蕭子淵心裡越是有了興致，這是一座古鎮，有著江南小鎮最明顯的特徵，小橋、流水、人家。

最後，車子停在不能再往前開的地方，蕭子淵交代了幾句後，司機便開車離開，隨憶和蕭子淵繼續往前走。

蕭子淵沒想到隨憶的家竟然在這麼古樸的地方，安靜，愜意。

兩個人走在石板路上，隨憶在前面帶路，蕭子淵拿著行李跟在後面。她不時笑著回頭看一眼蕭子淵有沒有跟上來，蕭子淵很喜歡這種感覺。

蕭子淵正想著，就看到隨憶回過頭來笑著問：「蕭學長以前來過這裡嗎？」

蕭子淵回憶了一下：「以前和同學出來玩的時候來過這附近，但好像沒來過這邊。」

隨憶笑了：「很少有遊客知道這邊，其實這裡的風景更好，不過不知道更好，遊客多了就破壞了這裡的風韻。」

這一點蕭子淵倒是贊同，那年他和同學來玩的時候，那個所謂的千年古鎮已經變了味道，到處充滿了商業氣息，他們乘興而來，最後失望而歸。

一路遇到不少當地人，有認識的便和隨憶打招呼，隨憶用家鄉話回應，笑容燦爛。

蕭子淵聽著聽不太懂的方言，笑著看向隨憶，吳儂軟語，甜甜的，軟軟的，真好。

最後隨憶帶著蕭子淵在一座古色古香的庭院前停住，敲了敲門，很快便有人來應門。門還沒打開，隨憶就親切地叫了聲：「媽媽，我回來了。」

伴隨著門慢慢打開，蕭子淵這才目睹了傳說中那被林辰讚譽極高，出身書香門第的沈家小姐。

世家的夫人小姐，蕭子淵見過不少，可此刻他還是忍不住在心裡讚嘆一聲。

對於這些有著豐富閱歷的女子來說，時間賦予了她們自信和品格，皺紋不再是年老的標誌，而是歲月的勳章。

眼前的婦人雖已不再年輕，可氣質風韻卻更加卓越。她站在緩緩打開的古門後面，像是舊時的閨閣女子穿越千年而來，嫋嫋婷婷。

蕭子淵這才知道，隨憶身上那股淡然溫婉的書香氣質多半來自於眼前的人。

歲月從不敗美人，舉手投足間皆是時光沉澱累積下的魅力。

隨母看到隨憶剛打算開口，忽然看到蕭子淵，便靜靜地打量著蕭子淵不說話，眼神平靜無波。蕭子淵大大方方地回視。

隨憶在母親面前有些不好意思：「媽媽，這是我學長，他有點事情要到附近，順便送我回來。」

蕭子淵接著隨憶的話尾，笑著做自我介紹：「伯母您好，我是蕭子淵。」

隨母沒接話，視線投射在蕭子淵脖子上露出半截的平安扣上，然後又面無表情地看著他，蕭子淵恭敬謙遜地頷首。

氣氛忽然有些尷尬，隨憶不好意思地看了蕭子淵一眼，蕭子淵回了一個安慰的笑給她。

隨母看了蕭子淵良久後慢慢笑出來，一改剛才的嚴肅，熱情地招呼兩個人進門：「快進來坐吧，隨丫頭妳也真是的，下次別再這麼麻煩人家了。」

隨憶向蕭子淵笑了一下，腳下慢了半步和蕭子淵並肩，小聲說：「沒事的，我媽媽很好相處。」

蕭子淵以為隨憶是在安慰自己，沒想到接下來這個看上去知書達理的溫婉婦人……似乎和他想像的不一樣，也太好相處了點。

好相處得讓他……頗有壓力。

進了門便看到寬敞的庭院，種著不少花草，打理得整潔幽靜。穿過庭院就能看到一座帶著古韻的小樓，灰牆黛瓦，帶著濃濃的古樸氣息。

三個人剛坐下，隨母便開始使喚隨憶：「隨丫頭，去倒茶！」

隨憶乖乖地站起來去倒了三杯茶，回來還沒坐穩，隨母又開了口：「隨丫頭，快去煮飯。」

隨憶看看時間皺眉，下午四點，這個時間煮飯？

隨母似乎並未發覺不妥，催了一句：「快去啊！」

「喔。」隨憶知道母親是故意要支開她，但還是站起來去了廚房。

臨走的時候又不放心地看了眼蕭子淵，蕭子淵馬上站起來：「伯母，我去幫忙吧！」

隨母拉著蕭子淵坐下，眉開眼笑：「不用，讓她去就行了，我們說說話。」

隨憶在廚房邊做飯邊時不時往這邊看一眼，等她端了飯菜出來時，隨母和蕭子淵早已相談甚歡。

隨母正指著照片給蕭子淵看：「妳看，這丫頭小時候長得多像男孩子？還長這麼胖！」

蕭子淵看著照片上還穿著包屁衣的胖胖孩子，忍不住地點頭：「確實很像。」

隨憶吸了口涼氣，很快上前搶過來，臉紅紅的：「媽！您在幹什麼？」

隨母摘下老花眼鏡：「叫那麼大聲幹什麼，妳媽是眼花，不是耳聾。」

隨憶看了蕭子淵一眼，有些惱羞成怒：「您把這些翻出來幹什麼？」

隨母慢條斯理地收起老花眼鏡：「給子淵看看啊，怕什麼？」

隨憶緊緊捏著手裡的那張照片，照片上的胖丫頭正笑嘻嘻地看著鏡頭，而她現在只想哭。

隨憶一抬頭便對上蕭子淵帶笑的眼睛，然後便看到他伸過手捏起照片的另一角開口問：「不如送給我留作紀念？」

隨憶猛搖頭：「不要。」

蕭子淵開始利誘：「下次我也給妳一張我小時候的。」

隨憶絲毫不鬆手：「那等下次再說。」

隨母笑咪咪地看著兩人，突然開口：「子淵，其實這張不夠好，我找一張她小時候洗澡的照片給你啊。」

說著便要起身去找，隨憶一愣，撲過去攔住隨母，直接把手裡的照片塞到蕭子淵懷裡：「你喜歡這張送給你好了，媽，不用找了，我們去吃飯吧。」

隨母終於起身去吃飯，蕭子淵笑著把照片收起來，隨憶這才鬆了口氣。不管怎麼說，這張至少是穿了衣服的，儘管是包屁衣，洗澡的照片……

隨憶想想就臉熱。

飯桌上隨母熱情地招呼蕭子淵，順便打擊隨憶。

「子淵，快吃，這丫頭手藝不好你湊合著，明天我做好吃的給你。」

隨憶準備夾菜的筷子立刻收了回去，垂頭喪氣地看著母親。

隨母恍若未聞，蕭子淵偏過頭去笑，雙肩不斷抖動。

隨憶吃了一口之後忽然想起了什麼，猛地抬頭去看蕭子淵，蕭子淵嘗了口菜後，神色如常地咽了下去。

隨憶在桌子下拿出手機，很快傳了封訊息。

蕭子淵感覺到手機震動，又看到隨憶一臉歉疚地看著自己，便明白了七八分，他拿出手機，果然是她。

『我媽媽心臟不好，口味很淡，我忘了告訴你了，飯菜沒放鹽。』

蕭子淵很快回了兩個字：『沒事。』

隨母把兩個人的小動作盡收眼底，卻視若無睹，不知是有意還是無意，繼續熱情地招呼蕭子淵：「子淵，快吃菜啊，多吃點。」

隨憶看著蕭子淵在母親的招呼下，吃了很多菜和一碗米飯。沒有味道的菜和沒有味道的米飯，他每吃一口，隨憶心裡的愧疚就多了一分。

吃過了晚飯，隨憶看看蕭子淵，又看看隨母，主動開口：「媽，時間不早了，我先帶蕭學長去飯店吧。」

隨母瞪了隨憶一眼：「妳這孩子，怎麼這麼不懂事呢？人家千里迢迢地送妳回來，住什麼飯店。子淵啊，就住家裡了！留下來多玩幾天，隨丫頭，妳還不快去鋪床！」

隨憶不可思議地看著母親，這才是你兒子，我是您兒子的丫鬟吧？

蕭子淵在一旁笑。

隨憶鋪床的時候，蕭子淵推門進來，恰好隨憶正折起被子的左上角，來回折騰了幾次，角度不是大了就是小了，總是不滿意。蕭子淵笑了出來：「妳怎麼知道我有這個習慣？」

隨憶正一心一意地研究著角度，被身後突然冒出來的聲音嚇了一跳，猛地轉過頭，「我……我在你家裡看到的……」

蕭子淵突然來了興趣：「我走之後妳多久會去一次？」

隨憶皺眉想著答案：「不一定。」

蕭子淵惡趣味地不依不饒：「不一定是什麼頻率？」

隨憶繼續和他打太極：「不是天天去。」

「那是隔幾天去一次？」蕭子淵眼睛裡的笑意慢慢溢出來。

隨憶覺得如果這種對話再進行下去，她馬上就會崩潰，便突然打斷蕭子淵，慌裡慌張地往外跑，「蕭學長，你晚上沒吃飽吧？我去煮碗麵給你，你等等啊。」

蕭子淵看著慌不擇路的身影低著頭笑出來，自己什麼時候變得這麼咄咄逼人了？

笑完之後仔細打量起房間。整個小鎮的房子都是面水臨街，推開雕花的木窗便能看到水上的夜景，耳邊是潺潺的流水聲，靜謐安穩，真是久違的愜意。這樣一個地方真的十分吸引人，怪不得她一放假就要往家跑。

隨憶端著麵進來的時候蕭子淵還站在窗前往外看，聽到身後的動靜便轉過頭，臉上掛著平和的笑容：「夜景很美。」

隨憶看著蕭子淵的笑容有些愣怔。

他一身白衣灰褲，長身玉立地站在窗前，面若冠玉。窗外月朗星稀，朦朧的月光照進來灑在他清俊的臉龐上，而他嘴角掛著淺笑，正目光灼灼地看著她，如三月春陽般溫暖，動人心弦。

那一刻，隨憶腦子裡只有一句話。

陌上人如玉，公子世無雙。

隨憶回神後有些尷尬地走過去，把手裡的碗放到窗前的桌上，往外看了一眼，找話題打破沉寂：「這裡的視野不夠好，今天累了一天，等明天休息完了晚上我再帶你去外面看，夜景更美。快吃麵，一會兒要涼了。」

蕭子淵低頭看了眼，又忍不住打趣，笑著問：「這次放鹽了吧？」

隨憶終於惱羞成怒，咬著唇，皺著眉看了蕭子淵幾秒，轉身就往外走。

剛踏出去一步手腕便被人握住，身後的聲音溫和輕緩，低喃地誘哄著：「好了好了，不逗妳了，陪我說一下話吧。」

蕭子淵的作息習慣極好，一般吃了晚飯後便不再吃東西了，幾次破例都是因為隨憶。他挑著麵條吃了幾口，味道確實不錯，而旁邊也有人陪著，便心滿意足地吃了大半碗。

隨憶知道他修養好，吃飯的時候很少說話，便也不怎麼開口，低著頭百無聊賴地看著木床欄杆上的花紋。

蕭子淵看她無聊，像想起了什麼似的主動開口：「妳母親……嗯，和我想像中的不太一樣，之前聽林辰提起過，我還以為……」

隨憶知道他要說什麼，笑著開口，臉上的笑容有些調皮：「你是不是以為會是個沉穩有度、笑不露齒的大家閨秀？」

蕭子淵低頭笑著默認，他確實是這麼想的。

隨憶忽然斂了笑容躊躇著，挑揀著無關緊要的小事解釋道：「其實我媽媽以前真的不是這樣的，以前她確實像你想的那樣，外公、外婆家教很嚴，不過後來她和我父親……因為某些事情離了婚，我小的時候又不怎麼愛說話。她可能怕我會受這件事的影響有陰影，便總是有事沒事逗逗我，努力讓自己開朗起來影響我，讓我也活潑一些，久而久之，她的個性就真的變了。」

蕭子淵點頭，母愛是世界上最偉大的，為了自己的孩子什麼都會願意去嘗試。

他又抬頭去看隨憶，當年發生的事情就被她這麼輕描淡寫地帶過了，不哭訴也不惱怒，只有一顆平和的心，甚至說起來的時候臉上還帶著淡然的微笑。

這樣一個在溫柔恬靜的外表下不慌不忙、堅強著的女孩子，他怎能不愛？

當晚，隨憶抱著枕頭鑽進了母親的房間。

隨母開著檯燈，戴著老花眼鏡在看書，看到她光著腳，抱著枕頭站在床邊可憐兮兮的樣子，便拍拍旁邊：「過來吧！」

隨憶雀躍著跳上床，埋進隨母的懷裡撒嬌：「媽媽……」

隨母一邊看書，一邊摸著女兒的腦袋：「嗯？」

隨憶目光閃爍，有些心虛地問：「妳不問我怎麼會帶個人回來？」

隨母依舊很正經地開著玩笑：「妳也不小了，該帶男人回來了。」

「媽！」

「好了好了，媽媽不鬧了。妳不是說了，人家是順路送妳回來嗎？」

夜深人靜，隨憶趴在隨母懷裡突然有些動容，鬼使神差地問了出來：「媽媽，妳覺得蕭子淵怎麼樣？」

隨母的視線一直停留在某一頁的某一行上，聽隨憶如此問道，眼睛裡的光芒一閃而過，然後開口：「什麼怎麼樣？」

隨憶羞赧，聲音輕得像羽毛：「隨便說啊，比如長得怎麼樣啊，人怎麼樣啊……」

隨母很認真地想了想，給出評價：「是很得小女孩喜歡的類型，也是很招丈母娘喜歡的類型。」

隨憶的臉徹底紅了：「我沒喜歡他。」

隨母心裡好笑，臉上卻不動聲色：「喔。」

隨憶安靜了一會兒，腦子裡突然都是蕭子淵的臉，她閉了閉眼睛：「媽媽，我今天跟妳睡吧。」

隨母故意繃起臉：「睡著了不許踢人啊。」

隨憶滿臉黑線，她又不是小孩子：「……知道了。」

然後一臉滿足地又往隨母懷裡鑽了鑽：「還是小時候好，可以一直和媽媽一起睡。」

隨母伸手摘下老花眼鏡，睨她一眼：「不長大？光吃不長大？妳要累死我啊？趕快長大去，找個男人養妳，我都養妳二十多年了，早就煩了。」

隨憶無力地哀號：「媽……」

隨母順手關了燈，「叫媽也沒用，到時候妳找不到人娶妳我就把妳趕出去！記住了啊！」

隨憶還想再說什麼就被隨母打斷，「食不言寢不語。」

隨憶張張嘴還是閉上了，乖乖睡覺。

蕭子淵一向淺眠，可這一晚卻睡得很安穩，第二天起床下樓的時候看到隨母正在客廳裡寫字，看到他便放下筆，招呼蕭子淵過去。

蕭子淵敏銳地感覺到變天了。

似乎一夜之間隨母就變了個人，絲毫不見昨天的熱情，而是一臉平和，恢復成一個女方家長該有的矜持淡漠。

「聽隨憶說你字寫得不錯。」

蕭子淵察覺到了什麼，禮貌地應答：「小時候有學過幾年。」

隨母站到一邊，淡淡地說：「我剛剛寫了幾個字，你照著這幾個字的架構寫看看。」

蕭子淵心裡一笑，果然是書香門第，考的科目也比別人家文雅。

蕭子淵站到桌前，提起筆屏氣凝神，剛準備寫又愣住。他剛才還在奇怪隨母怎麼非要他按照她寫的字來寫。

諾不輕信，故人不負我，諾不輕許，故我不負人。

這麼看來，恐怕不止是想看他的字寫得怎麼樣這麼簡單。

蕭子淵臉上波瀾不驚，看了幾秒鐘後便在面前鋪開的白紙上落筆，運筆潤筆，全神貫注。

隨母看在眼裡，心裡不由得稱讚，字體挺拔峻峭，關鍵是氣韻出色，小小的年紀便能把氣韻駕馭得如此自然，果然不簡單。

隨母突然開口問：「蕭正邦是你什麼人？」

蕭子淵落下最後一筆，看著筆墨乾了發出誘人的亮黑後，才抬頭謙恭地回答：「是我祖父。」

隨母臉上的擔憂越來越明顯：「你父親是……」

「我父親叫蕭晉。」

隨母聽到這個答案，本已經做好了心理準備可仍是一驚，不禁低喃出聲：「怪不得……」

怪不得那個丫頭躲躲閃閃的。

蕭家她也聽說過，據說蕭老爺子年輕的時候北上南下，在很多地方都待過，替孩子取名字的時候最後一個字都用各地的簡稱，以示紀念。

上次隨憶回來的時候，她就對蕭子淵這個名字上了心。但那個時候她並沒往那方面想，這次真的見到蕭子淵，他的相貌、氣度、修養，還有隨憶的躲閃，都無法讓她把他當成普通人看待，不過是想要確認一下，沒想到竟然真的如此。

隨母卻沒再繼續剛才的話題，而是貌似無意地問：「你覺得隨憶怎麼樣？」

蕭子淵思索片刻，開門見山地回答：「我很喜歡她。」

蕭母笑了一下，抬頭看向蕭子淵，這一笑極盡溫婉卻帶著家長的威嚴，雖放緩了聲音卻加重了語氣：「喜歡她的人很多。」

蕭子淵立刻感覺到了無聲的壓力，知道隨母想要的答案，認真答道：「我對她不只是喜歡，希望您能允許我和她在一起。」

隨母笑了一下：「蕭家的門檻那麼高，我們家的野丫頭怕是高攀不上。人家說一入侯門深似海，蕭家只怕不止深似海了。」

蕭子淵這次沉默的時間更長了，他低頭去看剛剛寫完的字，微風吹進屋內，吹起了宣紙的一角。隨母也不催，安靜地等著。

過了許久，蕭子淵的聲音才重新響起，鄭重且堅定：「如若有幸，我必護她周全。」

隨母沒說什麼，只是點點桌面上的紙，有些好笑：「你剛剛才寫過的，這就忘了嗎？」

蕭子淵看著隨母，目光篤定，面沉如水，許下一輩子的諾言：「君子一諾傾城。」

隨母笑了起來，剛才的強勢和犀利都隨著笑容煙消雲散，似乎還是昨天那個平易近人的和藹長輩，又開始不按常理出牌：「時間不早了，該吃早飯了，那個丫頭怎麼還沒起來呢？你去叫她。」

蕭子淵沒多問，點了一下頭便轉身往樓上走，隨母又在身後交代道：「她愛賴床得很，叫不起來就直接掀她被子！」

蕭子淵聽了，不由得笑出來。

隨母看著蕭子淵的背影輕扯嘴角，很久沒見過這麼聰明的年輕人了，和聰明人說話就是輕鬆。

隨憶睡得正香，似乎聽到耳邊有人叫她起床。她翻了個身，嘴裡還在嘰哩咕嚕地說著：「媽媽，我再睡一下啊……」

蕭子淵看著她迷糊的樣子心情大好，下一秒卻真的被掀開了被子。

隨憶一驚，氣急敗壞地坐起來嚷嚷：「媽媽……」

等看到眼前的人之後，臉上的表情僵住，剩下的半句話硬生生咽了回去：「蕭學長……怎麼會是你……」

這完全是隨母叫人時的強硬做法，她沒想到會是蕭子淵。

蕭子淵抬頭替她捋了捋有些淩亂的頭髮，彎起嘴角沒回答。

隨憶低下頭有些不好意思，她剛睡醒，不知道有多狼狽，肯定是頂著一頭張牙舞爪的亂髮，臉也沒洗，怎麼能被他看到呢？

隨憶還算鎮定地驅逐蕭子淵：「蕭學長，我馬上起床，你……先下樓吧。」

蕭子淵看出了她的窘迫，倒也沒為難她：「好。」

說完便轉身走了出去。其實她不用這樣，剛睡醒時的她迷糊可愛，沒有那麼多顧慮和負擔，只有原貌的嬌媚，這樣的她讓他更心動。

隨憶匆匆忙忙地洗漱，然後小跑著下了樓，隨母正在修剪花枝，看到她來便開始調侃道：「嗯，不錯，真是外來的和尚會唸經，換作是我，叫整個早上大概都沒戲。」

隨憶看著旁邊看似正一心一意看花草，實則嘴角彎得厲害的蕭子淵，偷偷朝隨母扮了個鬼臉，小臉通紅。

看著隨憶不時紅著臉瞟蕭子淵幾眼，而蕭子淵眼裡的寵溺越來越明顯，隨母心裡漸漸明朗。

這麼想著便叫蕭子淵：「你會下棋吧？陪我下盤棋。」

然後又交代隨憶，「阿憶，妳去街口伯伯家買點早餐回來。」

隨憶不知道隨母怎麼突然要和蕭子淵下棋，還這麼明顯地支開自己，有些為難，那家早餐最難買了，每次都要排很久的隊才能買到，等她回來……

「媽，要不然我去做吧。」

隨母立刻開始嘆氣：「唉，真是女大不由娘了，吃個早餐都不能選自己愛吃的……」

隨憶一臉黑線地站在風中淩亂，她這個親媽怎麼這麼愛演啊。

蕭子淵走過去擋在兩人中間，在隨母看不見的角度極快地拉了一下隨憶的手：「妳放心去吧，不用著急。」

隨憶磨蹭地看著兩個人已經開始落子，才一步三回頭地出門買早飯。

時間一分一秒地流逝，棋盤上的棋子也越來越多，局勢由一團迷霧到漸漸明朗，隨母懸著的一顆心也漸漸放下了。

他說他會護她周全，隨母是想看看他有沒有那個本事護她周全。

像他這樣出身的公子哥多半不學無術、張揚跋扈，可眼前這個年輕人溫良謙恭，沉穩謹慎，都說看棋如看人，圍棋下得好的人心思必定縝密，金戈鐵馬短兵相接，運籌帷幄，步步為營，進可攻，退可守，一次次的激戰下來，偏偏他還是一臉的悠然自得。

隨母想到這裡突然笑了，她很滿意。

隨母捏著手裡的白子遲遲不落，蕭子淵垂眸等著，許久，隨母才開口：「隨憶有心結。」

蕭子淵知道隨母在說什麼，點點頭：「我知道。」

隨母這下徹底放心，嘆了口氣，低頭盯著棋盤緩緩開口：「希望你好好對她。」

蕭子淵微微點頭：「我會的。」

話音剛落，門口就傳來零碎的腳步聲，一抬頭就看到隨憶氣喘吁吁地跑回來，手裡拎著早點，滿頭大汗。

隨母把棋子扔回棋盒，不免有些好笑：「這麼著急幹什麼？怎麼，怕我難為他啊？」

而蕭子淵也是靜靜地笑著看隨憶。

隨憶被拆穿，有些不好意思：「沒有啊，剛起床跑幾步鍛煉身體嘛。」

說完便探著腦袋去看棋局，隨母一揮手打亂了剛才的整盤棋，笑著對蕭子淵說：「剛才的話我當真了。」

一絲驚喜從蕭子淵的眼裡一閃而過，不由得彎著唇去看隨憶。

隨憶看看蕭子淵又看看隨母：「你們剛才說了什麼？」

隨母和蕭子淵但笑不語，搞得隨憶一頭霧水。

吃過早餐隨母便出門去了，留下隨憶和蕭子淵兩個人，搬著小板凳坐在自家門口看風景。

面前便是流水，不時有船經過，小鎮裡的人早就習慣了慢節奏的生活，都不慌不忙地做著自己的事情。從那個鋼筋林立的城市突然來到這裡，蕭子淵感受著難得的悠閒自在。

兩個人有一搭沒一搭地說著話，不遠處的小橋上蹦蹦跳跳地跑過來一個小小的身影，身後還跟著一條小白狗。小人兒笑哈哈地跑過來，一頭埋進了隨憶懷裡：「阿憶姊姊！」

隨憶抱住她，等她站穩了才笑著開口：「豆豆，妳又長胖了！」

懷裡的小女孩突然收起了笑容，明亮的大眼睛一眨不眨地盯著蕭子淵看。

隨憶笑著教她：「這是姊姊的朋友，快叫哥哥。」

小女孩歪著頭安安靜靜地看了半天，然後轉頭對隨憶說：「阿憶姊姊，這個哥哥長得真好看！」

隨憶不禁抬頭去看蕭子淵，真稱得上是少女殺手啊！連這麼小的孩子都能被他收編。

蕭子淵也有些錯愕，看到隨憶不懷好意地笑，不禁苦笑著扶額。

兩個人和小女孩說說笑笑，剛開始豆豆還有些怕生，後來蕭子淵耐心地哄了幾句，小女孩立刻就撲到了蕭子淵的懷裡。小小的人一臉興奮地和蕭子淵說話，一口一個哥哥。

小孩子思維混亂，大多數時候都是想起什麼說什麼，偏偏蕭子淵還一臉認真地聽著回答著。

隨憶坐在一旁看著，不免有些好笑。

吃過午飯，隨憶和蕭子淵躲在屋裡避暑。他本來在看掛在牆上的幾幅字畫，不過一轉眼的工夫，隨憶就抱著一本書睡著了。

他從旁邊沙發上拿起一床薄被搭在她身上，便坐在旁邊看她，嘴角不自覺地彎起。

隨母回來的時候就看到這麼一幅畫面。

蕭子淵聽到動靜後站了起來，隨母小聲地問：「又睡了？這丫頭……」

蕭子淵滿臉寵溺地看著隨憶，無聲地點頭。

隨母似乎想起了什麼：「唉，這丫頭啊，好像總是睡不夠。大概是當年懷她的時候總是睡不好，她也不能睡，所以從小就特別嗜睡。睡不飽的時候啊，人就特別迷糊。」

「好像是有點。」他想起過來時她就睡了一路。

等隨憶睡醒的時候，已經接近黃昏，她一睜眼就看到蕭子淵坐在她旁邊的沙發上看書。

隨憶揉揉眼睛坐起來看過去，是一本經濟學的書。蕭子淵聽到動靜看過來，對她笑了一下。

隨憶指著蕭子淵手裡的書：「蕭學長，你怎麼還看這種書？」

蕭子淵遲疑了一下，似乎想著怎麼解釋：「我在國外又修了堂經濟學，以後會用得到……」

隨憶一下子就明白了，他回國後肯定是要進政府部門的，大概到時候和經濟有關吧。

隨憶垂眸盯著蕭子淵手裡的書，不知不覺間就把心裡的想法說了出來：「我以前一直以為你會去做研究，沒想到你竟然會跑去當政客。」

那個時候的蕭子淵會是什麼樣子呢？

她之前一直以為蕭子淵是清冷自持的，和他相處的這幾天又覺得他溫暖謙和，等到了那個時候，他會不會又是另一種運籌帷幄的模樣呢？

在那種殺人不見血的地方，蕭子淵會變成什麼樣子呢？

這麼想著，隨憶突然有些低落，似乎她和蕭子淵之間的距離越來越遠了。

蕭子淵大概看出了她的想法，笑了一下，坐到她旁邊：「無論將來我變成什麼樣子，在妳面前都只是妳認識的那個蕭子淵。」

只有我變得強大，才能給妳想要的。只有我變得強大，才能護妳周全。

這一笑間，彷彿又回到了從前，他還是當初學校裡那個高坐神壇的少年，謙和儒雅，笑容乾淨。

隨憶的嘴角忍不住翹起：「蕭子淵，有沒有人跟你說過，少年的你，笑起來會要人命。」

蕭子淵不答反問：「那現在的呢？」

一時間隨憶還有些動容，抬頭去看他，四目相接，臉上的表情忽然變得認真得不得了，喃喃低語道：「現在？現在的你笑起來，會讓人心甘情願地把命給你……」

隨母忽然推門進來：「隨丫頭，別睡了，去買菜吧，記得帶幾片新鮮的荷葉，晚上做荷葉飯！」

隨憶一驚，很快低下頭，掩飾著「喔」了一聲，馬上穿鞋站起來。

蕭子淵也跟著站了起來：「我和妳一起去吧！」

隨母笑咪咪地看著兩個人，隨憶在隨母不懷好意的笑容裡淡定地回答：「好啊，我順便帶你到處逛逛。」

隨母在兩個人身後囑咐道：「嗯，多逛逛，別急著回來。」

正是傍晚熱鬧時分，兩個人走在熙熙攘攘的小道上，道路兩邊都是賣菜的小攤。隨憶從小在這裡長大，早就和他們熟悉了。

每走到一家，就有人和她打招呼：「阿憶，回來啦！」

隨憶也笑著回應：「嗯，回來了。」

然後眾人就把視線投向了蕭子淵，一臉善意地笑著問：「男朋友啊，小夥子真是一表人才。」

蕭子淵笑咪咪地看著，隨憶臉一紅，偷偷瞄了蕭子淵一眼，說的都是家鄉話，他好像沒聽懂。

隨憶急著解釋道：「不是，這是我學校裡的學長。」

一群純樸善良的人根本不理會隨憶，笑著和蕭子淵說話：「小夥子，好福氣啊，我們阿憶從來不帶男孩子回來的！」

蕭子淵禮貌地道謝：「謝謝。」

隨憶睜大眼睛看著蕭子淵，如意算盤沒打成有些懊惱：「你怎麼聽得懂……」

蕭子淵笑得志得意滿，趴在她耳邊輕聲開口：「我有沒有跟妳說過，我奶奶也是南方人？」

他呼出的熱氣噴灑在她耳邊，隨憶感覺耳朵越來越熱，連帶著整顆心都開始躁動不安。

蕭子淵很滿意地看到她白皙如瓷的肌膚染上一層薄薄的紅暈，粉嫩誘人。

周圍的人笑嘻嘻地看著兩個人：「小倆口感情真好。」

隨憶眼看著一群人越說越離譜，便隨便買了點菜就拉著蕭子淵離開了是非之地。

隨憶一路都黑著臉，深有她認識的人怎麼都這麼不正經的感悟，於是刻意和蕭子淵保持著一段距離。蕭子淵一直心情很好地跟在她身後，如她所願，保持著不遠不近的距離。

快到家的時候，她突然在巷口停住，看著某個方向出神，夕陽裡，她的身影瘦弱伶仃。

蕭子淵心裡一緊，快走幾步跟上去問：「怎麼了？」

隨憶指著對面的醫院，似乎想起了什麼：「我記得剛搬到這裡的時候，那一段時間媽媽的身體很不好，總到那裡去看病。那個時候我還太小，從家裡走到那裡要花一千步；後來上國中的時候就變成了八百步；等我去上大學的那一年，只需要六百步了。我記得有一次我放學回到家，聽鄰居說媽媽在家裡暈倒被送到醫院去了，我就急急忙忙地往那裡跑，那個時候覺得怎麼會這麼遠，可現在再看，又覺得好近。」

隨憶說到這裡忽然轉頭看著蕭子淵，蕭子淵似乎意識到接下來她說的話會不怎麼好聽。

果不其然，隨憶頓了一下再次開口：「大學填志願的時候，我所有的志願都是醫學系，所有的願望都是趕緊畢業，回到這家醫院工作，就可以一輩子守著媽媽。」

蕭子淵聽到這句暗示的拒絕，只是微微一笑，什麼都沒說又繼續慢慢往前走。

隨憶看著他輕鬆閒適的背影，有些錯愕，以往她有這種婉拒的意思時，蕭子淵就算不氣惱，臉色也會難看一陣子，怎麼現在似乎跟沒聽到一樣呢？

隨憶本來打著感情牌的如意算盤，再次在蕭子淵面前被他的無招勝有招打得七零八落，便懊惱地跺了跺腳很快跟了上去。

蕭子淵聽到身後的腳步聲越來越近，唇角勾起。

他說過，他不會逼她，他可以慢慢等。

慢慢等妳承認早已愛上了我。

蕭子淵神清氣爽地進了家門，身後跟著無精打采的隨憶。

隨母的荷葉飯做得清香怡人，只是依舊……缺了鹽。

隨憶看著蕭子淵神色自如地邊吃邊毫無痕跡地拍著隨母的馬屁，隨母樂呵呵的，笑靨如花。

她忽然覺得自己之前真的是多想了，他有這種能耐就應該去政壇，不然真的是暴殄天物！

吃完飯，隨憶奉懿旨去廚房刷碗，蕭子淵站在一旁陪她。

隨憶似乎對下午吃癟的事情很在意，再次不死心地向他挑釁。她似乎已經亂了陣腳，頗有病急亂投醫的意味。

隨憶一邊洗著碗一邊碎碎唸：「蕭學長，其實我覺得你和喻學姊很相配的，喻學姊人漂亮，個性也好，和你還是同個科系，你們肯定有很多的共同話題。」

蕭子淵靠在門邊，雙手抱在胸前，好整以暇地看著隨憶，他倒想看看她能說出什麼花樣來。

隨憶見蕭子淵沒動靜，便試探著叫了他一聲：「蕭學長？」

蕭子淵馬上微笑著做出反應：「嗯，我在聽。我覺得妳說得有道理，接著說。」

他看上去一臉認真誠懇，可在隨憶聽來怎麼就那麼敷衍呢？

隨憶也不管他到底是什麼態度，接著說：「我是學醫的，俗話說隔行如隔山，我們能有什麼共同話題？還有，我長得醜，脾氣也不好，你沒和我深入接觸過，我還有很多小毛病的，我……唔……」

隨憶邊沖洗著碗上的泡沫，邊使勁數落著自己，似乎想要把蕭子淵嚇走，誰知道下一秒就有隻手伸過來輕輕抬起自己的下巴，緊接著唇上便有了溫熱柔軟的觸覺。

他的唇在她的唇上輾轉廝磨，溫柔又霸道，清冽的氣息縈繞著她，她的心跳一下子就亂了。

隨憶睜大眼睛看著他近在眼前的完美臉龐，微微閉著眼睛，長而捲翹的睫毛輕輕顫動著，一下一下地撩撥著她的心。

隨憶剛想要推開他，卻意識到自己手上都是洗潔精的泡沫。

就在她遲疑的時候，蕭子淵在她唇角落下最後一吻，終於放開了她，摸了摸她的臉，又伸出手指撓了撓她下巴上的那塊軟肉，眼裡含著寵溺看著她，一臉滿足，似乎在逗弄小寵物。

「怎麼以前沒發現妳話這麼多，還是安靜下來更可愛。」

隨憶的大腦一片空白，視線愣愣地停留在蕭子淵清晰彎起的唇角，怎麼每次洗碗都會出現這種狀況呢？

上一次就是這樣，這次更變本加厲了。

她這輩子最恨洗碗了！她再也不要洗碗了！

她這輩子都沒見過像蕭子淵這樣不按常理出牌的腹黑男！他不想聽可以直說啊，怎麼想得出來用這種方法呢？

隨母坐在客廳裡，很快就看到紅著臉從廚房灰溜溜走出來的隨憶，隔了幾秒鐘，蕭子淵也從容淡定地跟了出來。隨母微微笑了一下，繼續看手裡的書。

隨憶睡前被隨母叫到房裡，隨憶笑嘻嘻地敲門進去，隨母正嘴角噙著淡笑看她。

只這一眼，隨憶便笑不出來了。在隨憶的印象中，只有她做錯了事，母親才會露出這種表情。

「過來坐。」隨母看著隨憶恐慌的小眼神，理了理隨憶耳邊的碎髮，慢慢笑了出來：「有些事我想是我忽略了，一直沒有告訴過妳，所以可能讓妳誤會了。」

隨憶雙手握住隨母的手，忽然有些緊張地看向她：「什麼事？」

隨母臉上的笑容平和安寧，平靜無波的聲音緩緩響起：「我這輩子從來沒有後悔嫁給隨景堯過。即便後來發生了那麼多事，我也從來沒有後悔過一絲一毫。」

她心底如遭雷擊。

隨憶心顫，這是離開隨家以後，隨母第一次主動提起那個名字。她有些不忍，握著母親的手，「媽媽，不要再說了……」

蕭子淵到來的這幾天，隨母大部分的時間都是一副優哉遊哉的狀態，可她還是一眼就看出了自己的心結，所以才會忽然告訴她這些。

隨母反握住她的手，「妳心裡的害怕和惶恐我都知道，可所有的生命軌跡都是不可複製的。蕭子淵不是隨景堯，妳也不會是沈溡。所以，阿憶，去過妳想要的生活吧，若不盡如人意，妳也要拿出放手一搏的勇氣。無論妳現在是多麼彷徨迷茫，最終都會過上自己想要的生活。」

隨憶放在身前的手握得緊緊的，深吸一口氣強調著：「無論怎麼樣，我都會回來陪您的。」

隨母忽然笑了出來：「妳這孩子怎麼越大越笨了呢，難道非得一天二十四小時都在我眼前晃才叫不離開我嗎？」

隨憶無言以對，在她心裡，陪伴確實是這麼定義的。

隨母忽然笑了：「隨丫頭，妳這樣不累嗎？」

隨憶一臉迷茫：「啊？」

隨母寵溺地摸著女兒的臉，似乎她還是十幾年前那個小女孩：「當年我和妳父親幫妳取名隨憶，就是希望妳想要做什麼就能隨心所欲地去做，可卻沒想到會變成這樣。」

「妳考慮這個，又考慮那個，那妳該怎麼辦？妳為妳自己考慮過嗎？妳這樣真的算是對妳自己負責了嗎？」

「有時候，不要想太多，順著自己的心意就好。而現在，妳問問妳的心，蕭子淵這個男人妳到底想不想要？」

隨憶忽然安靜下來，臉上沒什麼表情，可心裡早已翻江倒海。

蕭子淵這個男人她到底想不想要？

她怎麼會不想要？

可是，她怎麼要？她要得起嗎？更何況她知道母親是永遠不會離開這裡的，她真的可以拋下母親跟他走嗎？

「妳跟媽媽說實話，如果其他的都不管，妳到底想不想要？」

隨憶被逼到絕境，心裡的那個答案呼之欲出，可她還有那麼多的顧慮呢？

「我……」那兩個字盤旋在嘴邊，就是無法說出來。

隨母嘆了口氣：「妳從小就這樣，因為得不到，所以假裝不想要。妳以為不期待、不假設、不強求，就不會有痛苦，可真的是這樣嗎？妳問問妳自己，這樣的選擇，妳可後悔過？」

「妳一直都聰明懂事，從來不需要我操心，可在這件事上，如果妳真的做了錯誤的選擇，就白白辜負媽媽教了妳這麼多年的心血了。妳以為妳擺脫了誘惑回到我身邊，我就會高興嗎？」

隨憶低頭落淚：「媽媽，對不起……」

我說過我會回來好好陪您，可我還是對蕭子淵動了心。

隨母慈愛地摸摸隨憶的髮頂：「孩子，妳沒有錯。媽媽現在很好，我最希望看到的就是妳幸福。妳在人生中最美好的年華裡遇到最美好的人，那是一種可遇而不可求的幸福，妳怎麼能輕易放手？」

「憶寶，妳從小就是個心思深沉的孩子，感情從不外露，一般人也不入妳的眼。子淵這個孩子很不錯，妳從小到大身邊的人我見過不少，也就只有這個人鎮得住妳。如果妳真的放棄了，媽媽都為妳可惜。」

隨憶知道蕭子淵的好，可魚和熊掌不可兼得，心裡一陣陣地疼，竟然不知道該說什麼：「媽媽，我……」

「回去好好想想吧。妳看妳在學校的時候，媽媽不是也過得很好，妳不要擔心。生老病死是自然規律，無論怎樣，媽媽終究會有離開妳的那一天，妳終究要過上自己的生活，孩子，勇敢去追求自己的幸福吧。」

隨憶轉身往外走，打開門又轉過身，欲言又止地叫了一聲：「媽媽……」

隨母抬頭看過來：「嗯？」

「上學期在學校的時候，隨景堯來看過我……」

隨憶說完後便緊盯著隨母。

隨母臉上波瀾不驚：「他是妳父親，去看妳正常……」

「他說，要不要讓……讓弟弟來看看我們……」

隨母神色如常地問：「妳怎麼回的？」

「我說不要告訴他。」

「嗯，就該這麼做。媽媽累了，去睡吧。」隨母揮揮手，催隨憶離開。

隨憶關上房門，站在門口半天沒動。

就算母親臉上看不出異常，心裡還是難過的吧？畢竟是自己的孩子，當年的割捨之痛恐怕是一輩子都不會痊癒的吧。

隨憶濕著眼睛轉身上樓，路過蕭子淵的房間，他還沒睡，房門半掩，隨憶不經意看了一眼，他正背對著自己似乎在畫什麼圖，背影挺拔。

隨憶心裡亂成一團，也沒多想便回了房間，躺在床上絲毫沒有睡意。

難道非得一天二十四小時都在我眼前晃才叫不離開我嗎？

或許她一開始的定義就錯了？

隨憶慢慢抬手握上胸前的平安符，往日的一幕幕不斷在眼前重播，腦子裡都是蕭子淵。隨憶慢慢閉上眼睛，良久後呼出一口氣。

那晚蕭子淵房裡的燈亮到很晚，一心畫圖的他並不知道那一晚發生了那麼多事，而這些事又會對他以後的生活產生那麼深遠的影響。

第十一章　江南小鎮，輾轉廝磨

第二天天一亮隨憶就起床了，見到晨練回來的隨母還有些訕訕的，隨母反倒是絲毫不提昨晚的話題，笑咪咪地使喚她去做早飯。

隨憶站在那裡沒動，笑著撒嬌：「媽媽，妳幫我洗洗頭髮吧！」

隨母橫她一眼：「這麼大了還讓媽媽幫妳洗頭髮，真是的……」

可她嘴上雖然這麼說，但轉身就往院子裡走去。

蕭子淵下樓走到院子裡時，就看到這一幕場景。

隨憶側身坐在矮凳上，面前的桌子上放了一盆水，隨母拿著水瓢舀水淋在她頭髮上，頭髮上的白色泡沫慢慢被沖下來。夏日的清晨，氣溫沒有那麼灼熱，太陽剛剛升起來，陽光灑滿整個小院，隨憶像個孩子一樣咯咯地笑著，隨母則是一臉慈愛。

蕭子淵看著看著，慢慢笑了出來。

沖乾淨後，隨母拿著毛巾給隨憶擦著頭髮。隨憶擦擦眼睛，一抬頭便看到了蕭子淵，不知道他在那裡站了多久。

隨母也看到了蕭子淵，便叫了他過來：「子淵，過來替這丫頭擦頭髮。」

蕭子淵欣然上前，隨憶聽了則開始掙扎：「不用，我自己來就好了。」

隨母壓住她：「別動，等等滴得滿身都是水。」

蕭子淵接過毛巾輕輕揉搓著，隨憶背對著他坐在那裡，有些不安，臉上火燒火燎的，隨母在隨憶抗議的眼神裡走開了。

她的頭髮還冒著濕氣，襯得一雙眼睛都是濕漉漉的，只是那雙眼睛不安分地東轉轉西轉轉。

蕭子淵手下動作沒停，笑著問：「妳緊張什麼？」

隨憶馬上撇清：「沒有啊。」

蕭子淵替她擦完，又拿起梳子幫她梳了梳頭髮：「拿來。」

隨憶轉過頭想要看他：「什麼？」

蕭子淵把她的腦袋轉了回去：「過年的時候我請林辰拿給妳的東西，妳不會沒帶回來吧？」

隨憶心裡一驚，過了一下子才小聲地回答：「帶回來了。」

蕭子淵雙手搭在隨憶的肩上，聲音裡帶著笑意：「去把它拿來。」

隨憶磨磨蹭蹭地上樓把那個精緻的木盒拿了下來，覺得燙手般地扔到蕭子淵懷裡。

蕭子淵拉著隨憶重新坐在自己身前。隨憶看著鏡子中的蕭子淵，既來之則安之，她倒是想看看這個男人搞不搞得定三千煩惱絲。

鏡子中的蕭子淵捧著她的頭髮折騰了半天，修長的手指穿梭在烏黑的髮間，動作生澀，但一臉的溫柔。

直到那支簪子插到了髮間，隨憶這才看到了盧山真面目。

古樸素雅的白色玉簪，樣式簡單，沒有繁複的花紋，卻沒來由地讓人覺得美到極點。

其實她拿到盒子的時候，就已經感覺出裡面裝著的東西不簡單。木盒的質地是小葉紫檀，靜穆沉古，精緻的花紋，古色古香的銅鎖扣，單單這一個木盒已是不凡，盒裡的東西又該是怎樣超凡脫俗？

她只是匆匆看了一眼，就再也不敢打開。

蕭子淵說她會明白。

她是明白，就是因為明白才慌張，甚至難以置信。

蕭子淵看她靜靜地出神，雙手搭在她肩膀上輕聲問：「怎麼樣？」

隨憶很快回過神來，隨後忍不住笑了起來。

他的技術並沒有多好，歪七扭八的，他這樣一個男人怎麼會梳頭髮，不知道練習多久了。

隨憶眼角有些濕潤，心裡酸澀，卻抬頭去瞪蕭子淵：「蕭子淵，你知不知道簪子是不能隨便送給女孩子的？」

蕭子淵笑了笑，故意問：「為什麼？」

「因為……」

「因為什麼？」

隨憶哀怨地看著蕭子淵：「你真的不知道？」

「妳不告訴我，我怎麼知道？」

隨憶皺起眉頭板著小臉，白皙的肌膚憋得通紅，精緻的五官縮成一團。她抬頭看了眼蕭子淵，像是鼓起了勇氣卻又放棄道：「不知道就算了，還給你。」

說完就要把簪子拿下來，蕭子淵制止了她，誘哄著：「說啊。」

隨憶哀怨地抬頭，飛快地看了他一眼，又看往別處，似乎是想反駁卻又不敢明目張膽，只小聲地碎碎唸：「你就是故意的，你肯定知道。」

蕭子淵看著隨憶，忍不住笑起來，覺得她這麼孩子氣的時候特別可愛。

他從身後抱著她，看著鏡子中兩人的臉貼在一起，慢慢笑出來：「若君為我贈玉簪，我便為君綰長髮，洗盡鉛華，從此以後，勤儉持家，可好？」

清淺的聲線，淡然的語氣，波瀾不驚，可眼神卻幽深明亮，直直地彷彿要看進她心裡去。

隨憶心裡又是一驚，蕭子淵的笑容卻加深：「我就知道妳會懂。」

她沒想到蕭子淵已經想得那麼遠，心裡有些慌：「我一直想還給你……」

「妳敢！以後我送妳的東西，妳再說半個還字試試看！」

他的臉輕輕地貼著她，神色明明還是那麼溫柔，嘴裡卻凶狠地吐出幾個字。

隨憶和他在鏡子裡對視良久，慢慢笑了出來，第一次沒有躲閃，而是悄悄地靠了上去。

蕭子淵心裡一動，緩緩開口：「那天下了很大的雪，天氣很冷，市中心有個中國珍品海外展，幾個外籍同學很感興趣，就邀我一起去看，順便當解說員。我當時第一眼就看到它了，然後又想到了妳……沒想太多就買下來了，花光了身上、卡上所有的錢，走回學校天都黑了……」

隨憶低頭看著交疊在她身前指節分明的雙手，慢慢撫上去，心裡的悸動久久不散。

他那麼驕傲的人出國留學是不會花家裡的錢的，不知道買了這麼貴重的東西之後，他的生活會有多麼拮据，可之前他卻一句話也沒說。

是了，這些話他平時是絕對不會對別人說的，但現在卻笑著告訴她，臉上的表情和煦溫暖。

隨憶的忍不住紅了眼眶，蕭子淵卻又握上她的手再次開口：「阿憶，這個世界上只有妳可以讓我這樣。」

隨憶眉目間閃過不可言說的歡喜：「我知道，念吾者，為百年，不為一夕。」

吃晚飯的時候，隨母盯著隨憶看了半晌後，貌似無意地開口評價：「這簪子不錯啊，不過妳年紀太小，還壓不住這麼貴重的東西。」

隨憶不自覺地抬手想取下來，沒想到伸到一半的手被蕭子淵拉了下來，他謙恭地看著隨母解釋：「並不是多貴重的東西，就是一個小飾品，只是覺得她戴會很好看，所以想買來送給她。」

隨母又看了一眼，沒再提起這個話題，只是笑著招呼兩個人吃菜。

隨憶本以為母親隔得遠沒看出什麼，卻不知道閱歷深的人有一雙看盡天下的眼睛，什麼都逃不過那他們的眼。

吃完晚飯隨母打發兩個人出去逛逛，隨憶想起剛到那天答應過蕭子淵要帶他去看夜景，於是上樓去叫蕭子淵。

房門沒關，隨憶還沒走近就聽見蕭子淵的聲音斷斷續續地傳出來。

「嗯，我有些事情，過兩天就會回家了……您多注意身體……」

隨憶停下，怕打擾他打算原路折返，才轉過身就聽到後方開門的聲音，轉頭便看到蕭子淵已經掛了電話，站在她身後。

「找我？」

隨憶覺得這個情景頗有她偷聽被抓包的感覺，雖然她問心無愧，但終究有些不自然：「那個……我們出去散散步？」

蕭子淵走了兩步來到她面前，自然地牽起她的手往外走：「好啊。」

兩個人走在石板路上，漫無目的地閒逛。水上船家的燈籠一盞一盞地亮了起來，在波光粼粼的水面上看起來格外動人，整個小鎮籠罩著一層朦朧剔透的薄光。

隨憶拉著蕭子淵站在橋邊看了半天，轉頭去問他的意見：「我們找條船去遊河？」

河面上清風徐來，輕輕吹起她的長髮，水上、岸邊的燈光交相輝映，她的臉在燈籠的映襯下泛著紅色，晶瑩剔透。她正抬頭笑著問他些什麼，烏黑漂亮的眼睛裡閃著明亮的笑意，可他卻一點都沒聽進去。

周圍的一切似乎都不存在，他只看到了那一抹晶瑩。

看了一眼不遠處喧鬧的花燈船，蕭子淵抬手壓了下她飛舞的長髮，臉上的笑容清淺溫和，「不去了，人太多了，我們隨便逛逛說說話就好。」

隨憶被他帶著傻傻地笑著，忽然看到前方一個地方聚集了很多小朋友，隨憶不自覺地走過去看，原來是賣糖葫蘆的。

一位年輕爸爸帶著一個小正太和一個小蘿莉站在那裡，兩個孩子都是三四歲的樣子，長得有些相像。小正太滿眼都是愛心，吵著要吃糖葫蘆，小蘿莉雖然沒說話，但也是一臉期待地看著父親。

年輕的爸爸看也沒看小蘿莉一眼，只付錢買了一串糖葫蘆，小蘿莉很懂事，也沒哭鬧，只微微抿著嘴，安安靜靜地站在那裡看著小正太吃。

隨憶看著她，慢慢皺起了眉頭，蕭子淵沒說話，轉頭看向隨憶。

隨憶笑著走過去，蹲下來和小蘿莉說話。

「小妹妹，想不想吃糖葫蘆？」

小蘿莉猶豫了一下，怯弱地點點頭。

隨憶笑著摸摸她的臉：「那姊姊買一串給妳吃好不好？」

說完準備走過去付錢，蕭子淵已經遞了一串過來。

小蘿莉接過來咬了一口，笑咪咪地叫了聲：「謝謝哥哥姊姊。」

隨憶摸摸小蘿莉的頭：「不用謝，好不好吃？」

小蘿莉酸得瞇起了眼睛，卻還是點頭說：「好吃！」

蕭子淵嘴角微彎靜靜地看著，最後視線又回到隨憶的臉上，他不在意別人，只在意她。

年輕的父親在一旁看了看蕭子淵和隨憶，沒有說話。

隨憶面無表情地看了一眼小蘿莉的父親，轉頭對蕭子淵說：「我們走吧！」

蕭子淵微笑著點頭：「好。」

兩個人沉默了一段路後，隨憶猶豫地轉頭問他：「我剛剛是不是有點……」

蕭子淵加快步伐上前握住隨憶的手，看著前方笑著回答：「我很喜歡女孩子，我也有個妹妹，而且，我覺得家人們似乎更疼她。」

隨憶的小心思一下子就被蕭子淵看穿，有些不好意思。

蕭子淵轉頭看她：「隨家那樣對妳，只能說明，他們有眼無珠。」

這才是蕭子淵，從容和煦從來都只是外表，骨子裡依舊藏著狂狷和刻薄。

隨憶心裡一暖，下一秒蕭子淵不知道從哪裡變出一串糖葫蘆，遞到隨憶嘴邊，示意她張嘴。

隨憶便順著他的手咬了半顆山楂，剛入口便被酸得捂住了嘴：「唔，好酸……」

「是嗎？」蕭子淵邊說邊把剩下半顆含進了嘴裡。

隨憶安靜了下來，默默嚼著山楂也不嫌酸了。他們這是在幹什麼？蕭子淵吃她吃剩下的糖葫蘆？

蕭子淵看她神情僵硬，勾著唇問：「難道妳想讓我吃妳嘴裡那半顆？」

隨憶瞪他一眼，邊腹誹邊臉紅心跳地往前走，也沒在意他已經牽著她的手走了一段路。

走著走著就走到了一所學校前，正是放暑假的時節，學校裡很安靜。

隨憶顯得有些興奮：「這是我母校啊！」

蕭子淵牽起她往裡面走去：「那我們去看看。」

隨憶一路興奮地跟蕭子淵說著哪裡變了，哪裡還是老樣子，最後兩個人站在亮著燈光的布告欄前，上面貼著期末考排名的榮譽榜。隨憶靜了下來，漫不經心地看著，似乎在回想當年上學的情形。

一直不說話的蕭子淵開口打破了沉默：「我第一次知道妳的名字是在競賽的考卷上，後來的幾年裡我一直在想，這麼隨意的名字，它的主人到底是個怎麼樣的人？之後每年比賽時我都會下意識地搜尋，可妳再也沒出現過……」

隨憶一下子就明白了蕭子淵在說什麼：「林辰已經把准考證拿我看過了。那個時候我父母分開得有些突然，考完試我就回家了，然後跟著媽媽回到了這裡，從之前的學校轉來，這所學校不是明星高中……嗯……沒有資格參加那種競賽，所以……」

所以，儘管我們相遇得那麼早，卻不認識。

蕭子淵的臉在發白的燈光下帶著笑意：「那年新生報到，林辰拉著我們去接妳。當時妳站在學校門口那棵柳樹下，林辰叫妳名字的時候，我就嚇了一跳，妳笑著回頭的那瞬間，我就認出了妳。雖然妳和准考證上的樣子不太一樣了，但我知道那就是妳。妳對著我們笑，竟然讓我沒來由地心動。我也不知道自己是怎麼了……」

隨憶一直以為那一次不過是他們第一次見面，沒想到對他而言卻是重逢。隨憶回想了一下，他當時神色如常，並沒有不妥和激動，而且在以後的那麼多日子裡，他竟然連一個字都沒有提起過。

兩人邊走邊聊，不知不覺走到了樹蔭裡的單槓設施，隨憶一臉開心地指著它：「我小時候最喜歡坐到上面玩，別的女孩子都不敢上去，那個時候覺得沒什麼，但長大卻慢慢開始害怕起來了，再也不敢爬上去玩了。」

蕭子淵雙手撐在單槓上，的確是有點高，他轉頭去看隨憶，那個時候的她應該瘦瘦小小的，真不知道是怎麼爬上去的。

隨憶只看見蕭子淵對她笑了一下，下一秒就用雙臂撐起自己，然後穩穩地坐到了上面，一臉得意地歪頭看著她。

隨憶有些好笑地把臉轉到一旁，她知道在這種事情上，女孩子一向是完全沒有優勢可言的。

蕭子淵本來只是坐在上面，忽然用雙腿固定在單槓上，靠著腰部的力量倒掛下來。

「小心點！」隨憶一驚便想上前去扶他，誰知蕭子淵穩穩地停住，拉過她來，毫不猶豫地吻上了她的唇。

剛開始他只是在她唇邊輕輕地蹭，後來又含著她的唇細細密密地吮吸，溫熱的舌尖纏著她的舌頭，攻城掠地，唇齒相交，親密繾綣。

他的手還拉著她，只有腰部在施力，讓她根本不敢去推他，只能讓他占盡了便宜。

蕭子淵終於心滿意足地放開了她，輕輕鬆鬆就翻了身下來，站在她面前沒頭沒腦地說了一句：

「糖葫蘆一點也不酸。」

隨憶的臉紅得快要滴出血來，被他含過的嘴唇麻麻的，根本不像是自己的。她想抬手去摸，卻覺得不妥，慌張和無助一下子湧上心頭，只能氣急敗壞地叫了一聲：「蕭子淵！」

偏偏蕭子淵看到小貓有炸毛的前兆時，還一臉氣定神閒的樣子：「嗯？」

「你……」隨憶無言。

蕭子淵臉上依舊掛著暖暖的笑：「我後天就要回去了。」

隨憶的怒意立刻就消失了，心裡的想法脫口就說了出來：「那麼快……」

也是，晚上不是聽到他說要回去的嗎？

蕭子淵歪著頭戲謔著開口：「捨不得我啊？」

隨憶最近被他調戲到都有抗體了，立刻反駁說：「沒有！」

蕭子淵聽到後半真半假地嘆了口氣：「怎麼想要聽妳說出我想聽的話就那麼難呢？」

隨憶忍不住抬頭去看他。

蕭子淵笑著去撫她的眉眼：「妳再這樣看我，我又忍不住要親妳了。」

手下細膩軟滑的觸覺讓他不想放手，忍不住再摩挲了幾下。

兩人正說著話，忽然聽到不遠處有個試探的聲音響起：「隨憶？」

隨憶嚇了一跳，轉頭去看，那個人走近了一些，她還是一臉茫然，轉頭去問蕭子淵：「你認識的人？」

蕭子淵看著她迷糊的樣子只覺得好笑，這位看著溫婉和順，眼裡其實根本沒認真看人啊。

「他叫的是妳，怎麼可能是我認識。」

隨憶「啊」了一聲，只能尷尬地笑著看向對方，假裝是她認識的。

那個男生大概是好奇，一直盯著蕭子淵看，蕭子淵則氣定神閒地接受他的注目禮。

隨憶覺得不太禮貌，硬著頭皮為兩方介紹：「這位是蕭子淵，這位是……我同學。」

蕭子淵看著眼前這位「同學」，微微瞇起眼睛，她把他當同學，恐怕他並不那麼認為吧？沒看到人家眼裡的情愫那麼明顯。

那個男生一臉挫敗地看著隨憶：「妳不記得我的名字了嗎？」

隨憶臉上的尷尬更加明顯了，男生皺了皺眉頭：「還是妳根本就不記得我了？」

隨憶秉承不恥下問的優良作風，笑著問：「是不太記得了……你是我的國中同學嗎？還是高中同學？」

男生臉色變一變，自己安慰自己：「這也不怪妳，我高中畢業出國後，我們就一直沒再見過面。

對了，我叫周一琢，以後別再忘了。」

隨憶以為打完招呼就差不多了，拉著蕭子淵打算離開，誰知道周一琢忽然又看向蕭子淵問：「你是……隨憶的男朋友？」

蕭子淵垂著眼睛笑而不語，算是默認。

周一琢的神色忽然微妙了起來，陰陽怪氣地開口：「真有福氣，當年在學時，隨憶有很多人追。」

蕭子淵禮貌得體地回答：「謝謝。」

「你在和誰說話？」一個女生突然出現，自然地攬住週一琢的手臂。

周一琢不自在地掙扎了一下，女生臉色一沉，看了隨憶一眼。

隨憶被她看得一愣，小心翼翼地問：「我們也是同學嗎？」

「噗！」周一琢沒忍住笑了出來：「不是不是，妳們不認識，這是我在國外留學的同學。」

女生也笑了起來，落落大方地向隨憶伸出手去宣佈主權：「妳好，我叫吳伊琳，是周一琢的女朋友。」

隨憶伸出手和她握了一下：「妳好。」

吳伊琳鬆手時，不知道是有意還是無意，像是很厭煩地甩開了隨憶的手。

隨憶沒在意，蕭子淵卻看在眼裡，極輕地皺了一下眉頭，伸手握住了隨憶的手，把她往身邊拉了拉。

隨憶從眼角餘光看出他臉上閃過一絲不易覺察的厭惡，以為他受不了這種人，開始不耐煩了，心裡也跟著焦躁起來，想著怎麼開口離開。

女生這才注意到蕭子淵，驚為天人的同時又有些不甘心，她又開口：「我們現在在國外留學，ＸＸ妳聽說過吧？我們就在那裡，有時間去找我們玩啊。」

隨憶不明所以，怎麼忽然變成這個話題了？她轉頭看向蕭子淵。

蕭子淵倒是沒有了剛才的不耐煩，低著頭，旁若無人地玩著她細長的手指。面前還站著兩個人，隨憶有點害羞，於是兩人開始了漫長的拉鋸戰。

蕭子淵的手被揮開，他又笑著去纏她的手，然後再被推開，他再糾纏過去。

隨憶掙扎了幾下後，最終放棄。

這邊的兩人玩得不亦樂乎，那邊女生還在喋喋不休：「ＸＸ那個地方大家都說很好，可我卻覺得不怎麼樣，消費水準太高了，我們兩個一個月要花這麼多錢，這還算少的了。我堂哥也在國外，他那個地方才叫真的高檔，不過那個地方也確實好，很繁華……」

說完看向蕭子淵，似乎想要得到他的肯定。

蕭子淵察覺到她的視線，慵懶地抬起眼簾，卻沒看向她，而是把視線落在不遠處的路燈上面，扯了扯嘴角，雲淡風輕地開口評價：「是不錯。」

隨憶眨了眨眼睛，不是她和這個男生是同學嗎？怎麼看起來是同學的女朋友和蕭子淵聊得很熱絡的樣子？

女生聽到蕭子淵的反應後更得意了：「這就不錯了？我堂哥可是ＸＸＸ的高材生！ＸＸ實驗室的！你聽過吧，那個實驗室很難進去的。」

說完看了看隨憶，再看看蕭子淵：「你們沒去過吧？也正常，簽證不好辦，那邊的學校一般人都沒辦法申請呢。」

隨憶終於也聽出不對勁來，她站在原地不敢輕舉妄動，因為她摸不準大神什麼時候會出招，萬一用了大招，讓她來不及躲，血濺到了自己身上就不妙了。自己吃過這個虧所以清楚知道：大神出招，眾妖退散。

蕭子淵外表溫和無害，可明眼人一看他的眼神就知道他不是能招惹的人，但蕭子淵輕易不和別人對視，所以常常有不明真相的人上前找死。

隨憶此刻真的有點同情這個女孩子。

周一琢也覺得有些過分了，扯了扯女孩的手臂，卻收到女孩的一記白眼。

女孩還想再說些什麼，卻被身後的人打斷。

女孩很快回頭，拉了一個戴著眼鏡的男生過來：「這就是我堂哥，他可厲害了！在ＸＸＸ拿獎學金的！我介紹給你們認識吧，以後有什麼困難可以找他幫忙！」

某堂哥看清對面的人後卻忽然變了臉色，碰了下她的手臂，皺著眉低聲說：「別說了！」

蕭子淵依舊一臉微笑地聽著，等女孩終於停了下來，目光才從路燈上收回，看向剛走近的人緩緩開口：「好久不見。」

某堂哥的臉色更加難看，心想著：我們在同一個實驗室，回國前天天都見面，這才過幾天啊？難道你之前都對我視而不見嗎？

某堂哥瞪了某男一眼後，臉上堆滿笑容開口解釋道：「蕭學長，對不起啊，我堂妹亂說的，你別在意！」

蕭子淵笑得溫和：「沒事。」

隨憶眨眨眼睛，好巧啊，竟然又是認識的？

隨憶知道，他不是不生氣，而是某些人根本入不了他的眼，既然入不了眼，又有什麼值得生氣的地方呢？

女孩有點不服氣，抓著眼鏡男小聲問：「他是誰啊？」

某堂哥一副恨鐵不成鋼的樣子，帶著怒意喝斥：「他就是我跟妳說過的那個和我同實驗室的大神！跟我同一屆的，但比我還要早進實驗室！我都得叫他學長，妳還敢在他面前炫耀？真是有眼不識泰山！」

女孩的嘴巴立刻變成了O形，然後惱羞成怒地離開。

隨憶看著三個人離去的背影，皺著眉反省自己：「像我這種沒出過國的土包子，是不是不適合偶遇國中同學？」

蕭子淵的笑意加深了一分，抬頭去撫平她皺起的眉頭，認真地看著她，若有所思地開口：「包子啊……我看看……妳最近好像是有點變胖了……」

說完又順手捏了捏隨憶的臉頰，軟滑的觸覺讓他不想放手：「唔，我吃吃看是什麼口味的。」結果還真的低頭在她臉頰上輕咬了一口。

隨憶捂著半邊臉，不可置信地看著他。

天哪！面前這個笑著的男人真的是蕭子淵嗎？他去國外到底都學了些什麼東西？撩妹的理論與實

踐嗎？

隨憶無法接受這個驚人的事實，沒再說話，捂著臉低頭就朝學校門口走去。

很快身後傳來腳步聲，她知道蕭子淵跟上來了。走著走著她又停住，轉身去看他。

蕭子淵也停下來，挑了下眉，似乎在詢問她怎麼了，眼底含著笑意。

隨憶又搖搖頭，也笑了一下又很快轉過頭去。

蕭子淵上前幾步，伸手去握隨憶的手，十指緊扣後才心滿意足地開口：「說啊。」

最後那個尾音輕快婉轉，不是蕭子淵的風格，更像是熱戀時的男女撒嬌對話，纏綿繾綣。

隨憶歪著頭考慮許久。

蕭子淵對大多數人來說，已經是神一樣的存在。無論什麼時候都可以優秀得那麼理所當然。她早已不相信什麼運氣好、有天賦、生來就該優秀這些說法，她只知道，必須要很努力才能讓旁人看起來毫不費力。

她不知道所謂的「很努力」到底是有多努力，她不知道在那個異域國度，他到底比別人多下了多少心血，才能讓別人心服口服地叫他一聲「蕭學長」，別人看到的是他的輝煌，可她卻看到了他的用功。那些日日夜夜，她卻不能陪在他身旁。

可這一切，她的遺憾、她的失落、她的心疼，她不知道該怎麼向眼前這個男人表達。

隨憶重新抬頭去看他，視線落在他線條清晰漂亮的臉龐上，千言萬語都化作了一句：「蕭子淵，你到底什麼時候回來？」

蕭子淵一怔，第一次聽她這麼毫無顧忌地叫他的名字，語氣裡還夾著淡淡撒嬌抱怨的意味，使得他忍不住抓緊她的手，笑意隱隱在低沉的聲音中飄出來，還帶著安撫：「很快就會回來。」

他的笑容明亮而溫暖，笑起來時眼角有細小的笑紋，還有眼底眉宇間的溫柔，這一切看起來都格外動人心弦。

隨憶似乎真的開始期待他的歸來了。

她還在神遊，就被蕭子淵攬腰拉進懷裡，輕輕一笑：「這是第一次別人說我是妳男朋友的時候，妳沒急著開口強調我只是妳學長，算是默認嗎？」

隨憶愣住，他的聲音怎麼聽上去那麼委屈呢？她想了一下才從他懷裡抬起頭來，一臉認真：「我雖然一直叫你學長，但我從來沒說過我不愛你。」

蕭子淵皺眉：「那個時候妳跟林辰說……我有聽見妳……」

隨憶摟上他的腰，笑得調皮：「我說的是我不會喜歡，沒說不喜歡。」

我不是不喜歡，而是不敢喜歡，我會努力讓自己不喜歡上你；就算喜歡，我也會忍住。

隨憶抬頭看著蕭子淵的眼睛，笑容明媚，緩緩開口：「可是，我終究還是沒忍住。」

這次換蕭子淵愣住了，他很快明白隨憶的意思，低下頭有些懊惱地笑了起來，把隨憶擁進懷裡，臉貼著她的臉：「阿憶，妳不知道我有多喜歡妳……」

（未完待續）

高寶書版集團
gobooks.com.tw

YH 034
那天開始的美好時光（上）

作　　者　東奔西顧
責任編輯　陳凱筠
助理編輯　楊心蘋
封面設計　鄭婷之
內頁排版　賴姵均
企　　劃　方慧娟

發 行 人　朱凱蕾
出　　版　英屬維京群島商高寶國際有限公司台灣分公司
　　　　　Global Group Holdings, Ltd.
地　　址　台北市內湖區洲子街88號3樓
網　　址　gobooks.com.tw
電　　話　(02) 27992788
電　　郵　readers@gobooks.com.tw（讀者服務部）
　　　　　pr@gobooks.com.tw（公關諮詢部）
傳　　真　出版部(02) 27990909　行銷部 (02) 27993088
郵政劃撥　19394552
戶　　名　英屬維京群島商高寶國際有限公司台灣分公司
發　　行　英屬維京群島商高寶國際有限公司台灣分公司
初　　版　2021年 4 月

文化部部版臺陸字第110037號；許可期間自110年2月25日起至114年9月2日止。

國家圖書館出版品預行編目(CIP)資料

那天開始的美好時光 / 東奔西顧著. -- 初版. -- 臺北市：
英屬維京群島商高寶國際有限公司臺灣分公司, 2021.04
　　冊；　公分. --

ISBN 978-986-506-058-9(上冊：平裝). --
ISBN 978-986-506-059-6(下冊：平裝). --
ISBN 978-986-506-060-2(全套：平裝)

857.7　　110003768